김성곤의
중국한시기행 2

강남·유배길 편

김성곤의 중국한시기행 2: 강남·유배길 편

1판 1쇄 인쇄 2023. 6. 21.
1판 1쇄 발행 2023. 6. 30.

지은이 김성곤

발행인 고세규
편집 이예림 디자인 조명이 마케팅 정희윤 홍보 장예림
발행처 김영사
등록 1979년 5월 17일(제406-2003-036호)
주소 경기도 파주시 문발로 197(문발동) 우편번호 10881
전화 마케팅부 031)955-3100, 편집부 031)955-3200 | 팩스 031)955-3111

값은 뒤표지에 있습니다.
ISBN 978-89-349-5847-5 04800
      978-89-349-5536-8 (세트)

홈페이지 www.gimmyoung.com   블로그 blog.naver.com/gybook
인스타그램 instagram.com/gimmyoung   이메일 bestbook@gimmyoung.com

좋은 독자가 좋은 책을 만듭니다.
김영사는 독자 여러분의 의견에 항상 귀 기울이고 있습니다.

김성곤의
중국한시기행 2

강남·유배길 편

김영사

일러두기

1. 지명과 인명은 한자를 우리말로 읽어주는 것을 원칙으로 했다.
2. 한시, 고유명사 뒤에 병기한 한자는 되도록 한국식 한자를 사용했다.

머리말

《김성곤의 중국한시기행: 장강·황하 편》이 출간된 지 2년이 흘렀다. 적지 않은 독자들이 책과 관련된 후한 평을 해주시고 후속편에 대한 기대감을 표해주셨다. 그런 고마운 독자들의 호의에 기대어 새 책《김성곤의 중국한시기행 2: 강남·유배길 편》을 내놓는다. 2011년부터 2019년까지 9년간 이어진 '중국한시기행' 중에서 절강성, 안휘성, 강소성 일대의 기행문을 1부 강남 편으로 묶었고, 호남성, 광서장족자치구, 광동성, 해남도 일대의 기행문을 2부 유배길 편으로 묶었다. 강남 편은 천당에 비유되는 절강성 항주杭州와 강소성 소주蘇州를 처음과 끝으로 하여 소흥紹興, 황산黃山, 선성宣城, 마안산馬鞍山 등지를 여행한 기록이고, 유배길 편은 당나라 시인 유종원과 송나라 시인 소동파의 유배지를 찾아가는 여정을 적은 것이다.

중국에서 '강남'은 대체적으로 장강 중하류 지역의 강소성 남부, 절강성 북부, 안휘성 남부, 강서성 동부 일대를 가리킨다. 넓은 평원과 나지막한 구릉이 주를 이루는 이 지역은 장강과 전당강, 파양호와 태호와 같은 수자원이 풍족해서 예로부터 물산이 풍부했다. 남송 때 강남의 경제력이 급상승하면서 자연을 조경적 차원에서 경영할 수 있었던 까닭에 자연과 인문이 결합된 최고의 풍경이 만들어졌다. 강남 최고의 명승이 항주요, 그다음이 소주라고 했던 당나라 시인 백거이의 안내를 따라서 우리도 항주로 시작해서 소주까지 가는 노정을 따라 약 3주에 걸쳐 강남 곳곳에 편재한 명승과 명시를 마음껏 누렸다. 항주 서호에 배를 띄워 소동파의 시를 읊기도 하고, 소흥 난정에 들러 왕희지의 유상곡수流觴曲水를 흉내내기도 하고, 안휘성 남부 황산에 올라 천상의 산들이 펼치는 황홀한 그림에 넋을 놓기도 했다. 시선 이백의 삶과 시가 선명한 안휘성 곳곳을 떠돌며 옛 시인과의 향기로운 교유를 즐겼고, 오왕 합려의 삼천 자루의 검이 묻혔다는 소주 호구산을 거닐며 공자 계찰이 나무에 걸었던 신의의 검 한 자루를 깊이 생각하기도 했다.

유배길 편은 호남성, 광서장족자치구, 광동성, 해남도를 아우르는 중국 남부의 광대한 지역에 흩어져 있는 유배지를 대상으로 한 긴 여정을 적은 것이다. 호남성은 남부에 있는 영주永州를, 광서장족자치구는 유주柳州를, 광동성은 바닷가에서 가까운 혜주惠州를, 해남도에서는 섬 북부에 위치한 담주儋州를 찾았다. 영주와 유주는 당나라 유명 시인 유종원의 유배지이고, 혜주와 담주는 송나라 최고의 시인 소동파의 유배지이다. 이들 유배지는 빼어난 경치와 따뜻한 인심으로 꺾이고 베인 시인들의 지친 삶을 보듬어준 곳이다. 목적지로 가는 길목에 있는 몇몇 명승지도 들렀다. 호남성의 중심도시 장사長沙, 남악南嶽 형산衡山은 영주로 가는 길목에 있으니 빼놓을 수 없는 여행지요, 광서성의 계림桂林은 영주에서 유주로 가는 중간에 있는 갑천하甲天下의 풍경이다. 소동파가 혜주로 가면서 넘어간 광동성 북부의 대유령大庾嶺과 그곳에서 멀지 않은 곳에 자리한 붉은 노을산 단하산丹霞山도 들렀다. 유배길을 따라가는 특별한 노정이어서 유종원, 소동파의 굴곡진 삶과 관련된 다양한 내용을 함께 실었다.

이번에 강남 편 기행문을 적다 보니 2002년 봄 혼자 떠났던 강남 여행이 떠오른다. 생애 첫 강남 여행을 앞두고 얼마나 설렜던가! 봄바람이 살랑대는 북경의 한 숙소에서 중국 최고의 명승으로 떠나는 여행을 자축하며 스스로를 보내는 송별시를 썼을 정도였다.

북경을 떠나 만 리를 가건만 보내주는 이 없어
홀로 차를 따르며 스스로 이별 잔치를 여네
창밖 버들 솜은 눈처럼 떨어지는데
나그네 마음은 벌써 꿈속 하늘에 가 있어라
황혼에 홀로 심원 버드나무에 기대고
달 밝은 제일천 샘가에서 쉬리라
지금 양주에는 꽃이 비단 같을 터

어느 누가 날 위해 강변에 서 있는가

^{이 경 만 리 무 인 송}　^{독 포 명 차 자 별 연}
離京萬里無人送, 獨泡茗茶自別筵。

^{창 외 양 화 방 설 락}　^{여 정 이 도 몽 중 천}
窓外楊花方雪落, 旅情已到夢中天。

^{황 혼 독 의 심 원 류}　^{백 월 휴 면 천 하 천}
黃昏獨倚沈園柳, 白月休眠天下泉。

^{금 야 양 주 화 사 금}　^{하 인 위 아 참 강 변}
今也揚州花似錦, 何人爲我站江邊。

– 김성곤, 〈자송음自送吟〉

　　20년도 더 된 오래된 일인데도 그 시절 느꼈던 흥분이 봄날 북경의 매캐한 황사 먼지 내음과 함께 살아온다. 그 뒤로 강남 여행은 여러 차례 이어졌다. 방송 제작을 위해 가기도 했고, 한시 답사팀을 이끌거나 테마 여행을 원하는 여러 단체와 함께 가기도 했다. 강남 지역은 그리 멀지 않아서 우리나라 여행객들도 즐겨 찾는 곳이다. 좀 늦은 감이 없진 않지만 이 책이 출간되면 강남 여행에 좋은 길라잡이가 될 수 있을 것이다. 2015년 봄에 떠났던 유배길 여행은 그 뒤로 8년이 지나도록 한 번도 다시 가지 못했다. 매번 유종원과 소동파의 시를 읽을 때마다 다시 가고 싶은 생각이 간절했는데, 이번 책을 쓰면서 그 간절함이 더욱 깊어졌다. 올 연말쯤에 문학 답사팀을 꾸려서 영주와 유주를 다녀올 생각이다.

 9년에 걸친 '중국한시기행' 장정에서 섬서성, 사천성, 감숙성 일대는 아직 기행문으로 정리하지 못했다. 당나라 수도였던 장안이 있는 섬서성이요, 삼국지 영웅들의 고장 사천성이요, 유서 깊은 비단길이 이어지는 감숙성이니 볼 것도 많고 할 말도 많은 지역이다. 이 지역들은 후속편으로 남겨둔다. 오래전 여행이라 사진 자료가 부족하여 걱정하였더니 불역시호不亦詩乎 한시 모임의 회원들 몇 분이 자신이 소장한 자료를 보내주셨다. 이 자리를 빌려 감사의 마음을 전한다. 아울러 어수선한 원고를 멋진 책으로 둔갑시켜주는 경이로운 비술祕術을 가진 김영사 편집자 여러분께도 존경과 감사의 인사를 드린다.

2023년 6월
수락산 자락에서
김성곤

차례

2부 유배길

부

기나긴

강소성
(장쑤성)

안휘성
(안후이성)

당도, 채석기 ——— 마안산

도화담, 사조루, 경정산 ——— 선성(쉬안청)

황산

풍교, 호구산, 졸정원

소주(쑤저우)

서호, 고산, 누외루,
악비묘, 청하방

항주(항저우)

소흥(사오싱)

절강성
(저장성)

영객송, 연화봉,
서해대협곡, 몽필생화

노신고리, 심원, 감호,
난정, 서시고리

1부 강남

2부 유배길

강남은 좋아라

풍경이 눈에 선하구나

해가 뜨면 강변의 꽃은 불보다 더 붉고

봄이 오면 강물은 남초보다 푸르렀지

어찌 강남을 잊을 수 있으랴

江南好, 風景舊曾諳。

日出江花紅勝火, 春來江水綠如藍, 能不憶江南。

강남이 그립구나

가장 그리운 곳은 항주

산사에 달이 뜨면 계수나무 열매를 찾고

군정 정자에 누워 전당강 조수를 보았지

어느 때나 다시 가서 노닐 수 있을까

江南憶, 最憶是杭州。

山寺月中尋桂子, 郡亭枕上看潮頭, 何日更重遊。

강남이 그립구나

다음으로 그리운 곳은 소주

오나라 봄 술 죽엽주 한잔 걸치면

오나라 여인은 쌍쌍이 취한 연꽃같이 춤을 추었네

어느 때나 다시 서로 만나랴

_{강 남 억   기 차 억 오 궁}
江南憶, 其次憶吳宮。

_{오 주 일 배 춘 죽 엽   오 왜 쌍 무 취 부 용   조 만 부 상 봉}
吳酒一杯春竹葉, 吳娃雙舞醉芙蓉, 早晚復相逢。

당나라 시인 백거이의 〈억강남憶江南〉이다. 자사로 항주에서 2년, 또 소주에서 1년 남짓 머물면서 강남의 매력에 푹 빠졌던 백거이가 말년에 낙양에 머물면서 지은 추억의 작품이다. 강남은 문자 그대로 풀이하자면 장강 이남 지역이지만 문화적 의미의 강남은 대체적으로 장강 중하류 지역의 강소성 남부, 절강성 북부, 안휘성 남부, 강서성 동부 일대를 가리킨다. 넓은 평원과 나지막한 구릉이 주를 이루는 이 지역은 장강과 전당강, 파양호와 태호와 같은 수자원이 풍족해서 예로부터 물산이 풍부했다. 기후 조건도 온난습윤해서 한랭건조한 북방과는 사뭇 다른 좋은 주거환경이었다. 이 풍요롭고 살기 좋은 땅 강남을 대표하는 곳이 강소성 소주와 절강성 항주이다. "상유천당上有天堂, 하유소항下有蘇杭." 위에는 천당이 있고, 아래에는 소주와 항주가 있다는 이 말은 강소성 소주와 절강성 항주가 하늘의 천당에 비교할 수 있을 만큼 아름답고 풍요로운 곳임을 알려주는 말이다. 중국인이면 모르는 사람이 없을 정도로 널리 알려진 명구이다. 끝없는 전쟁과 재난으로 지옥 같은 삶을 견뎌온 백성들에게 천당과 같은 소주와 항주는 오매

불망 가고 싶은 이상향 무릉도원이었을 것이다. 이 명구는 소주와 항주에 사는 사람들의 긍지인 동시에 그곳을 찾는 여행자들의 단골 구호가 되어서 소주나 항주 모든 골목과 대로, 모든 풍경구와 명승지에서 울려 퍼지고 있다. 이 말은 남송 시인 범성대范成大가 쓴《오군지吳郡志》에 나오는 "하늘에는 천당, 땅에는 소주와 항주"라는 뜻의 "천상천당天上天堂, 지하소항地下蘇杭"이라는 구절에서 비롯되었다. 남송 때 강남의 경제력이 급상승하면서 자연을 조경적 차원에서 경영할 수 있었던 까닭에 자연과 인문이 결합된 최고의 풍경이 만들어졌던 것이다.

백거이가 그토록 사랑했던 강남을 여행하기로 했다. 백거이가 강남 최고의 명승이 항주요, 그다음이 소주라고 했으니 항주로 시작해서 소주까지 가는 노정으로 하고, 사이사이 강남 수향水鄉을 대표하는 명승들을 두루 돌아보기로 했다. 이제 그 여정으로 함께 떠나보자.

절강성 1
— 항주
1장

소동파가 사랑한 호수, 서호

항주를 아름다운 도시로 만든 일등 공신은 항주 서쪽에 자리한 유서 깊은 호수 서호西湖이다. 호수 삼면을 둘러싸고 아득히 첩첩 멀어지는 산들, 백사白蛇의 전설을 가득 안고 우뚝 서 있는 뇌봉탑雷峰塔, 항주를 유난히 사랑했던 소동파가 쌓은 제방 소제蘇堤, 매화를 아내로 삼고 학을 자식으로 삼아 청정한 삶을 살았던 임포林逋의 고산孤山 등 서호는 풍경과 인문이 함께 어우러져 최고의 명승지로서 손색이 없다.

인천공항에서부터 약 두 시간의 비행으로 항주 소산蕭山 공항에 도착한 우리 일행은 다시 자동차로 한 시간 정도를 달려 서호 부근에 여장을 풀었다. 계절은 중추절을 향해 가고 있어서 날씨가 선선하고 습도도 적당하여 여행자의 마음이 깃발처럼 펄럭인다. 오래된 도시의 하늘을 가득 가리고 서 있는 높은 나무들 아래로 끝없이 이어지는 여

◈ 항주 서호의 풍경

행자들의 물결을 헤치고 한걸음에 달려왔더니 호수는 기대와는 다르게 잔뜩 찌푸린 얼굴이다. 비가 오려는지 날이 흐려 호수 주변의 산들은 이미 물안개로 흐릿하게 자취를 감췄고 호수 물빛도 온통 회색으로 음울하다. 아직은 비가 오지 않아 그나마 배를 탈 수 있으니 다행이다. 사공이 노를 젓는 작은 배를 하나 빌려서 본격적으로 서호 유람을 시작했다. 흔들흔들 출렁출렁 노를 저어 흐릿한 호심으로 들어가는 것이 마치 세월을 거슬러 아득한 옛날로 돌아가는 듯하다. 천년 세월을 불어오고 불어가던 오래된 바람이 사랑하는 이의 부드러운 손길

◈ 서호의 놀잇배

처럼 나그네 볼을 어루만지며 노래를 재촉한다. 뱃전을 두드리며 옛
가락으로 시 한 수 불러내어 바람에 얹혔다.

　물빛이 반짝반짝 날이 개어 참 좋더니

　산색이 몽롱하니 비가 와도 그만이구나

　서호를 서시에 비교해볼까

　옅은 화장도 짙은 화장도 늘 잘 어울리는 격이겠지

　수 광 염 렴 청 방 호　산 색 공 몽 우 역 기
　水光瀲灩晴方好, 山色空濛雨亦奇。

욕 파 서 호 비 서 자　담 장 농 말 총 상 의
欲把西湖比西子, 淡妝濃抹總相宜。

　소동파의 〈비가 오락가락하는 서호에서 술을 마시다飮湖上初晴後雨〉
라는 시이다. 날씨와 상관없이 언제 보아도 아름다운 호수를 화장
과 상관없이 언제나 아름다운 미인 서시西施에 비유한 것이다. 중국의
4대 미인에 속하는 서시는 이 서호에서 멀지 않은 제기諸暨 사람이다.
그녀의 아름다움을 전하는 일화가 많지만 그중에서 가장 많이 알려진
이야기는 '침어沈魚' 고사이다. 그녀가 강가에서 빨래를 하고 있자면
그녀를 바라보던 물고기들이 그 아름다움에 홀려서 그만 지느러미 팔
랑이는 것을 잊는 바람에 바닥으로 가라앉았다는 이야기이다. 물고기
마저 넋을 잃고 바라볼 정도로 아름다운 서시를 빌려 서호의 아름다
움을 마음껏 예찬한 소동파는 그저 말로만 감탄한 것으로 그치지 않
고 자신이 직접 나서서 서호를 더욱 아름답게 만든 사람이다. 마치 월
나라 임금 구천勾踐이 서시를 발탁하여 3년간 가무를 가르쳐서 더욱
완숙한 여인으로 거듭나게 한 것처럼 소동파는 서호를 준설하고 정비
하여 최고의 호수로 만들었다.
　정치적 격변기에 호북성 황주黃州에서 5년의 유배생활을 마치고 복
권되어 항주 태수로 오게 된 소동파는 항주를 최고의 도시로 만들기
위해 고군분투했다. 병원을 만들고, 상하수도 시설을 개량하고, 빈민
을 구제하고 고아들을 돌보기 위한 사업에 나서는 등 여러 부문에서
탁월한 행정가의 면모를 과시했는데, 특히 그가 힘을 쏟아부었던 건
서호를 준설하는 일이었다. 서호는 오랜 세월 퇴적된 토사로 인해 수
심이 얕아져서 걸핏하면 물이 범람하여 백성들에게 큰 시름을 안겨
주었다. 소동파는 조정에 특별 지원금을 청하고 자신의 사재까지 털

어서 항주의 많은 백성을 동원하여 서호를 대대적으로 준설했다. 그리고 퍼올린 엄청난 분량의 흙과 모래로 서호를 남북으로 가로지르는 제방을 쌓았다. 제방 중간중간 여섯 개의 아름다운 다리를 만들어 호숫물이 서로 통하게 만들었고 길을 따라 버드나무와 복숭아나무를 비롯한 다양한 품종의 나무와 꽃을 심어서 서호를 감상하는 최고의 산책로로 만들었다. 서호의 뛰어난 경치를 '서호십경西湖十景'이라 하는데, 그중에 제1경이 바로 '봄날 이른 아침에 걷는 소동파의 제방', '소제춘효蘇堤春曉'이다. 추운 겨울이 지나고 따뜻한 봄이 찾아오면 사람들은 이곳 소제를 걸으면서 수양버들과 복숭아꽃이 호수를 대하여 펼치는 봄의 향연을 마음껏 즐긴다.

매처학자의 은자가 노닐다, 고산

뱃놀이를 마치고 찾아간 곳은 서호에서 가장 큰 섬 고산孤山이다. 섬이라고 하지만 다리로 연결되어 있어서 쉽게 갈 수 있다. 고산 서쪽에는 소동파의 소제 북단이 지척이고 동북쪽으로는 백거이가 즐겨 찾던 백제白堤가 이어진다. 고산은 말이 산이지 해발 38미터의 언덕일 뿐이고 면적도 20만 제곱미터 정도로 그다지 넓은 것도 아닌데, 예로부터 풍경이 빼어나서 송나라 때는 황가의 정원 어화원御花園이 조성되었고 청나라 때에는 황제의 행궁이 건설되기도 했다. 하도 풍광이 좋아 역대로 황제들이 독차지하는 바람에 '고孤'라는 글자를 붙였다고 설명하기도 한다. '고'는 '짐朕'처럼 황제가 자신을 부를 때 쓰는 말이다. 아늑한 숲길을 따라 고산 곳곳에 유서 깊은 건물들이 자리하고 있

◆ 방학정

다. 30여 곳에 달하는 명승고적 중에서 사람들의 발길이 잦은 곳은 고산 동북쪽 언덕에 자리한 방학정放鶴亭이다. 이곳은 송나라 때 은일 시인으로 유명한 임포林逋(967~1028)가 매화를 심고 학을 기르며 '매처학자梅妻鶴子'라는 고상하기 그지없는 고사성어를 만들어낸 곳이다.

북송 제3대 황제인 진종眞宗(968~1022) 연간에 활동한 시인 임포는 세상의 부귀영화에 뜻을 두지 않고 은일자적하며 고고한 삶을 살았다. 젊어서부터 천지를 두루 유람하던 임포는 중년에 서호 고산에 오두막을 짓고 서호 주변 여러 절의 고승들과 시를 주고받으며 유유자적 지냈다. 평생 결혼도 하지 않고 오직 매화를 심고 학을 길렀으므로 사람들은 그를 '매화를 처로 삼고 학을 자식 삼았다'라는 뜻의 '매처학자'로 칭했다. 송나라 심괄沈括이 쓴 《몽계필담夢溪筆談》에는 다음과 같은 이야기가 실려 있다.

임포는 항주 고산에 은거하며 학 두 마리를 길렀는데 학들을 풀어놓아 마음대로 하늘 높이 날아다니게 했다. 학들은 한참을 날아다니다가 다시 새장으로 돌아왔다. 임포는 자주 작은 배를 저어 서호 주변의 절을 찾아다니며 노닐었다. 한번은 임포가 출타한 사이에 손님이 찾아왔다. 동자가 나가서 문을 열어 손님을 맞아들이고는 새장을 열어 학을 날렸다. 얼마 후에 임포가 배를 저어 돌아왔으니 학이 나는 것을 보고 손님이 온 것을 안 것이다.

임포는 자신의 시를 남기지 않은 것으로도 유명하다. 왜 시를 남겨 후인들에게 보여주지 않느냐 사람들이 물었더니 임포는 다음과 같이 말했다. "내가 골짜기에 숨어 살면서 당세에도 시명詩名을 구하지 않거늘 하물며 후세야 말해 무엇하겠는가!" 하지만 사람들이 몰래 기록하고 정리해서 지금까지 300여 수의 시가 전해진다. 이 시들 가운데 우리에게 가장 많이 알려진 시는 매화를 소재로 하여 쓴 〈산원소매山園小梅〉이다.

뭇 꽃들 시들었건만 홀로 곱게 피어
작은 정원의 멋진 풍광을 독차지하였구나
성근 그림자 맑고 얕은 물가에 어리고
은은한 향기 달 뜬 황혼에 떠오른다

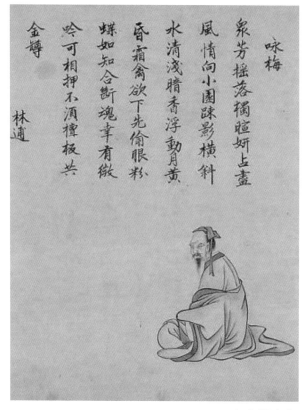

詠梅

衆芳搖落獨暄妍占盡
風情向小園疎影橫斜
水清淺暗香浮動月黄
昏霜禽欲下先偸眼粉
蝶如知合斷魂辛有微
吟可相狎不酒檀板共

金導

林逋

◈ 매처학자 임포

겨울새도 내려앉았다가 먼저 눈길을 주나니

흰 나비 알았다면 응당 넋이 나갈 터

다행히 내 작은 읊조림으로 그대와 친할 수 있으니

악기도 술잔도 필요없다네

衆芳搖落獨暄妍, 占盡風情向小園。

疎影橫斜水清淺, 暗香浮動月黄昏。

霜禽欲下先偸眼, 粉蝶如知合斷魂。

행 유 미 음 가 상 압　 불 수 단 판 공 금 준
幸有微吟可相狎, 不須檀板共金樽。

    이 시는 매화를 읊은 시 가운데 역대로 출중한 수작으로 평가받았다. 특히 함련頷聯(한시의 율시에서 셋째 구와 넷째 구를 이르는 말)인 '소영疏影' 2구에 대해 송나라 대문호였던 구양수가 "이전에 어떤 매화시도 이런 구절이 없었다"라고 상찬한 뒤로는 연년세세 매화시의 압권지작으로 영예를 누려왔다. 평자들은 이 구절에 대해 "정신이 맑고 골기가 빼어나다神淸骨秀"라느니, "고상하고 깨끗하며 단아하고 엄숙하다高潔端莊"라느니, "신선의 풍류와 도사의 기골이다仙風道骨"라느니 하면서 극찬했다. 매화가 피는 모든 언덕과 뜨락에서 그 성근 자태와 은은한 향기에 취한 선비들이 이 구절을 읊고 또 읊었다. 하지만 산이 높으면 골이 깊은 법, 영예와 함께 비난도 찾아왔다. '소영' 2구에 비해 다른 구절들이 너무 처진다는 비난과 함께 특히 경련頸聯(한시의 율시에서 다섯째 구와 여섯째 구를 이르는 말)인 '상금霜禽' 2구는 어린아이가 쓴 것이나 다름없다는 혹평까지 이어지기도 했다. 사실 천하의 명구인 이 '소영' 2구 또한 표절 시비에서 자유롭지 못하다. 당나라와 송나라 사이 오대십국五代十國 시대에 활동했던 강위江爲라는 시인이 《전당시》에 약 8수의 시와 단구斷句 2구를 남기고 있는데, 그의 시구에 "대나무 그림자 맑고 얕은 물에 가로 비끼고, 계수나무 향기 달 뜬 황혼에 떠오른다竹影橫斜水淸淺, 桂香浮動月黃昏"라는 구절이 있다. 임포는 이 강위의 시구에서 '죽竹'을 '소疏'로, '계桂'를 '암暗'으로 바꾸어서 "성근 그림자 맑고 얕은 물가에 어리고, 은은한 향기 달 뜬 황혼에 떠오른다疏影橫斜水淸淺, 暗香浮動月黃昏"로 만든 것이다. 딱 두 글자를 바꾼 것일 뿐이니 이 정도면 표절이라 해도 지나친 것은 아닐 터이다. 하지만 고상한 매처학자 임포가 세상을 속여 이름을 얻으려 남의 것을 도적질하지는 않았을 터, 그저 고승이나 시우들에게 화답하며 청복을 누리고자 한 순수한 뜻에서 비롯되었을 것이니, 허물은 세상에 남기기를 거부했던 임포의 작품들을 몰래 기록하여 전한 후인들에게 있지 않겠는가. 늘그막에 이른 임포는 자신의 초가집 옆에 묫자리를 마련하면서 다음과 같이 시를 썼다고 한다.

호숫가 청산이 초가를 마주하고
무덤 앞 대나무 숲은 소쇄하구나
황제가 훗날 내 유고를 구한다 해도
사마상여의 봉선서封禪書가 없으니 외려 기쁘구나

호 상 청 산 대 결 려　　분 전 수 죽 역 소 소
湖上青山對結廬, 墳前修竹亦蕭疏。
무 릉 타 일 구 유 고　　유 희 증 무 봉 선 서
茂陵他日求遺稿, 猶喜曾無封禪書。

－ 임포, 〈자작수당인서일절이지지自作壽堂因書一絶以志之〉

사마상여는 한나라 무제武帝 때 활동했던 문장가인데 당시 황제의 위엄을 높이는 글을 많이 썼던 인물이다. 그 글로 인해 벼슬도 얻어 부귀영화를 누린 인물이어서 부러움을 사기도 했고 비난을 받기도 했다. 이 시에서 말한 봉선서 역시 한무제의 통치를 화려하게 분식粉飾한 글이니 임포는 자신에게는 권력에 알랑대고 황제에 아부하는 글이 없음을 자랑하고 있는 것이다. 이렇듯 후세의 칭찬에도 권력의 관심에도 아랑곳하지 않은 시인이니 매화시 표절 문제는 덮을 만하지 않겠는가. 강위 역시 임포의 시로 인해 무명한 시인에서 벗어나게 되었으니 꼭 손해 본 것은 아닐 것이다.

　무덤 이야기가 나왔으니 사족을 보탠다. 임포가 살던 고산은 남송 이후로 황가의 정원과 절이 들어서는 바람에 민가의 토지와 건물들이 모두 몰수되는 수난을 겪게 되었는데, 은자 임포를 존경하는 황제들의 고상한 취향 때문에 임포의 무덤이 그대로 남게 되었다. 훗날 남송이 망한 뒤 임포의 무덤이 도굴되었는데, 그 무덤에서 오직 벼루 일품과 옥비녀 일품만이 발견되었다고 한다. 벼루는 임포가 평생 사용했던 것일 텐데 문제는 여인이 쓰는 옥비녀가 어째서 평생 홀아비로 지내며 매화를 아내로 삼았던 임포의 부장품이 되었냐는 것이다. 호사가들은 아마도 이루지 못한 사랑 때문에 평생 독신으로 지낸 것은 아니냐며 호들갑을 떨기도 하는데, 임포가 지은 사詞로 '긴 그리움'이란 뜻인 〈장상사長相思〉의 다음과 같은 내용 때문이다.

　오 땅의 청산
　월 땅의 청산
　청산이 강 너머 서로 바라보네요
　누가 이별의 마음을 알아줄까요
　그대 눈물 가득
　저 역시 눈물 가득
　비단 허리띠로 만드는 동심결 끝내 다 만들지 못하는데
　강가 물결만이 가득 넘실대네요

　吳山靑, 越山靑。兩岸靑山相對迎, 誰知離別情。
　君淚盈, 妾淚盈。羅帶同心結未成, 江頭潮已平。

이토록 절절한 감정이라면 혹시 그럴 수도 있겠다 싶지만 그 진실을 뉘 알랴. 다만 진실로 그러한 연인이 있었다면 그 연인은 아마도 매화와 같은 고결한 자태와 향기를 지닌 사람이었을 것이리라. 임포의 방학정은 원나라 때 처음 지어졌고 지금 건물은 1915년 중건된 것이다. 정자 중앙에 남북조 시인 포조鮑照의 〈무학부舞鶴賦〉를 새긴 비석이 들어서 있다. 글씨는 명나라 때 유명한 서예가인 동기창董其昌의 유려한 행서이다. 신선의 세계에서 인간으로 내려온 선학仙鶴의 유려한 춤사위를 노래한 것으로, 466자의 긴 작품이다. 방학정 바로 옆 매화나무 몇 그루에 둘러싸인 임포의 무덤이 있다. '임화정처사지묘林和靖處士之墓'라고 쓴 커다란 비석을 어루만지며 〈산원소매〉 '소영' 2구를 낮게 읊조리며 매화처럼 학처럼 살다 간 고상한 옛사람을 아득히 그리워했다.

가효와 미경의 최고 식당, 누외루

서호의 빼어난 풍광에 안복眼福을 맘껏 누렸고 고상한 선비의 자취도 아득히 더듬으며 청복淸福도 실컷 누렸으니 이젠 식복食福을 찾아야 할 터, 고산 남쪽 기슭에 자리한 유서 깊은 음식점 '누외루樓外樓'를 찾았다. 서호를 마주하여 세워진 이 음식점은 맛 좋은 요리 '가효佳肴'와 멋진 풍경 '미경美景'을 함께 누리는 것으로 이름이 널리 알려진 150년 전통의 명소이다. 음식점의 이름은 '누각 밖에 또 누각'이란 뜻으로 높은 건물들이 끝없이 이어지는 모습을 가리키는 말이니 음식점 이름으로서는 선뜻 이해하기 어려운데, 이것은 서호의 풍광을 읊은 시 중에서 소동파의 시 다음으로 많이 알려진 〈제임안저題臨安邸〉라는 시에서 빌려 쓴 것이다. 남송 시인 임승林升이 쓴 이 시는 본래 서호에서 가무승평歌舞昇平의 일락에 빠져 있는 남송 조정의 권력자들을 풍자한 것이다.

산 밖으로 다시 청산, 누각 밖에 또 누각
서호의 춤과 노래는 어느 때나 끝이 나려나
따뜻한 바람이 향긋 불어 사람들 취했느니
그야말로 항주를 개봉으로 여기는구나

산 외 청 산 루 외 루　서 호 가 무 기 시 휴
山外靑山樓外樓, 西湖歌舞幾時休。
난 풍 훈 득 유 인 취　직 파 항 주 작 변 주
暖風熏得遊人醉, 直把杭州作汴州。

이 시의 첫 구절은 산이 첩첩 이어지고 누각이 곳곳에 자리한 서호의 아름답고 번화한 풍경을 묘사한 것인데, 바로 이 구절에서 음식점 이름을 딴 것이다. 금나라에 수도 개봉을 빼앗기고 남쪽으로 도망 와서 항주에서 연명하는 남송의 권력자들이 국토수복과 시대중흥의 책무를 잊고 당장의 일락에 빠져 있는 서호의 현장을 고발한 시인데, 오히려 서호 유람객들을 상대로 영업하는 음식점 이름이 되어버렸으니 아이러니하다. 이 음식점에서 단연 인기 좋은 메뉴는 소동파가 만든 '동파육東坡肉'이다. 동파육은 지역마다 조금씩 만드는 방식이 다르고 맛도 다른데 특히 항주의 각 음식점에서 내놓는 동파육이 색, 향, 미를 두루 갖추어서 맛있기로 정평이 나 있다. 이 요리가 대중에게 알려진 것이 바로 항주에서이기 때문에 항주는 동파육의 원조라 할 만하다. 본래 소동파가 이 요리를 처음 만든 곳은 항주가 아니고 호북성

◆ 누외루

황주黃州이다. 정치적 박해로 황주에서 유배생활을 하던 어려운 시기에 소동파는 이 맛나고 영양가 높은 요리를 만들어 먹으면서 유쾌하게 지냈다. 그가 황주에서 지은 시 〈식저육食猪肉〉에는 다음과 같은 내용의 동파육 레시피가 적혀 있다.

솥을 깨끗이 씻고
물은 조금만 넣고
땔감을 덮어 불꽃이 일지 않게
절로 익을 때까지 뒤적이지 말고

불 시간 충분하면 절로 맛나게 된다네
황주는 돼지고기가 좋은데
값은 흙처럼 싸다네
귀한 사람들 먹으려 들지 않고
가난한 사람들은 요리법을 모른다네
매일 일어나 한 그릇 뚝딱
내 알아서 배부르게 먹나니 그대 상관 마시게

황주 유배가 끝나고 항주의 태수가 되었을 때 비로소 소동파의 돼지고기 요리가 대중에게 알려져 '동파육'이란 이름으로 항주 음식점 곳곳에 내걸리게 된 것인데, 이것 또한 서호 덕택이다. 소동파가 서호를 준설한 일은 앞서 설명했거니와 해마다 물난리를 근심하던 항주의 백성들은 서호 준설을 크게 기뻐하며 그 공덕을 태수인 소동파에게 돌렸다. 가난한 백성들이 너도나도 값싼 돼지고기를 들고 와서 태수에게 감사를 표하는 바람에 관저에는 돼지고기가 가득 쌓이게 되었다. 최고의 요리사였던 동파는 5년 전 황주 유배 시에 개발한 돼지고기 레시피로 '동파육'을 만들었다. 그리고 그 요리를 항주 백성들에게 다 돌려보내 맛보게 했다. 동파육을 맛본 사람들은 그 맛에 환호했고 마침내 거리 음식점에는 '동파육'이 상품으로 만들어져 팔리기 시작한 것이다. 초기에는 돼지고기를 껍질과 함께 가로세로 8센티미터 크기의 깍둑썰기로 썰어 계란과 중국식 진간장인 노추를 배합한 것을 올려서 찌는 방식의 요리였다. 지금은 삶은 돼지고기를 양념에 조리고 찐 다음 살짝 데친 청경채와 함께 내놓는 형태이다. 껍질과 비계와 살코기가 황금 비율을 이루도록 고기를 적당히 두툼하게 자르는 것도 중요하다. 무엇보다 중요한 요소는 튀기기와 술이다. 튀겨져서 표면의 단백질이 변성된 돼지고기 덩어리에 술을 가미해 찌고 삶음으로써 고기를 속까지 부들부들하게 익히는 것이 핵심 포인트이다.

◈ 동파육

동파육과 관련된 웃기는 일화도 하나 전한다. 정치적 박해를 받던 시절 소동파의 정적이 항주에 출장을 나왔다가 저잣거리 음식점 곳곳에 '동파육'이 적힌 깃발이 나부끼고 있음을 보고는 돌아가서 황제에게 다음과 같이 보고했다고 한다. "폐하! 소동파가 항주의 태수로 있으면서 얼마나 백성들을 착취했는지, 백성들이 그를 씹어 먹고 싶다 할 정도로 미워했습니다. 그래서 마침내 항주의 음식점 곳곳마다 '동파육'이라는 요리가 내걸리게 되었습니다. 항주 백성들은 너도나도 동파의 고기를 씹으면서 태수를 욕하고 있습니다." 참으로 가소로운 이야기이지만 그토록 백성을 위한 훌륭한 목민관이었던 소동파였으니 백성이 원한다면 자신의 몸까지 망설이지 않고 내주었을 것이라는 엉뚱한 생각이 들기도 한다. 붉은 도자기 그릇에 담겨 나오는 동파육을 항주에서 멀지 않은 소흥에서 나는 명주 소흥주와 함께 맛나게 먹었다. 몇 잔의 향기로운 낮술에 서호의 달빛 속을 유유히 거니는 동파의 모습이 보인다. 낮부터 고기와 술이 너무 과하지 않느냐는 일행의 핀잔에 동파의 〈식저육〉을 빌려서 대꾸한다. "내 알아서 배부르게 먹나니 그대 상관 마시게나!"

청산에 묻힌 충골의 사당, 악비묘

동파육에 배부르고 소흥주에 흥이 올라 동파의 파란만장한 삶을 소재로 한 대화가 한창 물이 올랐는데, 누군가 빙글빙글 웃으며 주문한다. "동파의 북송은 이미 금나라에 망했습니다. 이제는 남송의 영웅을 찾아뵈올 때입니다. 속히 일어나시지요. 악왕鄂王께서 기다리고 계십니다!" 악왕은 남송의 전쟁 영웅 악비岳飛를 가리킨다. 그를 기리는 웅장한 사당이 서호의 서북쪽 모서리에 있으니 서호 유람에서 빼놓을 수 없는 곳이다. "그럽시다. 대신 가기 전에 악비 장군이 지은 작품 한 수를 같이 읽고 갑시다. 작품 속에서 살아 있는 영웅을 먼저 만나고 나서 그의 무덤을 찾아가는 게 순서에도 맞습니다." 명분이야 그럴싸했지만 또 주문한 소흥주가 아직 반병이나 남아 있던 터라 수작을 부린 것에 불과했다.

> 분노의 머리털이 모자를 찌르는데
> 난간에 기대어 섰더니 소슬하게 내리던 비 개었구나
> 고갤 들어 하늘 우러르며 장탄식하나니
> 장사의 가슴 뜨겁다
> 삼십 년의 공명이야 진토와 같은 것
> 팔천 리 전쟁의 길 구름과 달이 얼마였던가
> 허송세월하지 마라
> 젊은 머리 하얗게 되면 비애만 절절하리니

怒髮沖冠, 憑闌處, 瀟瀟雨歇。

^{대 망 안} ^{앙 천 장 소} ^{장 회 격 렬}
擡望眼, 仰天長嘯, 壯懷激烈。

^{삼 십 공 명 진 여 토} ^{팔 천 리 로 운 화 월}
三十功名塵與土, 八千里路雲和月。

^{막 등 한} ^{백 료 소 년 두} ^{공 비 절}
莫等閑, 白了少年頭, 空悲切。

정강의 치욕을 아직 다 갚지 못하였으니

신하의 한은 언제나 끝날까

수레를 길게 몰아 하란산을 밟아 부수리라

장한 기백으로 오랑캐의 고기를 씹고

담소를 나누며 흉노의 피를 마시리니

옛 산하를 남김없이 수복한 후에

대궐에 올라 천자를 뵈오리라

^{정 강 치} ^{유 미 설} ^{신 자 한} ^{하 시 멸}
靖康恥, 猶未雪。臣子恨, 何時滅。

^{가 장 거} ^{답 파 하 란 산 결}
駕長車, 踏破賀蘭山缺。

^{장 지 기 찬 호 로 육} ^{소 담 갈 음 흉 노 혈}
壯志饑餐胡虜肉, 笑談渴飮匈奴血。

^{대 종 두} ^{수 습 구 산 하} ^{조 천 궐}
待從頭, 收拾舊山河, 朝天闕。

금나라 군대를 상대로 한 수많은 전투에서 승리를 거두어 남송의
백성들에게 영웅으로 추앙받던 악비가 자신의 뜨거운 가슴을 노래
한 〈만강홍滿江紅〉이라는 사 작품이다. 첫 구의 '노발충관怒髮衝冠'의 기
세가 전 작품을 사로잡고 있는데, 그야말로 눈을 부라리고 전장을 호
령하는 악비의 씩씩한 모습이 생생하게 느껴진다. 악비는 젊은 시절
부터 전장을 누비고 다녔다. 그의 등에는 젊은 시절 어머니가 새겨준

'진충보국盡忠報國'이라는 문신이 있었다고 하는데, 어머니의 이러한 지엄한 분부대로 외적에게 빼앗긴 산하를 되찾기 위해 줄곧 병사들보다 앞서 나가 적과 맞서 싸웠고 훨씬 불리한 수많은 싸움에서 승리를 일궈냈다. 그가 이끈 군대를 악가군岳家軍이라 칭했는데, 금나라 군대는 "산을 흔들긴 쉬워도 악가군을 흔드는 것은 불가능하다"라며 악비와 그의 군대를 두려워했다. 하지만 악비는 적군을 상대로 한 싸움에서는 무적이었지만 아군을 상대로 한 싸움에서는 속수무책이어서 허무하게 패배했다. 남송과 금나라 사이의 화의和議가 본격적으로 논의되면서 주전파의 수장인 악비는 군권을 박탈당하고 모반죄로 몰려 처형을 당하게 된 것이다. 실로 억울하기 짝이 없는 죽음이어서 당시 이 일을 기획하고 처리한 재상 진회秦檜 일당은 이후 역사 속에서 세상에 둘도 없는 악인이 되었고 간신이 되었다.

사자성어 '동창사발東窓事發'은 "동쪽 창가에서 모의한 일이 다 발각되다"라는 뜻으로, 은밀하게 모의한 악한 일이 백일하에 드러나게 된 경우를 일컫는 말인데, 이 사자성어가 바로 아무런 죄 없던 악비에게 모반의 죄를 뒤집어씌워 죽인 진회와 그의 부인 왕씨王氏를 소재로 한 이야기에서 비롯되었다. 명나라 전여성田汝成이 쓴《서호유람지여西湖游覽志餘》라는 책에는 악비의 억울한 죽음과 관련된 이야기가 다음과 같이 수록되어 있다.

재상 진회는 금나라와의 화친을 통해 자신의 권력을 공고히 하려는 욕심에 눈이 멀어 자신의 명령에 따르지 않는 악비를 처단하려 했다. 그런데 악비를 죽일 마땅한 죄목이 없는 것이 문제였다. 어느 날 진회가 집 동쪽 창가에서 악비 일로 고심하고 있는 모습을 보고는 부인 왕씨가 다가와 사악한 제안을 하며 음모를 꾸몄다. "악비 수하에 있는 왕귀王貴가 군령을 어겨 악비가 그를 참수하려 했습니다. 여러 장수가 악비에게 청하여 겨우 죽음만은 면했으나 왕귀는 틀림없이 원한을 품고 있을 겁니다. 그로 하여금 악비가 조정에 모반을 꾸민다고 고발하게 하면 되지 않겠습니까?" 진회는 아내의 제안대로 왕귀를 끌어들여 악비에게 모반의 죄명을 씌워 죽였다. 악비가 죽은 후에 진회가 어느 날 항주 서호에서 뱃놀이를 하다가 잠시 낮잠을 잤는데 꿈속에 산발을 한 사람이 나타나서는 쩌렁쩌렁한 목소리로 진회를 꾸짖었다. "진회 이놈, 너는 나라를 망치고 백성을 해쳤다. 내가 이미 옥황상제에게 너를 고발하였으니 그가 곧 너를 잡아갈 것이다!" 잠에서 깨어난 진회는 두려움에 떨다가 큰 병이 들어 죽게 되었다. 그리고 그가 죽은 뒤 오래지 않아 그의 아들 진희秦熺 역시 죽게 된다. 졸지에 남편과 아들을 잃어버린 부인 왕씨가 도사를 불러서 제를 지냈는데, 도사가 비몽사몽간에 지옥을 다녀온 이야기를 왕씨에게 들려주었다. "내가 지옥에 갔는데 목에 죄인의 칼을 찬 당신의 아들 진희를 보았소. 아버지가 어디 계시냐 물었더니 귀성鬼城 풍도豊都에 있다고 합디다. 그래서 그곳으로 갔더니 진회 대인께서 철판으로 된 큰 칼을 목에 두른 채 온갖 모진 형벌을 당하고 있습디다. 진회 대인께서 나를 보더니 부인께 전하라며 이렇게 이르더군요. '부인에게 전해주시오. 우리가 동쪽 창가에서 모의해서 악비를 죽였던 일이 다 발각되었다고 말이오!'"

서호의 서북쪽 모서리에 남송 전쟁 영웅 악비를 모신 사당 악비묘岳

◈ 악비묘

飛廟가 있다. 억울하게 죽임을 당한 악비의 시신을 선량한 옥졸 하나가 몰래 빼내어서 성 밖에 묻고 자손에게만 알렸다. 21년이 흐른 뒤 남송 조정은 악비의 억울한 죽음을 신원했는데, 소식을 들은 옥졸의 자손이 악비의 무덤을 조정에 고하니, 조정에서는 서호 서북쪽 서하령栖霞嶺 기슭으로 무덤을 이장하고 웅장한 사당을 세워 악비의 원혼을 달랬다. 1979년 다시 중건된 악비묘에는 "마음은 하늘 해처럼 밝다"라는 뜻의 '심소천일心昭天日'이라는 편액이 처마에 걸려 있다. 이는 악비가 죽기 직전에 남긴 "천일소소天日昭昭, 천일소소天日昭昭(하늘 해는 밝고 밝도다, 하늘 해는 밝고 밝도다)"의 여덟 글자에서 비롯된 것이다.

사당 정전에는 무장의 복식을 갖춘 4.54미터의 악비상이 좌정하고 있고, 그 머리 위로 악비가 직접 썼다고 전해지는 '환아하산還我河山(우

◈ 무릎 꿇고 있는 장준과 묵기설의 철상

리 강산을 반환하라)'이라는 활달한 글씨의 편액이 높이 걸려 있다. 악
비의 무덤 앞에는 그를 죽음으로 몰아넣은 네 명의 악인, 승상 진회
와 그의 아내 왕씨, 진회의 심복인 장준張俊과 묵기설万俟卨이 철상鐵像
으로 주조되어 무릎을 꿇고 있다. 이곳을 찾는 여행자들은 누구 할 것
없이 이들 네 명의 악인을 향해 한바탕 욕을 퍼붓고 침을 뱉는다고 한
다. 그 철상 뒤쪽 묘역 입구에는 "청산은 무슨 행운으로 충골을 묻었
으며, 백철은 무슨 죄로 간신으로 빚어졌는가青山有幸埋忠骨, 白鐵無辜鑄佞
臣"라는 유명한 구절이 새겨져 있다.

네 명의 악인들 앞에서 악비의 이야기를 들려주니 일행 중에 한 사
람이 묻는다. "진회와 왕씨는 그렇게 벌을 받았다고 하는데, 그럼 나머
지 두 사람은 어떤 벌을 받았습니까?" "벌요? 벌은커녕 부귀영화를 실

◈ '환아하산' 편액과 악비상

컷 누리고 천수를 다하고 편안히 죽었습니다." 진회가 벌을 받아 병들
어 죽었다는 것은 훗날 대중의 염원으로 만들어진 허구일 뿐이다. 진
회는 66세로 병사하기 전까지 최고의 권력으로 부귀영화를 실컷 누리
다가 죽었다. 부정한 뇌물로 쌓아 올린 그의 재산은 나라의 부를 능가
할 정도였다고 한다. 그의 심복으로 악비를 죽음으로 몬 일등 공신 감
찰어사 묵기설은 진회를 뒤이어 재상에까지 올랐으며 75세의 천수를
다 누렸다. 장준은 본시 악비와 함께 군대를 지휘하며 금나라와의 전
쟁을 이끈 장수였으나 후에 진회 일당에 합류하여 악비를 모함한 인
물이다. 그 역시 악비가 죽은 후 승승장구했는데, 특히 재물에 대한 욕
심이 끝이 없어 백성들의 토지를 대대적으로 겸병하여 재산을 축적했
다. 황제가 자주 그의 집에 행차했는데, 그때 배설했던 잔치 음식이 중

국 역사상 가장 큰 규모의 식단으로 전해지고 있을 정도이다. 그 역시 69세로 천수를 누리고 평안히 죽었다.

　"이 세 사람이 죽은 다음 조정으로부터 받은 시호가 각각 충헌忠獻, 충정忠靖, 충렬忠烈, 모두 충성 '충' 자를 썼어요. 백성과 나라를 위한 충성이 아닌 어리석은 군주만을 위한 충성이었던 거지요. 이제 서호 여행에서 마지막으로 들르려고 하는 곳 역시 간신 장준과 관련이 있는 곳이에요. 장준이 만년에 청하군왕清河郡王에 임명되는데요, 그의 왕부王府가 있었던 그곳이 바로 지금 가려는 청하방清河坊 옛 거리입니다."

남송의 명동거리, 청하방

서호에서부터 걸어서 10분 정도면 도착할 수 있는 이곳 청하방 옛 거리는 명청 시대의 풍격을 지닌 오래된 점포들이 빽빽이 들어서 있어서 고풍스러운 운치를 즐길 수 있는 곳이다. 남송 때부터 항주에서 가장 번화한 상업 거리였던 이곳은 지금도 각종 전통 간식이며 정교한 조각품, 화려한 비단옷, 용정차를 비롯한 각종 차 등속을 파는 크고 작은 점포들이 가득하다. 전체 거리가 460미터 정도로 길지 않아서 설렁설렁 이곳저곳 기웃거리며 구경하기에 적당하다. 우리 일행은 태극다관太極茶館이라는 전통 찻집에 들어가 잠시 쉬기로 했다.

　건물 격식이 고풍스럽고 전통 복장을 한 종업원들의 모습이 이채로운데, 특히 주둥이가 긴 주전자로 찻잔에 뜨거운 물을 따르는 동작이 현란하여 눈길을 끌었다. 이른바 '장취호長嘴壺'라는 주전자인데, 주둥이의 길이가 1미터 정도 되는 동주전자이다. 이 장취호는 손님이 많고

◈ '장취호'로 차를 따르는 모습

장소가 협소한 상태에서 목마른 손님들에게 신속하게 찻물을 제공하기 위해 만든 것이다. 또 뜨거운 물이 긴 주둥이를 타고 오는 동안 적당하게 식어서 차를 우리기에 적당한 온도로 바뀌는 장점도 있다. 본래 차 문화가 발달했던 사천 성도에서 시작된 것인데 주전자의 긴 주둥이 때문에 화려한 오락적인 기예로 발전할 수 있었다.

　내 앞 탁자에 잔을 배설하고, 잔을 데우고, 잔에 찻잎을 넣는 차박사(차를 전문적으로 서비스하는 종업원)의 손동작이 마치 무술의 초식과도 같아서 무슨 동작이냐 물어보니 과연 태극권의 초식을 본떠서 만든 형식이라고 한다. 찻잔을 배설한 후에 드디어 장취호를 들고 현란한 기예를 선보인다. 하지만 아직은 숙련이 덜 된 듯 어설픈 모습이 종종 보이니 옆에서 바라보고 있던 고참 차박사가 나서서 능숙하게 시범을 보여주었다. 마치 검무를 추는 듯 긴 주전자를 휘두르며 찻잔에 뜨거운 물을 따라주는데, 그 동작이 얼마나 현란한지 감탄이 절로 나온다. 저러다 뜨거운 물이 쏟아지는 건 아닐까 잔뜩 긴장하며 바라보지만 작은 찻잔에 따라지는 물은 한 방울도 넘치지 않는다. 이들 동작을 높은 곳에서 탁자 위 찻잔으로 물이 쏟아진다 해서 '고산유수高山流水'라는 이름을 붙이기도 하고 검무를 추듯 주전자의 긴 주둥이를 등에 붙였다 떼었다 하는 동작 때문에 '소진배검蘇秦背劍'이라는 이름으로 부르기도 한다. 검은 일반적으로는 손잡이가 위로 가고 칼끝이 아래를 향하도록 메고 다니는데, 전국 시대 사상가였던 소진은 손잡이가 아래로 향하고 칼끝이 위로 향하도록 칼을 거꾸로 메고 다녔다. 무거운 주전자가 늘 아래에 있을 수밖에 없기에 이렇게 이름한 것이다. 여러 탁자 손님들 앞에서 줄곧 이어지는 장취호 태극 기예를 감상하며 항주 서호에서 나는 상품 용정차의 그윽한 향을 오랫동안 음미하면서 여행의 피로를 풀었다. 안복과 구복을 함께 누리는 행복한 여행길이었다.

2장

절강성 2

— 소흥

항주에서 동남쪽으로 한 시간 거리에 있는 유서 깊은 역사 도시 소흥으로 갔다. 치수 영웅 우임금이 제후들을 모아 논공행상을 했다는 회계산 자락에는 대하천의 물길을 정비할 때 썼던 삽을 든 우임금의 거대 동상이 우뚝 서서 이곳 소흥의 유구한 역사를 보여준다. 전하는 바에 따르면, 13년에 걸친 치수 사업을 마치고 순임금으로부터 천하를 물려받은 우가 이곳 소흥에 이르러 당시 치수에 참여했던 각 지역의 방백들을 모아 논공행상을 했다고 한다. 그 회합 장소가 당시 소흥에 있던 모산茅山이었는데, 그 역사적인 일을 기념하여 산 이름을 '회계산會稽山'으로 바꾸었다. '회계會稽'는 '회계會計'와 같은 뜻으로 '계산', '총계總計'의 뜻이다. 이러한 역사적 의미를 담고 있는 회계는 산음山陰, 월주越州와 함께 소흥 일대를 가리키는 옛 지명으로 줄곧 사용되어 왔는데, 북송 말기 금나라 군대에 쫓겨 장강 남쪽으로 도망 온 고종高宗이 이곳에 이르러 중흥의 염원을 실어서 '계승하여(紹) 일으킨다(興)'

◈ 우임금상

라는 뜻의 '소흥'으로 바꾼 것이다.

　일행과 함께 우임금의 동상이 서 있는 산자락까지 등산하면서 대략적인 소흥 여행의 일정을 정했다. 소흥에서 꼭 들러야 할 곳은 중국 현대문학의 선구자 노신魯迅의 고향집 노신고리魯迅故里, 남송 애국 시인 육유陸游의 슬프고 아름다운 사랑 이야기가 남아 있는 심원沈園, 서성書聖 왕희지王羲之의 신필 《난정서蘭亭序》가 탄생한 난정蘭亭, 당나라 시인이자 최고의 주당이었던 시인 하지장賀知章이 사랑한 거울의 호수 감호鑑湖, 중국 4대 미녀 중 한 명인 서시의 고향 서시고리西施故里, 이렇게 다섯 곳이다. 이 중에서 노신고리와 심원은 소흥 시내 같은 구역에 있고, 감호도 소흥 서남쪽으로 그리 멀지 않은 교외지역이어서 이 세

곳을 다 구경하는 데는 하루면 족하다. 서시의 고향 서시고리가 소흥에서 남서쪽으로 50여 킬로미터 떨어진 제기諸暨시에 있으나 가는 중간에 난정이 있으니 하루 날을 잡아 난정과 서시고리를 함께 구경하면 된다.

공을기의 주점을 찾아가다, 노신고리

소흥시 월성구越城區에 자리한 노신의 고향마을 노신고리는 중국 현대문학의 아버지로 불리는 노신이 태어나 청소년 시기까지 자란 곳이다. 마을은 노신의 삶과 문학의 향기를 잘 느낄 수 있도록 예스럽게 잘 갖추어져 있다. 그가 살던 고거故居에는 상당수의 가구가 원형 그대로 보존되어 있고, 가족들의 채마밭이었던 후원 백초원百草園은 규모는 작아졌지만 여전히 푸성귀며 화초가 무성하다. 노신이 자신의 낙원이라고 칭했던 이 후원에 서너 별처럼 초롱한 눈망울을 가진 아이, 훗날 중국 현대문학의 큰 별이 될 아이 하나가 깔깔거리며 나비를 쫓아 유채꽃 사이를 뛰어다닌다.

문을 나서 동쪽으로 200여 미터 길을 가면 거기 돌다리 하나가 있고 그 다리를 넘어서면 바로 우리 선생님의 집이다. 반질반질한 검은색의 대나무 쪽문을 열고 들어가서 세 번째 건물이 바로 서당이다. 중간에는 '삼미서옥三味書屋'이라는 편액이 하나 걸려 있다. 편액 아래에는 그림이 한 폭 걸려 있는데, 통통하게 살이 오른 꽃사슴 한 마리가 고목 아래 엎드려 있는 그림이다. 공자의 신위는

◈ 노신고리

따로 없어서 우리는 편액과 사슴 그림을 향하여 인사를 드렸다.
첫 절은 공자께 드리는 것이요, 둘째 절은 선생님께 드리는 셈이
었다.

- 노신, 《백초원에서 삼미서옥까지從百草園到三味書屋》 중

학동들의 인사를 받았던 삼미서옥의 훈장은 수경오壽鏡吾 선생으로,
소흥 지역에서 덕망과 학식으로 이름난 유생이요 학자였다. 삼미서옥
은 수씨 집안의 서재였는데 이곳을 서당으로 활용하면서 독서의 세
가지 맛이라는 뜻의 '삼미'라 이름한 것이다. 사서를 비롯한 유가의 경
서를 읽는 맛은 담박한 밥맛이요, 노자, 장자를 비롯한 여러 제자서를
읽는 맛은 짭짤해서 입맛을 돋우는 젓갈 맛이요, 《사기》,《한서》와 같

◈ 삼미서옥

은 역사서를 읽는 맛은 고기를 씹는 맛이라는 뜻이니, '삼미'는 독서의 즐거움을 실감나게 풀어낸 재미있는 명칭이다. 아이들이 절을 올린 꽃사슴 그림은 중국의 독특한 해음 문화를 이해하기 전에는 알기 어렵다. 사슴 '녹鹿'은 관리의 보수를 뜻하는 봉록의 '녹祿'과 발음이 같아 뜻을 공유하니 사슴 그림은 관직으로 나가 성공하기를 바라는 기원을 담은 것이다. 그 사슴이 고목 아래 엎드려 있다는 것이 의미심장하다. 고목을 뜻하는 한자 '고수古樹'는 오래된 책을 뜻하는 '고서古書'와 발음이 같다. 결국 이 그림은 오래된 책인 유가의 경전을 열심히 익히면 과거에 합격하고 봉록도 얻게 된다는 말이다. 노신은 열두 살부터 열일곱 살까지 이 삼미서옥에서 공부했다. 노신이 앉아 공부했다는 책상의 한 모퉁이에 '일찍 조早' 자가 새겨져 있다. 어느 날 지각한 노신이 스승으로부터 엄한 꾸중을 듣고 다시는 늦지 않겠다 마음 먹고 새겼단다.

삼미서옥 건너편에 자리한 노신기념관은 노신의 일생을 일람할 수 있도록 관련 자료들을 전시하고 있다. 전시실 맨 앞쪽에 새겨진 글이 눈길을 끈다. 노신의 수많은 경구와 명언 중에서 가장 유명한 구절이다. "천 명의 사내가 비난해도 눈 부릅뜨고 냉정하게 맞서려니와 어린아이를 위해서라면 기꺼이 고개 숙이는 소가 되리라橫眉冷對千夫指, 俯首甘爲孺子牛."

이 구절이 결정적으로 유명해진 것은 모택동이 인용했기 때문이다. 9,600킬로미터의 대장정을 끝내고 섬서성 연안에 자리잡은 모택동은 1942년 5월, 100여 명의 문예 분야 인사들을 초청하여 공산주의 문예의 나아갈 방향을 토론했다. 이 자리에서 모택동은 노신의 이 구절을 빌려서 다음과 같이 말했다.

> 노신은 "천 명의 사내가 비난해도 눈 부릅뜨고 냉정하게 맞서려니와 어린아이를 위해서라면 기꺼이 고개 숙이는 소가 되리라"라고 했다. 이 말을 우리의 좌우명으로 삼아야 한다. '천 명의 사내'는 여기서 적을 말하니, 어떤 흉악한 적 앞에서도 우리는 결단코 굴복하지 않을 것이다. '어린아이'는 여기서 인민대중이다. 모든 혁명적 문예 종사자들은 모두 노신을 배워서 인민대중의 소가 되어 죽도록 노력해야 한다.
>
> – 모택동, 〈재연안문예좌담회상적강화在延安文藝座談會上的講話〉 중

모택동이 인용한 시구는 노신이 1932년 10월에 지은 칠언율시 〈자

조自嘲)이다. 당시 사회 비판적인 지식인들을 탄압하던 국민당 정부의
핍박 속에서 아무것도 할 수 없는 자신의 신세를 한탄하면서 지은 시
이다.

악운이 계속되니 무엇을 할 수 있으랴

몸을 뒤척이려니 머리가 벌써 깨졌구나

낡은 모자로 얼굴 가린 채 번화한 거리를 지나려니

구멍난 배에 술을 싣고 강 한복판에 떠 있는 듯 위태롭구나

천 명의 사내가 비난해도 눈 부릅뜨고 냉정하게 맞서려니와

어린아이를 위해서라면 기꺼이 고개 숙이는 소가 되리라

작은 집에 숨어들어 나만의 한 세계를 이루리니

겨울과 여름, 봄과 가을 상관할 것 무에랴

運交華蓋欲何求, 未敢翻身已碰頭。

破帽遮顔過鬧市, 漏船載酒泛中流。

橫眉冷對千夫指, 俯首甘爲孺子牛。

躲進小樓成一統, 管他冬夏與春秋。

노신의 기록에 따르면, 이 시는 현대문학가이면서 항일운동에 앞장
섰던 욱달부郁達夫와 함께한 식사 자리에서 노신의 근황을 묻는 욱달
부의 인사에 화답하여 지은 것이라고 한다. 무기력한 상황에 대한 탄
식 속에서도 불의한 권력에는 끝까지 당당히 맞서 싸우며 인민대중을
위한 나만의 문학의 길을 가겠다는 결의와 자부심이 가득한 시이다.

평생 부조리한 세상에는 굳센 뿔로 당당히 맞서 싸웠던 노신에 대

◈ 함형주점

한 상념을 가득 안고 기념관을 나서면 그의 문학의 향기가 가득한 함
형주점咸亨酒店이 나그네를 반갑게 맞는다. 노신의 유명한 단편《공을
기孔乙근》의 주인공 공을기, 시대가 변했건만 여전히 봉건질서와 문화
속에서 벗어나지 못해 세상의 조롱을 받는 가난한 공을기가 소흥주
두 잔, 회향두 한 접시로 비참한 현실을 잠시 잠깐 잊었던 공간이다.

공을기는 서서 술을 마시는 사람 중에 장삼을 입은 유일한 사람
이었다. 그는 키가 컸고 창백한 얼굴에 주름살 사이로 늘 상처가
나 있었으며 희끗희끗한 수염이 어지럽게 헝클어져 있었다. 장삼
을 입기는 했지만 더럽고 낡은 것이 적어도 10년은 깁지도 않고

빨지도 않은 것 같았다. 사람들하고 이야기할 때는 말끝마다 '지
之', '호乎', '자者', '야也' 운운해서 사람들을 아리송하게 만들었다.
(중략) 공을기가 가게에 오자 술 마시던 사람들이 전부 그를 보고
웃었고, 한 사람이 "공을기, 자네 얼굴에 또 상처가 늘었구먼!"이
라고 소리쳤다. 그는 대답하지 않고, 주인에게 "따뜻한 술 두 잔,
그리고 회향두 한 접시"라고 말하며 동전 9문을 내밀었다. 사람들
은 일부러 큰소리로 떠들었다. "자네 또 남의 물건을 훔쳤지!" 공
을기가 눈을 크게 뜨고 말했다. "왜 이렇게 터무니없이 남의 청백
을 더럽히는가…." "뭐 청백이라고? 엊그제 자네가 허씨네 책을
훔치다가 들켜서 매맞는 것을 내 눈으로 봤는데." 그러자 공을기
는 얼굴을 붉히고 이마에 퍼런 힘줄을 선명하게 세우며 항변했다.
"책을 훔치는 건 도둑질이라고 할 수 없지… 책을 훔친다!… 그건
독서인의 일인데, 어떻게 도둑질이라 할 수 있겠나?" 그러면서 계
속 "군자는 본디 궁窮하니라"라느니 "…이리오"라느니 알 수 없는
말들을 해서 사람들의 웃음을 자아냈다. 가게 안팎으로 쾌활한 공
기가 가득 찼다.

– 노신, 《공을기》 중

흔히 《공을기》는 시대의 변화를 읽지 못하고 비참하게 살아가는 몰
락한 지식인의 운명을 묘사하면서 봉건 과거제도의 폐단을 폭로한 작
품이라고 해석하기도 하지만, 작가의 진정한 의도는 이 가엾은 공을
기를 향한 민중의 가학적인 모습을 그리는 데 있는 듯하다. 함형주점
에서 공을기를 비웃고 욕하는 사람들은 모두 짧은 옷을 입은 막일꾼
들이다. 이들은 장삼을 입고 거들먹거리면서 술집 안쪽에 마련된 방

으로 들어가서 술 가져오라 안주 가져오라 하며 느긋하게 앉아서 마시는 상류 인사들이 아니다. 술집 바깥에 마련된 허름한 스탠드에 기대어 선 채로 잔술을 마실 수밖에 없는 사람들이다. 함형주점의 이 짧은 옷 손님들은 공을기를 놀려대면서 희열을 느낀다. 이들의 가학적 놀림으로 그렇지 않아도 비참한 지경인 공을기는 더욱 상처를 받는다. 자신들도 사회적 약자로 늘 눌려 살면서 또 다른 약자를 향한 아무런 연민이나 동정 없이 가학적인 공격을 일삼는 사람들의 모습을 통해 노신은 사회 전반에 걸친 민중들의 왜곡된 공격성을 비판하고 있는 것이다. 사회적 약자에 대한 이러한 가학적 조롱은《광인일기狂人日記》에서 작가가 외치고 있는 중국의 전全 시대적이며 전全 사회적인 '식인문화'의 또 다른 모습이다. 쌀쌀한 초겨울 오후, 새끼줄로 어깨에 매단 가마니 위에 부러진 다리를 걸치고 두 팔로 진흙길을 짚어가며 주점을 찾아온 병색 완연한 공을기에게 주인은 연민의 말 한마디 보태지 않고 조롱하듯 묻는다.

"공을기인가? 자네 아직 외상이 19문 있네!" 공을기는 몹시 풀이 죽은 얼굴로 말했다. "그건… 다음에 갚기로 하지. 이번엔 현금이라네. 좋은 술로 주시게." 주인은 늘 그렇듯 웃으면서 그에게 말했다. "공을기, 자네 또 도둑질했구만!" 하지만 그는 이번에는 그다지 변명하려고 하지 않고, 단지 "농담하지 마!"라는 한마디만 했다. "농담이라고? 도둑질을 안 했으면 왜 다리가 부러졌을까?" 공을기는 낮은 소리로 "넘어져서 부러졌어, 넘어져서, 넘어져서…" 라고 말했다. 그의 눈빛은 주인에게 더 이상은 이야기하지 말라고 애원하는 것만 같았다. 이때쯤엔 이미 몇몇 사람이 모여들어 주인과 함께 웃고 있었다. 나는 술을 데워서 들고 나가 문턱 위에 내려놓았다. 그는 낡은 옷 주머니 속에서 동전 4문을 꺼내어 내 손에 올려놓았다. 그의 손은 온통 진흙투성이였다. 그 손을 사용하여 여기까지 온 것이었다. 잠시 후 그는 술을 다 마셨고, 사람들의 웃고 떠드는 소리 속에서, 앉은 채로 그 손을 사용하여 천천히 가버렸다.

– 노신, 《공을기》 중

공을기는 지금도 함형주점의 술집 앞에 여전히 서 있다. 장삼을 걸치고 변발을 한 공을기가 회향두를 하나 손에 들고 만족한 웃음을 흘리면서 여행자들을 맞이한다. 노신 문학의 성지가 된 소흥 함형주점에서 공을기는 가장 사랑받는 존재가 되었다. 여행자들은 그의 동상을 어루만지며 말을 걸기도 하고 함께 사진을 찍자 청하기도 한다. 이곳에서는 최고급 소흥주를 잔술로 판다. 바깥에 딸린 허름한 술집 긴 나무 의자에 앉아 9년간 숙성된 간장처럼 진한 소흥주 한잔을 천천히 마시면서 오가는 행인들을 바라보다 보면 어디선가 낡고 더러운 장삼 차림의 공을기가 중얼중얼 아무도 모르는 소리를 씨부렁거리며 들어올 듯도 싶다.

흥 따라갔다가 흥 다해 돌아오는 뱃길, 오봉선의 추억

얼큰해진 기분으로 노신고리의 흑청색 돌길을 휘청거리며 걷다 보

◈ 오봉선

면 길 건너편으로 소흥의 명물인 오봉선烏篷船 선착장이 보인다. 소흥은 물길이 도시 곳곳에 그물망처럼 퍼져 있는 수향 마을인데, 예부터 이 물길을 오간 것이 대나무로 엮은 지붕이 있는 검은색의 거룻배 오봉선이다. 여기서 '오烏'는 검다는 뜻이고, '봉篷'은 대나무 지붕을 뜻한다. 배의 지붕은 낮아서 앉거나 누울 수는 있어도 일어날 수는 없는데, 배가 폭이 좁아 일어나게 되면 전복될 우려가 있어서 그렇게 만든 것이다. 이 배는 시속 10킬로미터 정도의 빠른 속도로 운행이 가능하다. 노를 젓는 방식이 일반 배와는 달리 두 발을 이용하기 때문이다. 큰 노와 작은 노 둘을 활용하는데, 두 발로 큰 노를 저어 배의 추동력을 얻고 손으로는 작은 노를 저어가며 방향을 조절한다. 강남 수향 마을의 이색적인 풍경은 수로를 따라 물결을 치며 줄지어 지나가는 오봉선의 잔잔한 소음으로, 작은 부두에 외롭게 떠 있는 오봉선의 고즈넉한 모습으로 화룡점정의 아름다움을 연출한다. 진실로 오봉선은 수향 마을의 정령이다. 노신고리와 심원沈園 사이의 수로를 오가는 오봉선 행렬을 바라보면서 나는 일행에게 아주 먼 옛날 이곳에서 가장 운치 있게 이 오봉선을 탔던 한 사람 이야기를 들려줬다.

때는 지금으로부터 1600년 전인 동진東晉 시절, 서성 왕희지의 다섯째 아들인 왕휘지王徽之가 이곳 소흥에 살고 있었다. 아버지의 재능을 물려받은 왕휘지는 서예가로서 출중한 실력을 갖추기도 했지만 아버지의 방탕불기放蕩不羈의 기질까지 물려받았으니, 산수에 노닐고 시주를 탐닉하며 거칠 것 없이 자유롭게 살아가는 인물이었다.《세설신어》〈임탄任誕〉에는 그와 관련된 다음과 같은 이야기가 실려 있다.

왕휘지가 산음(소흥)에 살고 있었는데, 어느 해 겨울밤에 큰 눈이 내렸다. 왕휘지가 잠자다 깨어나 창문을 열어 밖을 내다보고는 술을 차리라 명했다. 달빛이 훤히 비치는 사방을 바라보며 홀로 잔을 기울이며 즐거워하더니, 아예 밖으로 나가 이리저리 달빛 아래 배회하며 좌사의 〈초은시招隱詩〉를 읊조렸다. 그러다 문득 섬현剡縣에 사는 친구 대규戴逵가 그리워졌다. 왕휘지는 즉시로 작은 배를 타고 대규가 있는 곳으로 갔다. 밤을 꼬박 새워 마침내 대규의 집까지 이르렀는데 안으로 들어가지 않고 되돌아갔다. 사람들이 그 까닭을 묻자 왕휘지가 말했다. "나는 본시 흥이 일어서 온 것인데 흥이 다하니 되돌아간 것일 뿐이다. 구태여 대규를 꼭 만날 것이 있겠는가!"

이 이야기에서 나온 숙어가 '승흥이래乘興而來, 흥진이반興盡而返'이라는 말이다. 흥이 일어서 왔다가 흥이 다해 돌아간다는 뜻으로, 세상만사 외면적인 의무나 원칙이 아닌 내면의 욕망과 흥취를 따라 살아가는 자유로운 삶의 모습을 형용하는 말이다. 왕휘지의 벗 대규 역시 벼슬에 뜻을 두지 않고 그림을 그리고 거문고를 타며 자유롭게 살아가는 사람이었다. 다재다능한 대규의 재주를 탐낸 많은 권력자가 거듭 출사를 요구했지만 끝내 거부하고 자연 속에서 노닐며 은자로 삶을 마쳤다. 대설이 내린 후 달빛이 교교한 그림 같은 세상에서 왕휘지가 그림에 능했던 대규를 생각한 것은 자연스러운 일이다. 그 그림 위에 다시 거문고의 청아한 가락까지 얹힌다면 얼마나 격조 높은 아회雅會가 될 것이냐! 대설과 명월, 술과 시로 폭발한 왕휘지의 흥은 소흥으로부터 섬현까지 70킬로미터 뱃길 내내 이어졌지만 조금씩 줄곧 식어간 흥의 마지막 심지가 대규의 집 문 앞에서 완전히 소멸한 것이다. 어쩌면 왕휘지의 의도는 대규의 집이 아니라 대규의 집으로 가는 길에 있었을 것이다. 그 길에 펼쳐지는 백설과 명월이 빚어내는 꿈결 같은 강산설제도江山雪霽圖를 흔들리는 오봉선 뱃전에 기대어 하염없이 감상하는 것이었을지도 모른다.

육유와 당완의 슬픈 사랑의 정원, 심원

노신고리로부터 큰 도로를 따라 10여 분 걸으면 금세 아름다운 정원 심원沈園에 도착한다. 심원은 부유한 상인 심씨가 소유한 개인 정원으로, 남송의 위대한 시인 육유陸游의 슬프고도 아름다운 애정고사가 있는 연애의 성지이다. 육유는 당완唐婉이라는 재색이 출중한 여인을 만나 가정을 이루어 행복하게 살았는데, 며느리를 못마땅해한 어머니 때문에 결국 헤어져 각각 재혼을 하기에 이른다.

몇 년이 흐른 어느 봄날, 심원에서 육유는 재혼한 남편과 함께 봄놀이를 온 당완을 만난다. 갈라진 뒤에도 세월이 흘러도 여전히 서로를 깊이 사랑하고 있음을 어쩌랴. 당완은 남편의 허락을 얻어 전남편 육유와 동석하여 그의 술잔을 채운다. 감정이 격해진 육유가 일어나 심원 담벼락에 사 작품 〈채두봉釵頭鳳〉 한 수를 쓴다.

그대 고운 손으로 따르는 한잔 술
온 성에 봄이 와 버들이 푸른데
동풍이 사납게 불어 기쁨은 사라졌어라
온통 그리워하며 보낸 나날이여
고독 속에 몇 년이 흘렀던가
아니야, 아니야, 이건 아니라고!

紅酥手, 黃藤酒, 滿城春色宮牆柳。
東風惡, 歡情薄, 一懷愁緒, 幾年離索。
錯錯錯。

당완도 눈물로 답가를 적었다.

세상사 박하고, 인정은 모질구나
황혼에 날리는 비에 꽃은 쉬이 지고

◈ 심원에 걸려 있는 연인들의 사랑의 패

새벽 마른 바람에 눈물 자국 말랐네

편지 한 장 전하지 못하고

홀로 난간에 기대 중얼거릴 뿐

어렵구나, 어렵구나, 어렵구나!

世情薄, 人情惡, 雨送黃昏花易落。

曉風乾, 淚痕殘, 欲箋心事, 獨語斜闌。

難難難。

슬픔을 이기지 못한 당완은 병이 들어 얼마 후 세상을 뜨고, 세월이

강같이 흐른 뒤 칠십을 넘긴 육유가 노구를 이끌고 심원을 다시 찾아 〈심원〉이라는 시를 쓴다.

성 위로 지는 해에 호각소리 슬픈데

이곳 심원은 옛날 모습 아니구나

슬픈 다리 아래 푸른 봄 물결 위로

놀란 기러기 같은 아름다운 사람 모습 비쳤었지

성 상 사 양 화 각 애　심 원 비 부 구 지 대
城上斜陽畫角哀, 沈園非復舊池臺。

상 심 교 하 춘 파 록　증 시 경 홍 조 영 래
傷心橋下春波綠, 曾是驚鴻照影來。

꿈 끊어지고 향기 사라진 지 사십 년

심원의 버들은 늙어 솜도 날리지 못하네

이 몸도 늙어 곧 회계산 흙이 될 터인데

아직도 옛 자취 그리며 줄곧 눈물 흘리고 있네

몽 단 향 소 사 십 년　심 원 류 로 불 취 면
夢斷香消四十年, 沈園柳老不吹綿。

차 신 행 작 계 산 토　유 조 유 종 일 현 연
此身行作稽山土, 猶吊遺蹤一泫然。

　　육유와 당완의 작품을 새긴 심원의 담벼락 앞에 서서 아득한 시절의 슬픈 사랑에 푹 젖어 있다가 문득 눈 들어 바라보니 육조 시대 오래된 우물가에 저녁 꽃잎이 하롱하롱 진다. 다시 소흥주 한잔이 그리워진다.

◈ 육유와 당완의 작품이 새겨진 심원 담벼락

심원 뜨락에 천 번의 봄이 지났건만

연못가 버들은 만고의 그리움이어라

어젯밤 꿈속 그대 향기 아직도 남았는데

저녁 바람에 꽃잎은 옛 우물가에 지누나

심 원 원 락 천 춘 과　지 반 류 양 만 고 전
沈園院落千春過, 池畔柳楊萬古纏。

작 야 몽 군 향 미 료　만 풍 고 정 낙 화 연
昨夜夢君香未了, 晩風古井落花連。

－김성곤, 〈심원〉

이백의 술친구 하지장의 고향, 감호

소흥 서남쪽 교외에 자리한 유서 깊은 호수, 감호鑑湖로 갔다. 동진 시기에 조성된 이 호수는 '팔백 리 감호'라 칭할 정도로 광활한 호수였으나 긴 세월 동안 거듭 축소되어 지금은 길이 15킬로미터, 면적 3제곱킬로미터 정도의 작은 규모로 남아 있다. 하지만 수질은 여전히 양호해서 중국 최고의 황주 소흥주를 빚는 데 쓰이고 있다. 소흥주는 소흥에서 나는 이름난 술로, 20도 이하 낮은 도수의 황주 계열 술이어서 '소흥황주紹興黃酒'로 불리는데, 오래될수록 향이 좋다고 해서 '소흥노주紹興老酒'로도 불린다. 소흥주의 역사는 유구하여 춘추전국 시대까지 올라간다. 《여씨춘추呂氏春秋》에는 월나라 왕 구천이 오나라와의 싸움을 앞두고 촌로가 바친 귀한 술 한 단지를 혼자 마시지 않고 강물에 풀어 온 군대로 함께 마시게 했다는 '투료로사投醪勞士'의 이야기가 실려 있는데, 그때 그 술이 바로 소흥주라고 한다. 위진남북조 시대부터 소흥주는 이미 공품貢品이 되어 황제에게 진상되었다. 소흥주 빛깔은 투명한 호박색으로, 주원료인 쌀과 밀의 자연 색소에 적당량의 흑설탕이 가해져서 만들어진 빛깔이다. 단맛, 신맛, 쓴맛, 매운맛, 신선한 맛, 떫은맛 이렇게 육미六味가 서로 섞이면서 소흥주 특유의 맛과 향을 만들어낸다고 설명하기도 한다. 황주의 맛을 결정하는 요소 중에 하나가 물이다. 소흥주가 명주가 된 것은 거울같이 맑은 감호의 물을 쓴 까닭이다.

청나라 때 양장거梁章鉅가 쓴 《낭적속담浪迹續談》에는 "소흥 지역은 물이 술을 만들기에 가장 적합하다. 다른 지역에서 모두 소흥과 똑같은 방식으로 술을 만들어도 물이 달라서 맛이 훨씬 떨어진다"라고 설

◈ 소흥주와 회향두

명하고 있다. 소흥주는 그 종류가 다양한데 그중에 가장 유명한 것이 '여아홍女兒紅'이다. 아주 옛날부터 부잣집에서는 딸을 낳으면 그날로 바로 소흥주를 담가서 계수나무 밑에 묻어두었다가 딸이 시집가는 날에 꺼내서 잔치에 썼는데, 바로 이 술을 '여아홍'이라고 한 것이다. '화조주花雕酒' 혹은 '여아주女兒酒'로 불리기도 한다.

감호는 최고의 술을 빚어냈을 뿐 아니라 문단 최고의 술꾼 한 명을 만들어내기도 했다. 바로 당나라 전성기인 개원, 천보 연간에 활동한 시인 하지장賀知章이다. 인위적인 조탁을 배제하여 자연스럽고 질박한 그의 시는 당시의 황금기로 들어가는 문을 활짝 열었다. 이 하지장의 고향이 바로 소흥 감호 부근인데, 86세의 나이로 은퇴할 때 황제로부터 감호 일대의 땅을 하사받아 호숫가에 집을 짓고 말년을 보냈다. 그래서 감호를 하지장의 '하賀'를 따서 '하감호賀鑑湖'로 부르기도 한다. 측천무후의 조정에서 과거시험에 장원으로 합격한 하지장은 이후 현종의 조정에서 매우 순조로운 벼슬 생활을 했다. 당나라 최고의 황금기요 태평성세였던 개원 연간 하지장은 예부시랑, 집현원학사, 태자빈객, 비서감 등의 고위 관직을 두루 지내면서 승승장구했는데, 시문에도 뛰어나고 서예도 일가를 이루었던 그는 특히 대단한 술꾼으로 이름이 높았다. 당시 장안에는 별난 음주행각으로 이름을 떨치던 여덟 명의 주당이 있어 '주중팔선酒中八仙'이라는 미명으로 불렸다. 두보가 지은 〈음중팔선가飮中八仙歌〉에 이들의 취중 기행奇行이 멋지게 묘사되어 있는데 서두를 장식한 이가 바로 하지장이다.

말을 탔나, 배를 탔나 흔들흔들 하지장
어질어질 우물에 빠져 물속 잠을 잔다네

지 장 기 마 사 승 선　안 화 낙 정 수 저 면
知章騎馬似乘船, 眼花落井水底眠。

하지장이 잔뜩 취해서 말을 타고 좌우로 흔들리며 가는데 그 모습이 영락없이 파도에 흔들리는 배를 타고 가는 모습이라는 말이다. 결국 어질어질하여 우물에 빠졌는데, 그 차가운 물속에서도 깨어나지 않고 숙면하신다고 하니 이 정도면 취태醉態가 아니라 광태狂態이다. 전통적으로 주석가들은 "말을 배처럼 탄다는 것은 술 취한 가운데 자득自得하였음이요, 눈이 어질하여 우물에 빠졌다는 것은 취한 후에 몸을 잊어버린 것이다"라는 멋진 해석으로 하지장에 대한 호감을 표했다. 두보의 시에 등장하는 여덟 명의 주선 중에 우리가 잘 알고 있는 천하의 술꾼 이백이 있다. 그의 취태 또한 가관이다.

이백은 술 한 말에 시가 백 편
장안 거리 술집에서 잠이 들어
천자가 불러도 배에 오르려 하지 않고
스스로 일컫기를 취선이라 했다네

이 백 두 주 시 백 편   장 안 시 상 주 가 면
李白斗酒詩百篇, 長安市上酒家眠。
천 자 호 래 불 상 선   자 칭 신 시 주 중 선
天子呼來不上船, 自稱臣是酒中仙。

　이 대목은 그 유명한 침향정沈香亭의 봄날 사건이 배경이다. 모란이
한창이던 늦봄에 침향정에서 양귀비와 함께 모란을 감상하며 잔치를
즐기던 현종이 새로 작곡한 곡에 쓰일 가사가 필요해 급히 이백을 불
렀다. 하지만 이백은 이미 장안 술집에서 술에 떡이 되어 있었으니, 황
제가 부른다 해도 오불관언吾不關焉, 내 알 바 아니라며 버티는 터라, 궁
중 환관들이 합세하여 그를 불끈 들어 억지로 배에 태우려고 했더니
끌려가는 이백이 입만 살아서 큰소리치는 것이었다. "내가 누군지 아
느냐! 내가 바로 술에 취한 신선이다. 신선을 모셔 가야지 이리 끌고
가는 것이냐! 이 무지막지한 놈들아!" 이백이 침향정에 도착하여 찬물
로 얼굴을 대충 씻고는 황제의 뜻을 받아 취필을 휘둘러 멋들어지게
완성한 작품이 〈청평조사清平調詞〉 3수이다. 모란의 아름다움으로 양귀
비의 아름다움을 비유하여 황제와 귀비의 환심을 산 이백은 상을 받
고 무사히 물러나왔으나, 다음 날 술에 깨어 기억을 더듬어보니 당세
현종 측근의 실세였던 환관 고력사에게 자신의 더러운 장화를 벗기게
한 일이 비로소 생각나는 것이 아닌가! 아뿔싸! 가까스로 열리려던 벼
슬문을 나 스스로 닫아버린 꼴이로구나! 이놈의 술이 원수로다! 그해

봄 모란이 다 지기도 전에 이백은 황제에게 산으로 돌아가겠다고 아뢰었고 황제는 황금을 넉넉히 하사하며 그의 귀로를 축복해주었으니, 2년이 채 안 되는 기간 한림공봉으로 수고한 것에 대한 퇴직금인 셈이었다.

다시 하지장으로 말머리를 돌려보면, 장안의 내로라하는 술꾼들 중에서 하지장과 이백은 특별한 사이였다. 이백이 시의 신선이라는 '시선詩仙'의 별호를 갖게 된 데는 하지장의 이백 시에 대한 평가가 큰 몫을 했다.《신당서》〈이백전〉에는 다음과 같은 기록이 있다.

천보 초에 남쪽으로 회계로 들어가서 오균吳筠과 친분을 쌓았다. 오균이 천자의 부름을 받자 이백도 장안으로 갔다. 가서 하지장을 만났는데, 하지장은 그의 문장을 보자 찬탄하여 말했다. "당신은 하늘에서 인간 세상으로 유배 온 신선이로군요!" 하지장이 현종에게 이백을 천거하자 현종은 이백을 불러 금란전에서 만났다. 이백이 당세의 일을 논하고 송頌 한 편을 바쳤다. 황제가 음식을 하사하며 친히 그를 위해 국의 간을 맞춰주었고, 한림원에서 천자를 받들도록 명했다.

당시 하지장이 보았던 이백의 작품은 촉으로 가는 험난한 길을 묘사한 〈촉도난蜀道難〉이다. 당대 시인들의 일화를 적은 맹계孟棨의 〈본사시本事詩〉에서 그것을 알 수 있다.

이백이 처음 촉에서 경사로 와서 여관에 머물고 있었다. 비서감秘書監 하지장이 이백의 이름을 듣고는 맨 먼저 그를 찾아왔다. 하지장은 먼저 이백의 용모에 감탄하더니 이어 그의 시문을 청했다. 이백이 〈촉도난〉을 꺼내어 보여주었다. 작품을 다 읽기도 전에 여러 차례 감탄을 연발한 하지장이 이백을 향해 '귀양 온 신선'이란 뜻의 '적선謫仙'으로 불렀다. 허리춤의 금거북을 풀어 술로 바꾸어 함께 잔뜩 취하도록 마셨다.

이렇게 이백과 하지장은 시우詩友가 되었고 주붕酒朋이 되었다. 하지장이 86세로 관직에서 물러나 고향 소흥으로 돌아가게 되자 황제는 친히 그에게 송별시를 써주었고 황태자로 하여금 문무백관들을 이끌고 그를 전송하게 했다. 당시 아직 한림공봉의 벼슬에 있던 이백도 전별연에 참가해서 송별시를 남겼다. 〈월주越州로 돌아가는 태자빈객太子賓客 하 대인을 전송하다〉라는 시이다.

감호로 흐르는 물 맑은 파도 출렁이니
광객狂客의 돌아가는 배 흥취도 많아라
혹여 산음에 살고 있는 도사를 만나시거든
응당 황정경黃庭經을 써서 흰 거위와 바꾸시옵기를

경 호 류 수 양 청 파　　광 객 귀 주 일 흥 다
鏡湖流水漾清波, 狂客歸舟逸興多。
산 음 도 사 여 상 견　　응 사 황 정 환 백 아
山陰道士如相見, 應寫黃庭換白鵝。

하지장을 '광객'이라 칭한 것은 하지장이 만년에 '사명광객四明狂客'으로 자호했기 때문이다. '사명'은 하지장의 고향 부근의 산 이름이다. 산음의 도사를 만나《황정경》을 써주고 거위로 바꿔온 일은 서성 왕희지의 고사이다. 소흥에 살던 왕희지는 유독 거위를 좋아했는데, 마침 산음의 도사에게 좋은 거위가 있다는 소문을 듣고 찾아가서 《황정경》 한 부를 써주고 거위를 얻어 돌아갔다는 이야기이다. 하지장이 지금 가는 곳이 왕희지의 옛 족적이 선명한 소흥이요, 하지장 또한 뛰어난 서예가였으므로 이 고사를 시에 활용한 것이다. 이렇게 86세의 하지장은 고향 소흥 감호로 돌아왔다. 37세에 과거에 합격했으니 그전에 집을 떠났을 터, 어림잡아 50년 만에 돌아온 것이다. 하지장은 반백 년 만의 귀향에 대한 특별한 심사를 시에 아로새겼으니 그것이 그 유명한 "고향에 돌아와 우연히 쓰다"라는 뜻의 〈회향우서回鄕偶書〉이다.

> 어려서 집을 떠나 늙어 돌아왔더니
> 사투리 변함없건만 머리칼이 하얗구나
> 고향 마을 아이들 낯선 나를 보고는
> 손님께선 어디서 오셨냐 되레 묻네그려
>
> 소 소 리 가 로 대 회　향 음 무 개 빈 모 최
> 少小離家老大回, 鄕音無改鬢毛衰。
> 아 동 상 견 불 상 식　소 문 객 종 하 처 래
> 兒童相見不相識, 笑問客從何處來。

– 하지장, 〈회향우서〉 제1수

50년이 지나서야 돌아온 고향, 자신이 비록 고향을 떠나 있었지만 그래도 여전히 그 고향의 주인이라 생각했던 시인은 이제 고향의 새로운 주인 격인 아이들로부터 나그네 취급을 당하게 되면서 금석지감今昔之感의 쓸쓸한 상념에 빠지게 된다. 하지만 나그네가 된 이 쓸쓸한 시인을 여전히 변함없는 모습으로 반기는 것이 있었으니, 바로 고향집 문 앞에 펼쳐진 거울 같은 감호이다.

고향 떠난 세월이 얼마런가

이젠 사람도 일도 많이도 바뀌었네

그저 문 앞에 펼쳐진 거울 같은 감호만이

옛 모습 그대로 봄바람에 출렁이누나

離別家鄉歲月多, 近來人事半消磨。

惟有門前鏡湖水, 春風不改舊時波。

– 하지장, 〈회향우서〉 제2수

이 시를 쓰고 얼마 되지 않아 하지장은 세상을 뜬다. 거울 같은 감호의 물결 위에 만곡 술을 실은 배를 띄우고 청풍과 명월을 불러 유유자적하고자 했던 꿈을 실현하기에는 너무 늦은 귀향이었던 것이다. 한참 세월이 흐른 어느 해 장안의 한 주점에서 술잔을 앞에 둔 이백은 너무나 보고 싶은 하지장 생각에 하염없이 눈물을 흘렸다. 하지장이 이백을 처음 만나 '적선'이라 칭하고 이백의 손을 잡아 이끌고 들어가 허리춤의 금거북을 풀어서 술을 샀던 그 주점이었다. 이백은 술 몇 잔에 더욱 또렷하게 살아오는 하지장과의 옛 추억을 붓을 들어 시로 적었다. "술을 대하여 비서감 하 대인을 추억하다"라는 뜻의 〈대주억하감對酒憶賀監〉이라는 시는 다음과 같은 서문을 병기하고 있다.

태자빈객 하공께서 장안 자극궁에서 나를 보시더니 '적선인'이라 부르시고는 이내 금거북을 풀어서 술로 바꾸어 함께 즐기셨다. 돌아가신 후 술을 대하니 슬픔이 밀려와 시를 짓는다.

사명산에 광객이 있으니

천하의 풍류객 하지장이라네

장안에서 한번 보시고는

날더러 귀양 온 신선이라 했네

옛날에는 잔 속에 있는 물건을 그리 좋아하셨더니

이제는 소나무 아래서 흙이 되셨네

금거북 술로 바꾼 곳

옛일을 추억하니 눈물이 옷깃을 적시네

四明有狂客, 風流賀季真。

長安一相見, 呼我謫仙人。

昔好杯中物, 翻爲松下塵。

金龜換酒處, 卻憶淚沾巾。

　　일행과 함께 오봉선을 타고 호수를 구경했다. 옛 시에서 묘사한 광활하고 투명한 호수를 기대했건만 호수는 형편없이 작아졌고 물빛도 그다지 맑지 않아 적잖이 실망스러웠다. 소흥 방언을 쓰는 사공 할아버지가 자꾸 뭐라 뭐라 소리치는데 나중에 알고 보니 담뱃값을 달라는 것이었다. 이미 지불한 뱃삯도 적지 않은 데다 경치까지 실망스러워 이래저래 우울한 기분으로 돌아와 시 한 수 써서 그날의 감회를 새겼다.

산음 팔월 계수나무 꽃 지는데

멀리 감호를 물어 거울 속을 지나누나

그대 눈 이미 흐려지고 몸 늙어 수척해졌나니

시인 떠난 후 줄곧 마음 상한 탓이런가

<small>산 음 팔 월 오 화 락　　원 문 감 호 경 리 행</small>
山陰八月桂花落, 遠問鑒湖鏡裏行。

<small>군 안 이 혼 자 수 로　　시 인 별 후 일 상 정</small>
君眼已昏姿瘦老, 詩人別後一傷情。

- 김성곤, 〈과감호過鑒湖〉

행서 신품의 탄생처, 난정

소흥에서 서남쪽으로 10여 킬로미터 떨어진 난정으로 갔다. 서성書聖 왕희지의 족적이 선명한 서예의 성지이다. 이곳에서 왕희지는 행서의 신품神品 〈난정집서蘭亭集序〉를 써서 장구한 서예 역사의 페이지에 가장 찬란한 대목을 완성했다. 때는 바야흐로 동진東晉 목제穆帝 영화永和 9년(353) 음력 3월 3일 삼짇날, 우군장군右軍將軍이자 회계내사會稽內史의 직함을 갖고 있던 51세의 왕희지는 사안謝安, 손작孫綽 등 당시 내로라하는 명사들을 초청하여 이곳 난정에서 대대적인 시회를 열었다. 명목은 삼짇날 거행하는 수계修禊라는 제사로, 한 해의 재액을 떨치기 위해 물가에서 목욕재계하는 행사이다. 이 수계의 행사에 참여한 명사들이 총 42인이었는데, 목욕은 물만 대충 적시는 식으로 서둘러 마치고 굽어진 물가로 흘러드는 술잔 앞으로 모두 몰려들었으니 이것이 그 유명한 유상곡수流觴曲水의 시회이다. '유상'은 흐르는 술잔이란

◈ 유상곡수 현장

뜻이요, '곡수'는 굽어진 물줄기라는 뜻이니, 이리저리 굽어 도는 물줄기를 따라 술잔이 흘러간다는 말이다. 술잔이 자신의 자리로 흘러오면 한잔 들고 자작시 한 편을 낭랑하게 읊어야 한다. 만일 시를 읊지 못하면 옆에 서 있던 하인이 건네주는 '굉觥'이라는 큼지막한 술잔에 담긴 벌주를 석 잔 연거푸 마셔야 했다. '굉觥' 한 잔은 최소한 반 근, 250cc의 술이라 하니 석 잔이면 결코 적은 양은 아니다.

그날 참여한 사람들의 성적표를 보니 총 42인 중에 시를 2수씩 지은 사람은 11인이요, 1수를 지은 사람은 15인이다. 나머지 16인은 작시에 재주가 없었거나 음주에 뜻이 과한 사람이어서 끝내 시 한 수를 짓지 못한 채 술만 들이켠 꼴이 되었다. 이렇게 유상곡수의 부산물로 태어난 37수의 시가가 바로 '난정에서 모여 만든 시집'이란 뜻의 《난정집蘭亭集》이요, 그 시집의 서문이 왕희지가 얼큰한 취기 속에서 유려한 행서체로 써낸 〈난정집서〉인 것이다. 행서의 신품으로 평가받는 〈난정집서〉에 대한 서예가들의 찬미는 대단하다. 구성이 소랑疏朗하여 운치가 있다느니, 필법이 변화무쌍하다느니, 기세가 종횡으로 자재롭다느니 하는 거창한 수식어가 줄을 잇는다. 당나라 때 손과정孫過庭이라는 서예가는 왕희지의 서체를 두고 "과격하지도 않고 잘하려 애쓰지도 않는데 그 풍도와 규범이 절로 심원하다"라는 평어를 남겼다. 대체적으로 이 평어에서 비롯된 '불격불려不激不勵'를 〈난정집서〉에 대한 적절한 평가로 보니, 과격함이나 치우침이 없는 중용, 중화의 경지를 잘 구현한 것으로 보는 것이다.

영화 9년 계축년 늦봄에 회계 산음현의 난정에 모였으니 수계를 거행하기 위함이라. 여러 현자가 모여들어 젊은이, 나이 든 이도 함께 어울렸다. 높은 산과 울창한 죽림이 에워싸고, 맑은 시내와 세찬 여울이 좌우를 비춘다. 물을 끌어다가 굽어진 물길을 만들고 술잔을 띄웠더니 사람들이 차례로 자리를 잡았더라. 비록 풍악의 성대함은 없어도 술 한 잔에 시 한 수를 읊조리니 그윽한 정을 펼치기에 족하다.

– 왕희지, 〈난정집서〉 중

〈난정집서〉가 세간에 유명하게 된 것은 당 태종 이세민 때문이다.

평소 왕희지 서예 작품을 유별나게 좋아했던 그는 천하에 전해지는 왕희지의 진적眞迹을 모조리 수집하여 곁에 두고 보물처럼 애지중지했는데, 유일하게 구하지 못한 것이 〈난정집서〉였다. 왕희지 스스로도 신명의 도움으로 이룬 작품이라며 끔찍이 아꼈으니 집안 대대손손 가보로 전해지는 것은 당연했을 것이다. 그렇게 7대손인 지영智永에까지 이르렀는데, 지영은 불가에 출가한 몸이라 가보를 전할 자손이 없어 그의 수제자인 변재辨才 스님에게 전하고 열반에 들었던 터였다. 변재 역시 서예에 대한 안목이 깊어서 〈난정집서〉의 가치를 단박에 알아보았고 자신의 침실 서까래 위쪽에 비밀 공간을 만들어 깊숙이 감추었다. 〈난정집서〉를 찾아 천하를 수소문하던 당 태종이 마침내 그 사실을 전해 듣고는 수차 사람을 보내 작품을 요구했으나 변재는 전혀 알 수 없는 이야기라며 줄곧 시치미를 떼니 천하의 황제도 어찌할 도리가 없었다. 하지만 황제의 욕망은 집요해서 마침내 〈난정집서〉를 얻기 위한 특별 작전 하나를 기획했다. 당시 감찰어사를 맡고 있으면서 서예에도 뛰어난 소익蘇翼이란 신하를 선발하여 〈난정집서〉 편취 사기극에 투입한 것이다. 소익은 서생의 모습으로 꾸미고 변재가 있는 절로 찾아가서 그와 교유하며 친분을 쌓았다. 사귐이 무르익자 소익은 슬슬 서예와 관련된 대화로 변재를 이끌었다.

어느 날 소익은 황제로부터 얻어온 왕희지의 진적 몇 점을 보여주며 최고의 서예 작품이라며 치켜세웠다. 작품을 감상하던 변재가 빙그레 웃으며 말했다. "왕우군(우군은 왕희지의 별칭이다)의 진적이 분명하긴 하오만 최고의 작품이라고는 할 수 없소이다! 내게 왕우군의 진적 일품이 있는데 아마도 세상에 전해지는 최고의 보물일게요. 허허허…" 소익이 깜짝 놀란 얼굴로 어떤 서첩이냐 물으니 잠시 망설이던 변재가 비밀스럽게 낮은 목소리로 말했다. "왕우군의 〈난정집서〉이올시다!" 소익이 실망하는 투로 말했다. "에이, 그 서첩은 진즉 사라졌다고 들었소이다. 소장하신 것은 필시 진적이 아닐 겁니다." 소익의 의심스러워하는 반응에 변재는 즉시 일어나 서까래 밑에 숨겨두었던 작품을 꺼내와서 보여주었다. 소익이 자세히 살펴보니 과연 왕희지의 진적 〈난정집서〉가 분명했다. 순간 온화한 서생 소익의 얼굴이 엄숙한 관리의 굳은 표정으로 표변했다. 소익은 즉시로 서첩을 자신의 소맷자락 깊숙이 밀어넣고는 어리둥절 쳐다보고 있는 변재에게 황제의 칙령이 담긴 족자를 내밀었다. 그곳에는 천하의 보물을 개인이 수장해서는 안 되니 의당 조정에 상납하여 만민이 공유하게 해야 한다는 그럴듯한 명분이 담긴 문장이 붉은 열정 같기도 하고 번들번들한 탐욕같기도 한 황제 옥새의 붉은빛 인장으로 마무리되고 있었다.

천하의 보물을 속수무책으로 빼앗긴 변재 스님은 울화병을 얻어 1년 만에 세상을 떠났다. 꿈에도 그리던 보물을 얻은 당 태종은 당대의 최고의 서예가들을 불러 〈난정집서〉를 모사하게 하여 황족과 대신들에게 선물로 하사했다. 세상 사람들이 모본을 가지고 환호하는 동안 당 태종은 혼자 진적을 마음껏 감상하며 희희낙락 즐겼다. 하지만 그것도 부족했는지 아예 저승으로 가는 여장에 〈난정집서〉 진본을 꾸려 넣었으니 이로써 〈난정집서〉는 당 태종의 무덤 소릉昭陵으로 사라지게 되었다. 이후 〈난정집서〉의 행방에 대해서는 추측이 난무했는데, 그것은 당나라 이후 오대십국의 혼란기에 소릉이 도굴되었기 때문이다. 도굴을 자행한 인물은 절도사를 지냈던 온도溫韜라는 인물인데, 그는 막강한 권력을 사용하여 장안 지역에 밀집해 있는 왕릉을 마음껏 도굴해 막대한 양의 순장품을 챙겼다. 사람들은 이런 과정에서 〈난정집서〉 진품이 세상으로 나와 다시 누군가의 수장품으로 사라진 것으로 추측하기도 했다. 그런데 후에 온도의 장물 목록이 공개되었는데 그곳에는 〈난정집서〉가 빠져 있었다. 그래서 사람들은 태종의 뒤를 이은 고종과 측천무후가 〈난정집서〉를 부장하라는 태종의 유언을 따르지 않고 빼돌렸으며, 자신들의 합장 무덤인 건릉乾陵으로 가져갔을 것이라고 추측하기도 했다. 많은 왕릉 중에서 건릉만은 도굴을 면했기 때문인데, 그것은 온도가 도굴하려고 사람을 보낼 때마다 뇌성벽력이 쳐대는 바람에 두려워서 포기했던 까닭이라고 전해진다.

　나지막한 난저산蘭渚山 아래, 맑고 얕은 난정강蘭亭江을 옆에 끼고 서예의 성지 난정은 그 휘황한 이름과는 사뭇 다르게 소박하고 단아한 모습으로 자리하고 있다. 대나무를 이어붙여 겉을 두른 수수한 출입구는 '난정고적蘭亭古蹟'이라는 명패를 달고 여행객들을 겸손하게 맞는다. 죽림 사이로 난 작은 돌길을 걸어 수십 보를 가면 제일 먼저 여행객들을 맞이하는 것은 흰 거위들이 헤엄치는 자그마한 연못이다. 노란 부리의 희고 살진 거위 대여섯 마리가 이곳 난정의 주인공 왕희지를 대신하여 여행객들에게 인사한다. 왕희지가 유독 거위를 좋아했는데, 전하는 바에 따르면 왕희지는 이곳에 연못을 파고 거위를 길렀다고 한다. 연못 서쪽으로 이 연못의 이름인 '아지鵝池'를 적은 비석이 하나 서 있는데, 왕희지와 그의 일곱 번째 아들 왕헌지가 각각 한 글자씩 써서 만든 합자비合字碑이다. 왕희지가 큰 붓을 들어 힘차게 '아鵝'자를 쓰고 잠시 붓을 고르는 중에 갑자기 황제의 명을 전하는 사신이 와서 급히 나가 응대하고 왔더니, 그새를 참지 못한 아들 헌지가 '지池'를 제 맘대로 휘갈겨놓았던 것인데, 글자를 음미하던 왕희지가 "역시 내 아들이로군" 하면서 그대로 남겨두어 합자비가 만들어지게 되

◈ 아지 합자비

었다고 한다. 아버지만큼은 아니어도 왕헌지 역시 이름난 서예가여서 흔히 아버지와 함께 '이왕二王'으로 불리며 서예사의 한 페이지를 장식했다. 왕헌지의 서예 학습과 관련된 재미있는 이야기 중 하나를 전한다.

왕헌지가 서예를 배우기 시작해서 얼마 안 되었을 때의 일이다. 천부적으로 총명했던 헌지는 자신도 아버지처럼 훌륭한 서예가가 되겠다는 일념으로 열심히 글씨 공부를 했다. 얼마 지나지 않아 글씨가 제법 틀을 갖추기 시작하자 헌지는 자신의 성취가 자못 자랑스러웠는지 아버지 왕희지에게 달려가 글씨를 보여주며 칭찬을 기다렸다. 왕희지는 아들이 써 온 여러 장의 붓글씨를 대충 훑어보더니 그중에 '대大'자를 쓴 종이를 들고는 가운데에 점을 하나 찍어 '태太'자로 만들어 아들

◈ 태자비

에게 다시 건넸다. 잘 썼다느니 열심히 하라느니 일언반구도 없이 말이다. 아무런 칭찬이 없어 속이 상한 헌지는 어머니를 찾아가 다시 글씨를 보였는데, 한참을 들여다보던 어머니는 이렇게 말하는 것이었다. "삼 년 넘게 썼는데도 점 하나만 아버지 서체를 닮았구나!" 어머니가 빼어든 종이 위의 글자는 왕희지가 점 하나를 더해 '태' 자로 만든 그 글자였다. 남편 왕희지가 쓴 점을 정확하게 알아맞힌 헌지의 모친 역시 뛰어난 서예가였다. 그녀의 이름은 치선郗璿으로, 동진 시대 이름난 서예가였던 치감郗鑒의 딸이다. 아버지의 재능을 물려받은 그녀 역시 서예에 아주 뛰어나서 '여중선필女中仙筆'로 칭송받았다. 부모 모두 이렇게 뛰어난 서예가였으니 왕헌지의 서예가로서의 성공은 보장된 것이나 다름없었을 터, 헌지가 애당초 자만심을 보인 것도 이상한 것은 아니다. '태太'자 사건 이후로 헌지는 각고의 노력을 기울여 더욱 서예에 정진했는데, 열여덟 개의 커다란 항아리에 가득 담긴 물을 다 비우고 나서야 비로소 서예의 큰 진전을 이루었다고 한다.

이야기가 나온 김에 왕희지가 부인 치씨를 얻은 이야기를 덧보탠다. 치씨의 친정 아버지 치감은 서예가였을 뿐만 아니라 이름난 군사가요 정치가로서 태위太尉라는 높은 직책에 있었다. 치감은 슬하에 2남 1녀를 두었는데 딸이 혼기가 차 사윗감을 물색하는 중에 당시 함께 조정을 이끌고 있던 승상 왕도王導의 집안에 훌륭한 젊은이들이 많다는 이야기를 들었다. 치감이 혼사의 뜻을 알리니 왕도는 흔쾌히 동의하고 사윗감을 직접 고르라고 했다. 치감은 일처리가 신중한 집사 한 명을 왕씨 집안으로 보내 사윗감 후보들을 살피게 했다. 치씨 집안에서 혼사로 사람이 왔다는 이야기를 들은 왕씨 집안 자제들이 모두 한껏 차려입고 온갖 예의를 차려가며 좋은 점수를 받으려 애썼다. 집안의 명성에 걸맞게 모두 헌걸찬 장부들이어서 누구를 선택한다 해도 상관없을 것 같았다. 기분이 흐뭇해진 집사가 집 동쪽 방을 지나치다가 희한한 광경 하나를 목도하게 된다. 준수한 용모의 젊은이 하나가 침대에 벌러덩 누워서 배를 까고 호떡을 먹고 있는 것이 아닌가. 자신은 그런 혼사에는 아무런 관심이 없다는 듯이 말이다. 집사가 돌아가 치감에게 복명하면서 배 까고 호떡 먹던 젊은이 이야기를 덧보탰다. 그러자 치감이 반색하며 말했다. "그 사람이 바로 내가 찾던 사윗감이 분명하다!" 그렇게 해서 혼사가 급물살을 탔으니 바로 그때 얻은 사위가 왕도의 조카인 왕희지였다.

이 이야기에서 비롯된 성어가 '동쪽 침상의 유쾌한 사위'라는 뜻의 '동상쾌서東床快壻'이다. '동상'으로 줄여 표현하는데, 일반적으로 훌륭한 사위, 맘에 드는 사위를 얻었을 때 쓰는 말이다. 이렇게 해서 왕희지와 혼인한 치선은 일곱 아들과 딸 하나를 낳고 90세까지 장수했다.

아지 합자비를 지나면 난정의 대표적인 건축물 '난정비정蘭亭碑亭'이 보인다. 처마가 날렵한 정자 아래 비문에 새겨진 '난정' 두 글자는 청나라 강희 황제의 어필御筆이다. 문화혁명 당시 비석이 네 조각으로 분해되었다가 다시 복구되었는데, 그때 입은 상처의 흔적이 역력하다. 거기서 조금 더 안쪽으로 들어가면 갈지자 형태의 조그만 도랑이 있으니 바로 왕희지 일행의 유상곡수 현장을 재현해놓은 곳이다. 옛날 복장을 갖춘 안내원들이 소박한 춤 공연도 보여주고 소흥주를 담은 조그만 술잔을 흘려보내 도랑을 따라 앉은 여행객들에게 유상곡수를 체험할 수 있게 해준다. 다리 쉼도 할 겸 앉아서 내 앞으로 흘러오는 술잔을 잡아 들었더니 시 한 수 읊으란다. 장구한 세월이 흘러 온 세상이 변했어도 이 유서 깊은 풍류의 땅에서 어찌 술과 시를 마다하리요. 술 한잔 넘기고는 이백의 〈아미산월가峨眉山月歌〉를 낭랑하게 읊었다.

아미산에 뜬 가을 반달

달빛은 평강강에 들어 강물 따라 흐르네

밤중 청계역을 떠나 삼협으로 가는 배

보고 싶은 그대 보지 못하고 유주로 가누나

아 미 산 월 반 륜 추　　영 입 평 강 강 수 류
峨眉山月半輪秋, 影入平羌江水流。

야 발 청 계 향 삼 협　　사 군 불 견 하 유 주
夜發淸溪向三峽, 思君不見下渝州。

물고기가 가라앉는 마을, 서시고리

소흥에서 한 시간 남짓 떨어진 제기시를 찾았다. 제기시 서쪽 저라산苧蘿山 자락에 중국 4대 미녀 중의 하나인 서시의 고향, 서시고리西施故里가 있다. 서시의 미모에 홀린 물고기들이 헤엄을 멈추는 바람에 바닥으로 가라앉았다는 '침어沈魚'의 고사가 탄생한 완사강浣紗江이 흐르는 곳이다. 저라산을 등지고 완사강을 마주하여 배산임수의 명당의 조건을 갖추었다. "영험한 기운이 쌓여 수려한 인물을 길러낸다"라는 뜻의 '종영육수鍾靈毓秀'의 현판을 붙인 문루門樓는 미인의 거처답게 고운 색깔과 섬세한 조각으로 꾸며져 영롱하다. 서시의 고향 마을로 알려진 이곳에 당나라 이전부터 서시를 기리는 사당이 건립되었다. 역대로 성쇠를 거듭하다 문혁 시기에 심하게 훼손된 것을 1986년에 본격적으로 중수하고 1990년부터 대외에 개방한 것이다.

문을 들어서면 오른쪽에 서시고리의 중심 건물 서시전西施殿이 있다. 계단으로 된 통로를 올라 작은 연못에 걸친 무지개다리를 건너가면 푸른 적삼에 자색 망토를 두르고 족두리를 쓴 서시가 단아한 모습으로 아이보리색 긴 치마를 바위에 흘리며 앉아 있다. 설명에 따르면 그녀가 앉아 있는 돌이 완석浣石이라고 하니 아직은 고향 앞 완사강에서 빨래하던 시절의 모습인 셈인데, 잘 차려입은 복장으로 보면 빨래터 아낙의 모습은 아니다. 아마도 월왕 구천의 부름을 받아 곱게 차려입고 집을 나서기 전에 자신이 늘 일하던 빨래터 바위에 앉아 앞으로 펼쳐질 불안한 자신의 미래를 골똘히 생각하고 있는 모습은 아닐까?

지금으로부터 약 2500년 전인 춘추 시대 말엽, 오와 월 두 나라의 20년이 넘는 긴 싸움이 있던 시절 이야기이다. 오왕 부차에게 패해 포

◈ 서시전에 있는 서시 동상

로로 끌려가 3년 동안 죽을 고생을 하고 돌아온 월왕 구천이 복수를 다짐하며 와신상담臥薪嘗膽의 고사를 연출하던 시기이다. '십년생취+年生聚, 십년교훈+年敎訓', 10년 동안 경제를 일으키고 10년 동안 군대를 기른다는 장기 전략으로 국정을 이끌어가던 구천은 그의 심복인 범려范蠡, 문종文種의 건의를 받아들여 강고한 오왕 부차를 안으로부터 무너뜨리기 위해 미인계를 쓰기로 한다. 왕의 명을 받아 월나라 전역을 돌아다니며 미인을 찾던 범려가 마침내 저라산 자락 서시의 마을까지 오게 되었고, 그곳 완사강의 빨래터에서 물고기들을 가라앉게 만드는 취미를 갖고 있던 서시를 발견하게 된 것이다. 천생여질天生麗質, 타고난 미모를 자랑하던 서시는 3년간 가무를 익히고 교양까지 쌓아 완벽한 미인이 된 후에 오왕 부차에게 보내진다. 월나라의 미인계는 적중

했다. 오왕은 서시의 미모와 가무에 빠져 국정에 소홀하게 되고, 서시가 머물 화려한 궁전을 짓기 위해 대규모 토목공사를 일으켜 오나라의 국력이 크게 손상되기에 이른다. 그동안 경제를 일으키고 군대를 정비하며 호시탐탐 기회를 노리던 월왕 구천은 마침내 기원전 473년 오나라 군대를 격파하고 도성을 점령하니 부차는 자결하고 오나라는 멸망하게 된다. 회계산에서 부차에게 항복한 지 21년, 3년간의 지옥 같은 포로 생활을 마치고 돌아온 지 18년이라는 장구한 세월이 흐른 뒤였다.

그런데 전쟁이 끝난 후 서시의 행적이 묘연하다. 월왕 구천과 함께 돌아왔다가 구천의 부인에게 죽임을 당했다는 이야기도 있고, 죽임을 당하기 전에 범려에 의해 구출되어 그와 함께 도망하여 종적을 감추었다는 이야기도 있다. 범려와 태호에서 숨어 살았다는 이야기는 대중에게 가장 환영받아 역대로 수많은 소설과 연극의 소재가 되었다. 월나라가 최후 승리를 얻은 후, 구천이 환난은 함께할 수 있어도 영화를 함께 나누지는 못할 인물임을 간파한 범려는 토사구팽의 처지가 될 것을 염려하여 훌쩍 강호로 떠나버린다. 그리고 이름도 도주공陶朱公으로 바꾸고 장사에 매진하여 거부가 된다. 정치적으로는 재상에 이르고 경제적으로는 거부에 이르렀으니, 사람들은 여기에 최고의 미인까지 곁에 두어 완벽한 인물을 만들려 한 것이 아니겠는가. 그래서 범려와 서시가 본시 처음부터 사랑했던 연인 사이였다느니, 서시를 오왕에게 보내는 출장길에 책임자였던 범려가 서시와 눈이 맞아 사랑을 하고 아이를 낳았다느니 하는, 그야말로 소설 같은 이야기들이 끝도 없이 만들어졌던 것이다. 하지만 사람들의 이런 기대에도 불구하고 서시는 물에 수장되었을 가능성이 매우 높다.

서시와 관련된 가장 이른 시기의 자료는 《묵자》로, "서시가 물에 빠져 죽은 것은 그의 미모 때문이다"라고 적고 있다. 서시가 활동한 춘추 말기로부터 100년이 채 안 되는 전국 시대의 기록이니 가장 믿을 만한 이야기이다. 물에 빠뜨려 죽인 사람은 오나라 사람이라는 설도 있고 구천, 혹은 구천의 부인, 혹은 범려라는 설까지 있다. 이런 여러 정황과 기록에도 불구하고 최고 미인에 대한 사람들의 낭만적인 기대와 환상 속에서 서시는 계속 살아남아 문학과 예술의 한복판을 걸어간다. 다음은 이백이 서시 이야기를 노래한 〈영저라산詠苧蘿山〉이라는 시이다.

서시는 월나라 시냇가 여인
저라산에서 나고 자랐다네
고금에 없는 빼어난 자태
연꽃도 그 얼굴에 부끄러웠지
비단을 빨며 푸른 물을 희롱하다가
도도하게 맑은 물결과 함께 한가로웠네
하얀 이 드러내며 웃는 법 없이
푸른 구름 사이에서 침울하게 읊조릴 뿐이었는데
월왕 구천이 천하절색을 구하매
눈썹 날리며 오나라 관문에 들었네
오왕이 관왜궁에 손잡아 이끄니
선녀처럼 아득하여 뉘 볼 수나 있었으랴
일거에 부차의 오나라 깨뜨리고
천년 세월 다시는 돌아오지 않았다네

^{서 시 월 계 녀}　　^{출 자 저 라 산}
西施越溪女, 出自苧蘿山。

^{수 색 엄 금 고}　　^{하 화 수 옥 안}
秀色掩今古, 荷花羞玉顏。

^{완 사 농 벽 수}　　^{자 여 청 파 한}
浣紗弄碧水, 自與淸波閑。

^{호 치 신 난 개}　　^{침 음 벽 운 간}
皓齒信難開, 沉吟碧雲間。

^{구 천 징 절 염}　　^{양 아 입 오 관}
勾踐徵絶豔, 揚蛾入吳關。

^{제 휴 관 왜 궁}　　^{묘 묘 거 가 반}
提攜館娃宮, 杳渺詎可攀。

^{일 파 부 차 국}　　^{천 추 경 불 환}
一破夫差國, 千秋竟不還。

서시전을 나와 산 정상 쪽으로 오르면서 일행에게 물었다. "그런데 서시의 이름이 뭔지 아세요?" "성이 서씨고 이름이 시 아닌가요?" 다들 당연한 것을 왜 묻느냐는 표정으로 말한다. "서시의 원래 이름은 시이광施夷光입니다. 베풀 시, 오랑캐 이, 빛날 광! 여기서 오랑캐 이夷는 '온화하다', '평안하다'는 뜻으로 쓰인 겁니다. 성품은 온화하고 용모는 빛나는 시씨 집안의 딸내미인 거죠." "그럼 왜 '서시'라고 부른 건가요?" "그건 서시가 살던 마을이 저라산 서쪽에 있어서 그렇게 된 겁니다. 저라산 서쪽 마을에 사는 시씨라는 뜻으로 서시라고 한 거죠." "그럼 서시가 있으니 동시도 있었겠네요?" "예, 있습니다. 서시 집 동쪽에 같은 시씨 여인이 살았는데 그가 바로 동시입니다. 그런데 서시가 최고의 미녀인 데 반해 이 여인은 최고의 추녀였다지요."

《장자》〈천운天運〉편에 나오는 이야기이다. 옛날 서시는 심장병이 있어 마을 사람들 앞에서 종종 눈살을 찡그리곤 했다. 같은 마을에 사는 추녀가 그 모습을 보고 아름답다 여기고는 돌아가 사람들 앞에서 가슴을 쓸어내리며 눈살을 찡그렸다. 마을의 부자는 그 모습을 보고는 문을 닫고 들어가 나오지 않았고, 가난한 자는 처자식을 데리고 얼른 도망치듯 떠났다. 추녀는 눈살을 찡그리는 것이 예쁜 줄만 알았지 그것이 왜 예쁜 것인지는 모른 것이다.

이 이야기에 비롯된 성어가 '동시효빈東施效矉'이다. 무조건 남을 따라 하다 낭패를 보는 경우를 말한다. 줄여서 '효빈'이라고 쓰기도 한다. 상대방의 성과에 대한 객관적인 분석이나 판단 없이, 자신의 능력이나 환경을 살피지 않고 그대로 모방했다가 기대했던 성과를 내지 못하는 경우이다. 이른바 실패한 벤치마킹이다. 가끔은 자신의 능력이 부족해서 남들을 따라가지 못한다는 식의 겸사로 쓰이기도 한다. 장자 원문에는 '동시'라는 말이 없고 그냥 마을 사람으로만 나오는데, 사람들은 미인 서시와 대칭을 이루기 위해 추녀 동시라고 이름 붙인 것이다.

"그런데 최고의 미녀도 완벽하지는 않았던지 중국의 옛날 4대 미인들 모두 흠결이 하나씩 있었다네요. 서시는 발이 너무 컸고, 왕소군은 어깨가 너무 좁았고, 초선은 귓불이 너무 형편없었고요, 양귀비는 암내가 너무 심했답니다. 그래서 서시는 발을 감추기 위해 항상 긴 치마를 즐겨 입었고, 왕소군은 항상 어깨에 숄을 걸쳤대요. 초선은 화려한 귀걸이를 걸어서 치장을 했고요, 양귀비는 온천에 자주 있었답니다. 믿거나 말거나인데, 아마도 다들 부러워 샘나서 그런 거 아닐까요? 서시는 그 큰 발을 잘 써서 탭 댄스를 잘 추었답니다. 치마에 방울을 달고 나막신을 신고 춤을 추는데, 그게 자태도 소리도 너무 아름다웠답니다. 이른바 '향극무響屐舞'거든요. 울릴 향, 나막신 극, 춤 무. 이 향극무에 반해서 오왕 부차가 땅을 파 빈 항아리를 100여 개 묻고 그 위에 널빤지를 깔아서 특수 무대를 만들어 춤을 추게 했대요. 탭 댄스 울림이 더욱 좋으라고 말이죠. 서시고리에 그걸 만들어놨어요. '향극랑響屐廊'이라고 하는데, 아, 저기에 그게 있네요."

향극랑에 도착한 일행은 너 나 할 것 없이 발을 굴러가며 깔깔거렸다. 아, 2500년 전의 절세가인 서시의 춤이 이런 막춤이었던가!

안휘성 1

3장

— 황산

소흥 일정을 마무리한 우리 일행은 다시 노신고리에 있는 함형주점에 들렀다. 소흥 여행의 성과를 자축하고 다음 일정이 순조롭기를 기원하자는 명분을 내걸었지만 기실 소흥을 떠나게 되면 함형주점에서만 맛볼 수 있는 천하의 명주를 다시 만나기가 쉽지 않을 것이라는 생각에서였다. 상품화된 소흥주야 어디에서나 쉽게 맛볼 수 있지만 잔으로 파는 9년 숙성된 진한 소흥주는 오직 함형주점만 가능하기 때문이다. 몇 잔 술에 취기가 오르고 그 취기를 따라서 소흥 여행의 감상이 두서없이 물결처럼 출렁이며 오르내렸다. 실패한 지식인 공을기의 비애를 담았던 소흥주 잔술, 육유와 당완의 슬픈 사랑 노래 〈채두봉〉, 왕희지의 유상곡수 풍류와 그 아버지를 닮아서 만사 흥을 따라 살았던 왕휘지의 뱃길에 부서지던 달빛, 미인 서시의 어여쁜 자태에 흐름을 멈추고 맴돌았을 완사강의 물결, 다들 다음 일정은 잊은 듯 몽롱한 취기 속 아득한 옛이야기들에서 빠져나올 줄 몰랐다. "다음 행선지가 여기서 제법 먼 황산인데 서둘러야 하지 않을까요?" 누군가 다음 일정을 염려한다. 모두들 주섬주섬 행장을 갖추고 주점을 나서니 가을해는 벌써 주점 앞 공을기 동상에 긴 그림자를 만들고 있었다. 햇살에 따뜻해진 동상의 손을 쥐며 정답게 이별했다. "짜이찌엔, 쿵이지!"

다음 행선지 황산까지는 약 네 시간 거리, 취하여 잠들면 그만이니 걱정할 일 무엇이랴. 시내를 빠져나오니 차창 밖은 벌써 저녁놀이 붉다. 흔들리는 차 속에서 시 한 수 지어 소흥을 떠나는 아쉬움과 천하의 명승 황산으로 가는 기대감을 적어보자 했다. 제목을 '취하여 소흥을 이별하고 황산으로 가다'라는 뜻의 〈취사소흥지황산醉辭紹興之黃山〉이라 정하고 앞 두 구를 단숨에 지었다. "一別鑒湖三碗酒(일별감호삼완주)"라, 술 석 잔으로 감호를 이별하고, "黃昏萬里向黃山(황혼만리향황산)"이라, 황혼 만 리 황산으로 향하네. '감호'를 쓴 것은 소흥의 대표적인 명승이기도 하거니와 그 물이 소흥주의 원료로 쓰인 까닭이다. 황혼에 황산을 향한다고 했으니 같은 글자 '황'자가 중복되긴 해도 읽어보니 발음이 낭랑해서 큰 문제될 것은 없다. 더욱이 소흥주 또한 '황주'가 아닌가. 내가 마신 술도 노랗고 나를 전송하는 하늘도 노랗고 내가 가야 할 산도 노란 것이니, 이만하면 취필의 느낌을 잘 갖춘 것이 아닌가, 이런 두서없는 생각을 하다가 다음 구절을 잇기도 전에 까무룩 잠이 들었다. 얼마 동안 수없이 고개를 흔들며 꿈속을 헤매다 눈을 떠보니 가을 달이 밤하늘에 선연하다. 중추절이 가까워 달은 벌써 둥글게 차오르고 있었다. 달빛에 희미하게 빛나는 밤 풍경을 감상하면서 다음 두 구절을 마저 완성했다. "多情秋月他鄉夢(다정추월타향몽)", 다정한 가을 달 타향의 꿈을 비추고, "恍惚歸帆雲海關(황홀귀범운해관)", 배는 황홀히 구름바다로 돌아가네. 만 리 타향을 떠돌고 있는 여행자의 꿈속을 비추는 가을 달빛, 그 달빛을 받으며 운해 속 아름다운 황산으로 가는 꿈의 돛단배를 노래한 것이다.

> 술 석 잔으로 감호를 이별하고
> 황혼 만 리 황산으로 향하네
> 다정한 가을 달 타향의 꿈을 비추고
> 배는 황홀히 구름바다로 돌아가네

일 별 감 호 삼 완 주　황 혼 만 리 향 황 산
一別鑒湖三碗酒, 黃昏萬里向黃山。
다 정 추 월 타 향 몽　황 홀 귀 범 운 해 관
多情秋月他鄕夢, 恍惚歸帆雲海關。

― 김성곤, 〈취사소흥지황산醉辭紹興之黃山〉

오악이 산이더냐? 최고의 명산, 황산

"오악에서 돌아오면 산이 보이지 않고, 황산에서 돌아오면 오악이 보이지 않는다(오악귀래불간산五嶽歸來不看山, 황산귀래불간악黃山歸來不看嶽)." 황산을 소개하는 글이면 어김없이 등장하는 구절이다. 오악은 전통적으로 중국을 대표하는 명산으로, 신선 문화와 음양오행설 등의 영향을 받아 생겨난 개념이다. 천자는 이 명산 오악에 올라 하늘에 제사하는 봉선 의식을 행하는데, 이 의식은 천하 만민을 위해 행한 자신의 공을 하늘에 아뢰고 하늘로부터 천하를 다스릴 신권을 부여받는 정치적인 행위이다. 이런 고도의 정치적이고 문화적인 함의를 갖는 공간이다 보니 '천하제일天下第一'이란 수식어가 항상 따라다닌다. 이런 거

◈ 구름이 자욱한 황산의 모습

창한 설명이 사람들이 실제로 이 오악에 올랐을 때 갖는 실망감의 원인이기도 하다. 흔히 오악을 묘사할 때 웅雄, 험險, 준峻, 유幽, 수秀라는 글자를 써서 "동악 태산은 웅장하고, 서악 화산은 험하며, 중악 숭산은 높고, 북악 항산은 깊고, 남악 형산은 수려하다"라고 구분하는데, 각각 모두 '천하제일'이란 수식어가 붙는다. '천하제일지웅天下第一之雄'이요, '천하제일지험天下第一之險'이요, 하는 식이다. 이렇게 천하제일의 명산으로 이미 정평이 난 오악이니 이 오악을 구경한 후에는 소소한 산들이 눈에 들어오지 않는 것이야 당연한 일일 것이다.

그런데 이런 대단한 오악도 황산 앞에서는 그 존귀한 지위를 순간 잃어버린다. "황산에서 돌아오면 오악이 눈에 들어오지 않는다!" 오악이 이미 천하제일의 명산인데, 아무리 명산이라도 천하에 자리한 이상 천하제일을 어찌 넘을 수 있다는 것인가! 황산에 직접 가보지 않고서는 알 수 없는 노릇이다. 황산을 예찬한 이 유명한 구절은 본시 명나라의 유명한 여행가 서하객徐霞客으로부터 나왔다. 서하객은 유복한 관리 집안에서 태어났으나 벼슬에는 뜻을 두지 않고 평생 천하 명승을 찾아 떠돌며 방대한 여행 기록을 남긴 사람이다. 그의 명저《서하객유기徐霞客遊記》의 첫 편〈유천태산기遊天台山記〉의 서두에는 그의 대단한 여행의 첫 행보에 대한 언급이 다음과 같이 기록되어 있다.

계축년 삼월 그믐날 영해寧海를 출발하여 서쪽 문을 나섰다. 구름이 걷히고 햇빛이 명랑하여 내 마음도 산색을 따라 즐거움으로 가득했다.

이 구절에서 표기된 '계축년 삼월 그믐날'은 명나라 만력萬曆 41년, 1613년 5월 19일인데, 중국 정부에서는 2011년부터 매년 5월 19일을 '중국여유일中國旅遊日'로 지정하여 서하객을 기념하고 있다. 중국의 유명 관광지마다 서하객이 남긴 관련 글귀를 차용하여 선전 문구로 내거는 일이 빈번한데, 가장 유명한 구절이 바로 이 "오악귀래불간산, 황산귀래불간악"이다. 청대 지리학자 민린사閔麟嗣가 편찬한《황산지정본黃山志定本》에는 다음과 같은 기록이 있다.

서하객 만년에 그의 친한 벗이자 명말 청초의 저명한 문장가인 전겸익錢謙益이 그에게 물었다. "그대는 천하의 명산과 대천을 두

루 돌아보지 않았는가. 그중에 어느 곳이 가장 훌륭하다 생각하는
가?" 서하객이 답했다. "천하를 두루 다녀도 안휘의 황산만 한 곳
이 없다네. 황산에 오르면 천하에 더는 산이 없으니, 구경은 이 황
산에서 멈추게 된다네(登黃山, 天下無山, 觀止矣)."

　'감상을 멈춘다'는 뜻의 '관지觀止'라는 표현은 본시 최고의 음악을
듣고 무한한 감동을 받았을 때 쓰는 말이다. 이미 최고의 음악으로부
터 최상의 감동을 받았으니 다른 음악은 들을 필요가 없다는 뜻이다.
서하객은 이 말을 황산에 대한 예찬으로 쓰고 있으니, 황산에 올라 느
낀 감동을 넘어서는 산은 없다는 말이다. 이런 '관지'의 황산으로 가는
여정이니 어찌 즐겁지 않을 수 있겠는가.
　소흥으로부터 네 시간 남짓 달려 황산 입구 탕구진湯口鎭에 이르렀
더니 시간은 이미 자정인데 거리 야시장은 여행객들로 여전히 북적이
고 있었다. 요기도 되고 안주로도 그만인 구수한 양꼬치 구이를 청도
맥주와 함께 주문해서 먹고, 천하 명산 황산의 수려한 봉우리를 더듬
고 내려온 달빛을 덮고 포근하게 잠을 잤다.

　기이한 봉우리 삼십육 봉
　선녀의 쪽진 머리인가
　햇살 퍼지는 구름 속에 선 나무들
　인간을 찾아온 천상의 산이여
　천하 백성들 함께 우러러보나니
　천년 세월 학은 날아돌아 온다네
　멀리 보이는 나무꾼 하나

◈ 황산

구름 헤치며 돌문을 지나가네

기 봉 삼 십 육   선 자 결 청 환
奇峯三十六, 仙子結靑鬟。

일 제 운 두 수   인 간 천 상 산
日際雲頭樹, 人間天上山。

구 주 인 공 앙   천 재 학 래 환
九州人共仰, 千載鶴來還。

요 견 초 소 자   피 운 도 석 관
遙見樵蘇者, 披雲度石關。

- 송宋, 정진鄭震, 〈효간황산曉看黃山〉

푸른 눈으로 맞이하는 황산의 주인, 영객송

이튿날 아침 일찍 탕구진에서 멀지 않은 자광각慈光閣으로 가서 옥병루玉屛樓로 가는 케이블카를 탔다. 2킬로미터 남짓한 거리를 날아서 옥병루에 도착하여 잠시 비탈길을 오르니 황산의 대표적인 상징으로 친숙한 영객송迎客松이 황산에 오르는 손님들을 반갑게 맞이한다. 나무 높이는 10여 미터, 직경은 60센티미터 남짓인데 수령은 1300년이나 된다. 청사석靑獅石이라는 큰 바위를 바짝 등지고 서 있는데, 7미터 남짓한 가지 두 갈래가 앞쪽으로 쭉 뻗쳐 있어서 마치 주인이 두 팔을 벌리고 반갑게 손님을 맞이하는 듯한 모습이다. 이 유명한 모델과 함께 사진을 찍으려는 등산객들이 줄지어 있었다. 한 등산객의 흥분한 목소리가 지척에서 명랑하게 울린다. "부따오잉커송첸허짱잉, 찌우하오샹메여우따오궈황산이양不到迎客松前合張影, 就好像没有到過黃山一樣." 황산에 와서 영객송과 사진을 찍지 않으면 황산에 오르지 않은 것이나 마찬가지라는 뜻이다.

영객송은 황산을 대표하는 소나무요, 황산이 속해 있는 안휘성의 상징물이지만, 전국의 인민 대표들이 모이는 인민대회당을 비롯하여 기차역과 항구 등 수많은 공공시설에 사진과 그림으로 걸려 있다. 그러니 영객송은 중국인들에게 가장 친숙한 소나무인 셈인데, 중국인들은 영객송이 손님 접대를 좋아하는 자신들의 문화를 잘 드러내는 상징물이라고 설명하기도 한다. 중국인들이 워낙 '호객好客(손님 접대를 좋아하다)'하는 경향이 있긴 하다. 이것은 '호객'과 관련된 무수한 사자성어가 있는 것을 통해서도 알 수 있는데, 그중에 가장 유명한 성어가 '빈지여귀賓至如歸'라는 말이다. 중국의 숙박업소에 들어가면 어김없

◈ 영객송

이 만나는 이 성어는 손님이 이르면 마치 손님이 자신의 집으로 돌아온 듯 편안하게 느낄 수 있게 주인이 성심성의를 다하고 주도면밀하게 보살핀다는 말이다. 또 다른 성어가 '정장호객鄭莊好客'이라는 말인데, 한나라 때 호객으로 이름을 날렸던 정장이란 사람의 이야기에서 비롯된 말이다. 정장은 자주 연회를 열어서 손님들을 초대했는데, 원칙이 하나 있었다. "손님이 이르면 귀천을 막론하고 문밖에 오래 세워두지 않는다"라는 원칙이다. 전통적으로 손님이 방문하면 주인은 문밖으로까지 나가서 손님을 맞이하여 안으로 모셔 들이는데, 손님이 방문을 알리면 주인이 아무리 바쁜 일이 있어도, 손님의 지위나 신분이 아무리 하잘것없어도 급히 나가서 맞이한다는 것이다. 이런 까닭

에 정장은 미관말직의 젊은 나이에도 불구하고 수많은 명사는 물론이요, 재능 있는 하급 관리들과도 넓게 교유할 수 있었다. 천하 대사에 대한 이들의 정심한 논변과 혁신적인 주장들을 정장은 틈이 나는 대로 황제에게 전했으므로 많은 인재가 발탁되었고 정장은 사대부들의 큰 칭송을 받게 되었다. 옥병루는 황산의 대문 격이니 이 대문에 맨 먼저 나와서 두 팔 벌려 열정적으로 손님들을 맞이하는 영객송은 이 황산의 주인인 셈이다. 옛날 죽림칠현의 영수였던 완적은 청안靑眼과 백안白眼으로 손님에 대한 호오好惡를 드러냈다고 했으니 영객송의 푸르청청한 솔잎은 손님을 반기는 청안이 아니겠는가! 황산 주인의 열정적인 손님맞이에 우리도 즐거워져서 긴 줄을 아무런 불평 없이 한참을 기다려 그와 인사하고 기념사진을 찍었다.

황산에는 천길 절벽 바위에 뿌리를 박고 자라는 기이한 소나무가

지천이다. 이들을 통칭하여 황산송黃山松이라고 부르는데, 흙 한 줌 없는 열악한 환경에서 강철 같은 바위를 뚫어 뿌리를 내리고 천년의 시간을 견디며 가지를 만들고 잎을 피워내며 생존해온 그들의 모습은 경외롭기 그지없다. 절벽 사이로 난 길을 따라가며 이 대단한 소나무들을 감상하는 것은 황산 여행의 백미이다. 가파른 바위마다 소나무가 없는 곳이 없고, 그 소나무마다 기이하지 않은 것이 없다. 짧지만 굵은 가지가 이리저리 뒤틀리면서 푸른 잎을 피우는데 영락없이 최고의 분재 작품이다. 햇볕을 받고 우로를 얻기 위해 팔을 뻗으면서도 천길 절벽에서 절대로 소홀할 수 없는 삶의 균형을 위해 천 번의 인내와만 번의 조심으로 가지의 굵기를 키우고 방향을 비틀다 보니 결국 최고의 예술 작품으로 빚어진 것이다. 이들이 극한의 환경 속에서 고투하는 동안 삶의 뿌리를 굳게 붙잡아준 것은 강인한 어머니 절벽이었

으리라. 그리고 어머니는 시시로 봉우리 사이로 흘러가는 구름과 안개를 모아 신령한 젖을 만들어 이들을 먹여 길렀으리라.

열 걸음에 구름 한 조각이요
다섯 걸음에 소나무 한 그루라
소나무는 구름을 묻고
구름은 소나무를 덮네

十步一雲, 五步一松。
십 보 일 운   오 보 일 송

松埋雲上, 雲罨松中。
송 매 운 상   운 엄 송 중

− 명明, 진계유陳繼儒, 〈송우유황산送友遊黃山〉 중

대지에 피어난 선계의 연꽃, 연화봉

황산의 최고봉 연화봉蓮花峰을 올랐다. 황산은 72좌의 봉우리가 있고 높이에 따라 대봉大峰 36봉, 소봉小峰 36봉으로 분류하는데, 이들 중에서 3대 주봉으로 부르는 연화봉, 광명정光明頂, 천도봉天都峰은 모두 높이가 1800미터 이상이다. 연화봉이 1864.8미터로 가장 높다. 옥병루에서 북쪽으로 연화봉을 바라보면 중심부의 큰 봉우리를 여러 작은 봉우리들이 겹겹이 옹위하여 솟아오르는 형세인데, 한 송이 연꽃이 하늘을 향해 막 피어나는 것 같다 해서 연화봉이라 멋지게 부른 것이다. 천지가 개벽할 때 거대한 연꽃 두 송이가 생겨났는데, 한 송이는 서쪽 섬서성에 있는 화산華山에 심겨 화산 연화봉으로 피었고, 한 송이는 이곳 황산에 심겨 주봉 연화봉으로 피어났다는 황홀한 설명도 전해진다.

영객송으로부터 산길로 약 2킬로미터를 가면 연화봉 봉우리 아래쪽 연화구蓮花溝에 이르는데 정상까지는 500여 미터의 가파른 등산로가 만들어져 있다. 암벽을 파서 만든 좁고 가파른 계단길은 난간조차 낮아서 안쪽으로 바짝 붙어 오르는데도 수시로 오금이 저린다. 아예 네 발로 엉금엉금 기어서 오르는 구간도 적지 않다. 하지만 잠시 숨을 돌리며 마주하는 비경은 이런 모든 수고를 보상하고도 남는다. 다종다양하고 수려한 봉우리와 그 봉우리마다 기이하게 자리잡은 소나무가 구름의 출몰에 따라 시시각각 다르게 연출하는 최고의 활화活畫 때문이다. 황산에 유독 구름과 안개가 많은 까닭에 이런 변화무쌍한 그림을 볼 수 있는 것이다. 그래서 황산의 또 다른 별칭이 '운산雲山'이다.

연화봉 정상석이 있는 곳은 공간이 좁은 데다 기념사진을 찍으려는 사람들로 여간 붐비는 게 아니다. 눈치껏 틈을 보아 빼앗다시피 정상석을 차지하여 사진 한 장 서둘러 찍고 내려오는 게 상책이다. 그래도 주봉에 올랐으니 일람중산소一覽衆山小, 작은 봉우리들을 한번 굽어보는 기백은 누려야 하지 않겠는가. 정상 한쪽 귀퉁이에 기대어 산을 빽빽하게 두른 구름이 잠시 선심 쓰듯이 보여주는 거폭의 천산만학도千山萬壑圖를 환영처럼 바라보니 가슴에 호연한 기운이 쌓이는 듯도 한데, 한 떼의 등산객들의 요란스러운 등장으로 연화봉 정상은 더욱 난장이 되었으므로 기백이고 기운이고 할 것도 없이 서둘러 내려와야 했다.

선계의 연뿌리를 뉘 심었는가
대지는 이곳에서 연꽃을 피웠네
곧게 솟아 하늘의 이슬을 마시고

높이 손들어 오색의 노을을 받드네

사람들 향기의 나라에서 맴도는데

길은 연꽃 송이로 난간을 세웠네

연밥은 어느 해 맺으려나

은하수 가는 뗏목으로 쓸 수 있을 것을

<ruby>仙<rt>선</rt></ruby><ruby>根<rt>근</rt></ruby><ruby>誰<rt>수</rt></ruby><ruby>手<rt>수</rt></ruby><ruby>種<rt>종</rt></ruby>, <ruby>大<rt>대</rt></ruby><ruby>地<rt>지</rt></ruby><ruby>此<rt>차</rt></ruby><ruby>開<rt>개</rt></ruby><ruby>花<rt>화</rt></ruby>。

仙根誰手種, 大地此開花。

直飮半天露, 高擎五色霞。

人從香國轉, 路借玉房遮。

蓮子何年結, 滄溟待泛槎。

－청淸, 매청梅淸 〈제화연화봉題畵蓮花峰〉

천상의 봉우리들이 내려와 머물다, 서해대협곡

연화봉을 내려오니 벌써 해가 서쪽으로 기울고 사람 자취도 한산해졌다. 하지만 황산 정상 부근에 자리한 호텔 한 곳을 예약해둔 터라 마음도 발걸음도 바쁠 것이 없다. 또 다른 주봉 중 하나인 광명정에 올라 저녁 햇살에 각기 다른 모습으로 뒤척이는 뭇 봉우리들의 신비로운 풍경을 마음껏 감상했다. 다시 동북쪽으로 약 1킬로미터 남짓 걸었을까? 장방형의 거대한 돌 하나가 우뚝 서 있는 것이 보인다. 절벽 가까이에 자리한 평평한 바위를 기단으로 삼아 서쪽 하늘을 바라보며 뾰족하게 솟아 있다. 높이가 족히 10미터는 넘어 보이는데, 기단 바위 사이로 갈라진 틈이 보여서 바위 위에 걸쳐져 있음을 알 수 있다. 길

◈ 비래석

쭉한 몸을 일으켜 세워 약간 앞쪽으로 기울어진 각도로 서 있는 품이 금세라도 자리를 박차고 날아오를 기세이다. 그 유명한, 날아서 온 돌, 비래석飛來石이다. 황산의 수많은 기암괴석 중에서 가장 유명한 기석奇石으로, 오랜 풍화와 지각운동으로 본래 하나였던 바위가 틈이 벌어져 갈라진 것이다. 두 바위의 접촉면이 그리 넓지 않은데도 어떻게 그런 기울어진 형세로 장구한 세월을 버텨왔는지 그 대단한 균형 능력에 절로 감탄이 든다.

　중국의 명산마다 널따란 바위에 뜬금없이 얹혀 있는 비래석 하나쯤은 있기 마련인데 그 형세와 품격으로 보자면 황산의 비래석이 단연 으뜸이다. 황산의 비래석은 날아와 눌러앉은 모습이 아니라, 곧 다시 날아올라 떠나갈 듯한 형상을 보여주기 때문이다. 그래서 명나라 때 어떤 시인은 "그대 날아서 온 것을 알겠거니, 다시 날아갈까 걱정이구나知爾是飛來, 恐爾復飛去"라고 읊기도 했다. 어쩌면 신화 속의 거대한 새 한 마리가 멀리 남쪽 천지로 가다가 이곳에 내려앉아 잠시 쉬어가려고 했던 것은 아닐까? 그런데 어쩌다 여기 머물러 바위가 되었을까? 비래석 아래 설치된 난간에 기대어 비래석이 굽어보고 있는 방향을 바라보았더니 거기에 답이 있었다. 황산 서쪽의 협곡 지대인 서해대협곡西海大峽谷에 천상의 산들이 내려와 있었다. 아름다운 자태의 천상의 산들이 수놓은 숨 막히도록 아름답고 몽환적인 그림이 발아래 끝도 없이 펼쳐지고 있었다. 바로 이 최고의 산수화가 이 비래석을 붙든 것이다. 이런 그림이라면, 이런 풍경이라면, 본래 가려던 목적 따위는 잊어도 좋았을 것이다. 그러다가 돌이 되어도 좋았을 것이다. 그러니 시인들이 날아갈 것을 걱정하는 것은 하찮은 기우에 불과할 것이다. 이 천하의 명당자리를 어찌 양보하랴!

서해대협곡은 전체 길이가 20여 킬로미터에 달하는데, 협곡 안에 백운계白雲溪라는 시내가 있어서 '백운곡白雲谷'이라고 불리기도 하고, 비단에 수를 놓은 곳이라는 뜻의 '금수오錦繡塢'라고 불리기도 하고, 꿈 속에서나 볼 수 있을 정도로 환상적인 세상이라는 뜻의 '몽환경구夢幻景區'로 불리기도 한다. 석주봉石柱峰, 석상봉石床峰, 박도봉薄刀峰, 비래석飛來石, 배운정排雲亭, 단하봉丹霞峰, 송림봉松林峰, 구룡봉九龍峰, 운외봉雲外峰 등 무수한 봉우리들이 협곡을 사이에 두고 높고 낮게, 멀리 가까이 이어지고 포개지면서 세상에 다시없을 최고의 선경을 만들어내고 있다. 푸른 소나무를 꽃처럼 머리에 꽂기도 하고 솔처럼 어깨에 두르기도 한 개성미 넘치는 봉우리들은 곧게 솟아 오만하게 뻐기는 듯도 하고 기울어져 비스듬히 짝다리를 짚고 멋을 부리는 듯도 하다. 여기에다 황산의 구름과 안개를 더한다면 그 경치는 필설로는 형언이 불가할 것이다. 그럴 때는 서하객의 표현을 따를 수밖에 없을 것이다. "관지觀止!" 더 이상의 감상은 없다. 더 이상의 설명도 없다. 실로 그랬다. 비래석 아래에서 처음 서해대협곡을 마주했을 때의 감동이 얼마나 깊었던지 나는 그저 이렇게 중얼거렸을 뿐이다. "이것은 인간 세상이 아니다!"

몇 해 뒤 두 번째로 서해대협곡을 유람했을 때이다. 협곡에 설치된 잔도를 따라가며 오후 내내 황홀경에 빠져 있다가 문득 일몰을 만나게 되었다. 찬란한 석양 속에서 천상의 산들이 펼치는 무한 감동의 활화活畫를 감상하는데 갑작스럽게 뜨거운 눈물이 솟구쳐올랐다. 주체할 수 없는 눈물의 이유는 알 수가 없었다. 최고로 아름다운 것은 결국 슬픔으로밖에 표현될 수 없는 것인가!

저물어 예약해둔 호텔로 가서 여장을 풀었다. 황산 유람의 흥분이 가시지 않은 상태여서인지 독한 백주가 술술 들어갔다. 술이 무르익고 맑은 대화가 익어가자 청량한 황산의 달이 기웃거리며 찾아와 휘영청 술잔을 비춘다. 대금 한 자락에 달빛을 실었더니 본시 연주의 수준은 크게 미치지 못했지만 각별한 분위기 탓에 제법 어울리는 형국이 되었다. 그렇게 달과 함께 노닐다가 잠시 눈을 붙이고 일출을 보기 위해 새벽 일찍 일어나 어두운 산길을 더듬어 갔더니 어제 함께 놀던 달이 아직도 숲에 걸려 있었다. 정다운 임을 다시 만난 양 반가운 마음이 와락 들었다.

◈ 황산의 풍경

해 뜨는 것 보러 나섰더니

산 달이 새벽 숲에 웃으며 반기네

어젯밤 맑은 사귐을 가졌더니

돌아가지 않고 나를 기다리셨는가

욕 간 일 출 래　산 월 효 림 소
欲看日出來, 山月曉林笑。

작 야 무 정 유　불 귀 대 아 조
昨夜無情遊, 不歸待我照。

－ 김성곤, 〈황산월黃山月〉

찬란한 황산의 일출도 보고 일출 후에 펼쳐진 운해의 풍경도 감상했다. 돌아오는 길에는 잘생긴 황산 원숭이 무리와 반가운 인사도 나누었다. 황산이 선사하는 온갖 기이하고 아름다운 풍경에 일행이 모두 흡족했는지 얼굴마다 아침 햇살의 밝은 빛이 오래 머물러 있었다.

꽃이 피어나는 붓, 몽필생화

산을 내려가는 길에 황산 북해 풍경구에 자리한 기암 몽필생화夢筆生花를 구경할 수 있었다. 황산 동북쪽에 있는 북해빈관北海賓館에서 멀지 않은 곳에 있다. 몽필생화는 기암과 소나무가 함께 만든 신비로운 모습으로 이 바위 위의 소나무는 황산에서 영객송과 이름을 나란히 할 정도로 유명하다. 마치 먹물을 머금은 거대한 필봉筆鋒처럼 둥글고 뾰족하게 솟아오른 바위 위에 푸른 황산송 한 그루가 청청하게 자라고 있다. 그 모습이 붓끝에서 꽃이 피어난 모습과 같다 하여 '몽필생화'라고 이름한 것이다. 이 몽필생화에는 시선 이백과 관련된 다음과 같은 전설이 전해진다.

이백이 안휘성 경현에 있는 도화담을 찾아 노닐다가 황산에 이르렀다. 그가 황산의 아름다운 풍경을 보고 감탄하여 봉우리에 올라 시를 지어 낭랑하게 읊자 산중 사찰에 있던 스님들이 깜짝 놀라 찾아와 이백임을 알고는 술과 음식으로 극진히 대접했다. 이백이 감사의 인사를 하자 스님들이 지필묵을 준비하여 글을 받고자 했다. 이백이 취필을 휘둘러 멋지게 작품을 써내려가니 그 호방한 시와 활달한 필체에 좌중이 감탄을 금치 못하였다. 마침내 마지막 글자의 필획을 다 그은 이백이 붓을 들어 멀리 던져버렸다. 이백의 호방함을 보여주는 일종

◆ 몽필생화

의 퍼포먼스인 셈이었다. 붓은 멀리 한참을 날아가서 땅에 꽂혔고 이
백은 바로 하직 인사를 하고 떠났다. 이백을 전송하고 돌아온 스님들
은 엄청난 장면을 목도했다. 이백이 던진 붓이 붓을 닮은 거대한 봉우
리로 바뀐 것이다. 그리고 그 봉우리 끝에는 소나무 한 그루가 자라고
있었으니, 붓끝에서 꽃이 핀 격이었다. 이렇게 하여 '몽필생화'라는 명
칭이 생기게 되었다.

　그런데 왜 하필 '몽필夢筆'이라 했을까? 꿈과 관련된 이야기는 전혀
없는데 말이다. 아무래도 이백과 관련된 다른 고사성어 '생화묘필生花
妙筆'의 내용에서 비롯된 것 같다.

이백이 한창 시문을 익히고 검법을 연마하던 때의 일이다. 한바탕 검무를 익히고 책상에 앉아 시 창작에 몰두했다. 검법은 이전에 비해 한결 좋아졌는데 시 창작은 여전히 지지부진한 느낌을 면할 수가 없었다. 이런저런 시상을 모았다 흩었다 하면서 책상에 기대어 깜빡 잠에 들었는데, 꿈속에서 이백은 묵향이 은은한 서실에서 글을 쓰는 중이었다. 그런데 놀랍게도 이백이 쥐고 있는 붓끝에 꽃송이가 피어나 있었고, 이백이 글씨를 쓰면 글자마다 족족 꽃송이로 바뀌는 것이 아닌가! 이 기이한 꿈을 꾸고 난 후에 이백의 시 창작 능력은 크게 향상되었다.

이는 오대五代 시기 왕인유王仁裕가 쓴 《개원천보유사開元天寶遺事》의 '몽필두생화夢筆頭生花' 조목에 나오는 이야기이다. 이 이야기에서 비롯된 '생화묘필', 혹은 '몽필생화'는 걸출한 창작 재능을 갖춘 문인을 칭송하는 말로 쓰인다.

내친김에 신비로운 붓 이야기를 하나 더 소개한다. 강엄江淹은 남조 시기에 활약한 유명한 시인이자 사부가辭賦家로서 그가 젊은 시절 지은 〈별부別賦〉, 〈한부恨賦〉는 당시 문단을 진동했다. 그런데 강엄이 만년에 이르러 지은 시들은 한결같이 젊은 시절의 시에는 크게 미치지 못했다. 이와 관련하여 종영鍾嶸의 《시품詩品》에는 다음과 같은 기록이 있다.

강엄이 선성宣城 태수 임기를 마치고 돌아오는 길에 야정冶亭이라는 곳에서 하룻밤을 묵었다. 꿈에 한 남자가 나타나 자신을 진晉나라 때의 뛰어난 학자이자 시인인 곽박郭璞이라 소개하고는 강엄에게 말했다. "내가 오랜 세월 그대에게 빌려준 붓을 이제는 돌려받으려 하오.” 강엄이 품속을 더듬어 다섯 색깔로 아롱진 붓 한 자루를 그에게 돌려주었다. 그 꿈 이후로 강엄은 좋은 시를 쓸 수 없게 되었다.

이 이야기에서 나온 성어가 ‘강씨 도령이 재주가 다하였다’라는 ‘강랑재진江郞才盡’이다. 한창 잘나가던 문인들이 갑자기 창작이 시들해진 경우에 쓰는 표현이다. 이백은 꿈에 꽃이 피어나는 붓을 잡은 뒤로 창작에 큰 진전이 있었고, 강엄은 꿈에 오색의 채필을 돌려준 후로 창작이 시들해지게 되었으니 글을 쓰려는 자는 붓 꿈을 꿀 것을 사모하되, 꿈에라도 누가 돌려달라 하면 절대로 돌려줘서는 안 될 일이다. 아무리 용을 써도 그런 꿈을 꿀 수가 없거든 이곳 황산 몽필생화를 찾으면 된다. 옛날부터 문사文思가 고갈된 문인묵객들이 이곳을 찾은 후로 다시 글발이 좋아져 문장이 슬슬 풀렸다고 전하니 말이다.

청나라 때 항불項黻이란 시인이 황산의 ‘몽필생화’에 대해 다음과 같이 읊었다.

견고한 바위를 날카롭게 다듬어 기상이 남다른데
용트림한 소나무는 푸른 비단을 구름 위로 펼쳤네
꽃을 피운 천상의 붓 하나로
기이한 봉우리 모두 그려 그림 속에 넣었다네

석 골 릉 릉 기 상 수　규 송 직 취 금 운 포
石骨棱棱氣象殊, 虯松織翠錦雲鋪。
천 연 일 관 생 화 필　사 편 기 봉 입 화 도
天然一管生花筆, 寫遍奇峰入畫圖。

－항불, 〈몽필생화〉

이 시인의 상상대로라면 황산의 황홀경은 모두 이 몽필생화의 붓으로 그려낸 그림이라는 말이다. 참으로 멋진 표현이 아닌가! 조물주가 이 몽필생화의 붓을 휘둘러 거폭의 황산도黃山圖를 완성한 후에 이곳에 쓰고 남은 붓을 남겨둔 것이다. 그런데 이 필봉에 피어난 꽃송이가 시들어버리는 엄청난 사건이 벌어졌다. 1982년에 이 바위 위에 자라던 천년송 황산 소나무가 죽어버린 것이다. '몽필생화'가 '몽필사화'가 될 판이니 황산관리위원회에 비상이 걸렸다. 당장에 다른 소나무를 이식하기도 어려운 상황에서 우선 급하게 플라스틱으로 만든 가짜 소나무를 세웠다. 이른바 '몽필조화'가 된 것인데, 멀리서 보면 진짜 소나무처럼 보이니 멀리에서 바라보며 지나치는 관광객들에게는 여전히 '몽필생화'의 기암이요, 기송이었다. 2004년에 이르러서야 온갖 방법을 동원하여 진짜 황산송을 이식했다. 내가 처음 황산을 찾은 것이 2002년이니 그때 바라본 것도 역시 가짜 꽃, 조화였던 것이다. 새로 이식한 소나무는 뿌리를 잘 내려 가지가 청청한 푸른빛을 발하고 있다. 비로소 이 거대한 붓은 수려한 산수도를 그려낼 영험한 신통력을 다시 갖추게 된 셈이다.

몽필생화는 이백과 관련된 전설 이야기로 꾸며졌지만 이백이 황산을 오른 것은 분명하다. 〈황산 백아봉의 옛 거처로 돌아가는 온처사를 전송하며送溫處士歸黃山白鵝峰舊居〉라는 시에서 자신이 이전에 황산 정상에 올랐음을 분명하게 밝히고 있기 때문이다.

사천 길 높은 황산
서른둘 연꽃 봉오리
붉은 벼랑 사이로 돌기둥이 솟아올라

황금 연꽃 봉오리가 피어 있네

예전에 산 정상에 올라서

천목산 소나무를 굽어보았더니

선인이 단약을 만들던 곳에는

신선 되어 날아간 자취만 남았었지

나 또한 온溫선생의 명성을 들었더니

홀로 가는 그대를 지금 만났네

그대는 지초를 캐러 오악을 다 오른 후에

수많은 험한 바위산을 두루 다니셨다지

이제 백아봉으로 돌아가 쉬게 되었으니

단사의 우물물을 달게 마시겠지

내 생황으로 봉황 울음을 울리며 가리니

그대는 구름 수레를 준비하시게

떠나시게나 능양산의 동쪽으로

가시게나 향기로운 계수나무 숲으로

열여섯 굽이 계곡을 돌아 건너면

푸른 산에 온통 맑은 하늘이리니

훗날 다시 그대를 찾으면

황산 천교에 올라 무지개를 밟으리라

황산으로 돌아가는 온씨 성의 처사를 전송하며 지은 이 시에서 "예전에 산 정상에 올라서 천목산 소나무를 굽어보았다"라고 하여 자신이 이전에 황산의 높은 봉우리에 올랐음을 분명하게 밝히고 있다. 천목산은 황산의 동쪽에 있는 산이다. 이 시에서 이백은 황산의 봉우리를 32봉으로 말하고 있는데, 이 구절에 대해 이백 시의 주석가인 왕기 王琦는 "모든 책에서 황산의 봉우리를 36개라 하고 있는데 이백은 단지 32개를 말하고 있으니 아마도 당나라 이전에는 4개의 봉우리에 이름을 붙이지 않았을 것이다"라고 주석을 달고 있다. 36개 봉우리는 황산의 72좌 봉우리 중에서 큰 봉우리만을 센 것이다.

황산과 이별하려니 아쉬운 마음이 가득하여 황산 아래쪽에 자리한 아름다운 계곡 비취곡翡翠谷을 찾아갔다. 연인들이 즐겨 찾는 곳이어서 '정인곡情人谷'으로도 부르는 이곳은 물이 맑고 바위가 깨끗하며 곳곳에 청정한 대숲이 어울려 있어 과연 '비취'라는 영롱한 이름을 붙일 만했다. 가을 햇살이 가득 부서지고 있는 오후 내내, 그곳 넓은 바위 위에 앉아서 바위와 계곡물이 서로 어깨를 부딪고 손뼉을 마주치며 부르는 청아한 노래에 귀 기울이기도 하고, 그 계곡 옆에서 맑은 바람에 머리칼을 말리는 대나무 숲의 흥얼거리는 소리를 들으며 낮잠을 자기도 했다. 황산이 주는 벅찬 감동에 이끌려 몸을 사리지 않고 줄곧 쉬지 않고 다녔으니 앞으로 남아 있을 먼 여정을 위해서도 비취곡에서의 청정한 쉼은 적당한 쉼표인 셈이었다.

다음 일정은 이백의 자취를 따라가는 길이다. 이백의 유명한 시 〈증왕윤贈汪倫〉의 창작지인 도화담桃花潭, 〈독좌경정산獨坐敬亭山〉의 경정산이 있는 선성宣城, 이백의 무덤이 있는 당도當塗 청산靑山, 이백이 신선이 되어 떠난 마안산馬鞍山의 채석기彩石磯, 모두 안휘성 경내에 있는 이백의 성지이니 여행길에 오르기 전부터 마음이 설렌다. 새로운 여행길에 대한 설렘으로 아쉬운 이별의 정을 달래면서 시 한 수 적어 황산과 작별했다.

저물어가는 연인의 골짜기

푸른 대나무 푸른 물을 희롱하는데

홀로 앉아 길게 시를 읊나니

그리운 그대와 이별하는 아쉬운 시간이여

晚來情人谷, 翠竹弄碧池。

獨坐長吟處, 思君惜別時。

– 김성곤, 〈별황산別黃山〉

안휘성 2 - 선성

4장

십 리 복사꽃 피는 마을, 도화담

이백이 배를 타고 막 떠나려 할 제

홀연 강 언덕 위로 발을 구르며 노래하는 소리 들리네

도화담 맑은 물이 천길 깊다 해도

나를 보내는 왕윤의 저 정만큼은 깊지 않으리라

이 백 승 주 장 욕 행   홀 문 안 상 답 가 성
李白乘舟將欲行, 忽聞岸上踏歌聲。

도 화 담 수 심 천 척   불 급 왕 윤 송 아 정
桃花潭水深千尺, 不及汪倫送我情。

이백의 유명한 작품 〈증왕윤贈汪倫〉이라는 시이다. 도화담桃花潭에 사
는 왕윤이라는 촌민에게 써준 이백의 증별시贈別詩인데, 이 시 하나로
도화담이라는 이름이 천하에 알려지게 되었다. 도화담은 본래 이 마

을 앞을 흐르는 청익강靑弋江의 한 구간을 가리키는 이름으로, 그 부근에 자리잡은 마을도 도화담이라 불렀다. 마을 앞을 굽이굽이 맑게 흘러가는 청익강은 장강의 지류 중 하나로, 발원지가 황산의 북쪽 산기슭이다. 황산에서의 '관지'의 황홀한 시간을 뒤로하고 북으로 흘러가는 청익강의 물줄기를 따라 안휘성 경현涇縣 도화담으로 향했다. 도화담까지는 약 70킬로미터, 승용차로 두 시간이 채 안 걸린다. 황산 비취곡에서 저물녘까지 느긋하게 휴식 시간을 갖고 저녁 식사까지 여유롭게 즐긴 후에 출발했으므로 우리 일행이 도화담에 도착한 것은 밤 10시를 넘긴 오밤중이었다. 다음 날 이른 아침, 일행과 함께 산책을 나섰다가 마침 마을 공터에서 펼쳐진 왁자지껄한 아침 시장을 구경할 수 있었다. 온갖 싱싱한 채소들과 큼지막한 민물 생선들이 가판대에 즐비한데, 이 생선들은 바로 마을 앞을 흐르는 청익강에서 잡은 것들이다. 맑은 강에 사는 것들이라 그런지 아주 깔끔하고 싱싱하다. 아침 식사로는 그곳 장터에서 파는 전병을 사서 먹었는데, 전병을 기름에 튀기고 있는 중년 남자에게 이백의 시 〈증왕윤〉을 아느냐 물었더니, 역시 예상했던 대로 시가 술술 나온다. "리바이 청쩌우 쟝 위싱~" 잘 외운다고 감탄하고 칭찬했더니, 옛날 이백이 왕윤에게 이 시를 준 것처럼 자신도 한국 친구인 내게 이 시를 선물한단다.

천보 3년(744) 봄 장안 궁정에서의 파란만장한 생활을 끝내고 다시 야인으로 돌아온 이백은 여러 지역을 여행하며 상처받은 마음을 달랬다. 낙양에서 두보를 만나 함께 하북과 산동 여러 지역을 여행했고, 두보와 헤어진 후에는 강동의 명승지를 두루 여행했으며 멀리 북쪽 유주幽州까지 가서 변새의 풍광을 구경하기도 했다. 그러던 어느 해 안휘성 선성宣城에서 벼슬하고 있던 친척 아우인 이소李昭가 편지를 보내

◈ 도화담

그를 선성으로 초청했다. 선성은 이백이 가장 흠모하는 남북조 시대 시인 사조謝朓의 자취가 선명한 곳이었으므로 이백은 선뜻 그의 초청에 응해서 선성으로 가서 명승을 두루 답파했다. 유서 깊은 사조루謝朓樓에 올라 옛사람을 회고하기도 했고, 선성 북쪽에 있는 경정산에 올라 시를 쓰기도 했고, 기씨 노인이 담근 노춘老春에 취하기도 하면서 행복한 날을 보냈다. 그즈음에 안휘성 남쪽 경현 도화담에 살고 있는 왕윤汪倫이라는 사람으로부터 편지가 도착했다. 내용은 자신의 동네를 방문해주십사 요청하는 것이었는데, 이 편지의 구절 중에 "저희 마을에는 십 리에 걸쳐 복사꽃이 피어 있고 술집이 만 개나 됩니다"라는 구절이 이백의 마음을 끌었다. 절경과 미주美酒를 마다할 이백이 아니잖은가.

"십 리에 걸쳐 복사꽃이 피어 있다면 이는 필시 무릉도원이 아닌가. 그곳에 술집이 만 곳이나 된다니, 작은 촌마을에 무슨 술집이 만 곳이나 되겠는가마는, 좀 과장했다손 치더라도 술집이 제법 많을 것은 틀림없는 일이렷다!"

이백은 즉시 행장을 차려 뱃길로 도화담을 찾아갔다. 도화담 마을은 물이 맑기로 유명한 청익강의 상류에 있는 아름다운 곳이었다. 나루터까지 왕윤이 주민들과 함께 나와 이백을 맞았다. 이백이 정말로 십 리 복사꽃과 만 곳의 술집이 있느냐 물었더니 왕윤이 멋쩍게 웃으면서 말했다.

"우리 동네 앞을 흐르는 맑은 강물 이름이 도화담입니다. 십 리에 걸쳐 흐르지요. 그리고 우리 동네에 술집 한 곳이 있는데 그 술집 주인 성이 일만 만萬자를 쓰는 만씨 성, 만가萬家입니다."

전혀 예상치 못한 답변에 이백이 어리둥절해하다가 비로소 고개를 끄덕이며 한바탕 크게 웃었다. 왕윤이 거듭 머리를 조아리며 말했다.

"저는 오랫동안 대인의 시명을 흠모해왔습니다. 그런데 얼마 전 대인께서 이곳에서 멀지 않은 선성에 와 계신 것을 알았습니다. 그래서 꼭 뵙고 싶은 간절한 마음에 이렇게 얕은꾀를 썼습니다. 대인께서 너그러운 마음으로 용서해주시기를 바랍니다."

이렇게 해서 이백은 물 맑은 도화담 마을에서 왕윤과 촌민들로부터 융숭한 대접을 받으며 유쾌한 날을 보내게 되었다. 그렇게 여러 날을 지낸 뒤 마침내 돌아갈 날이 되어 이백은 왕윤과 작별하고 배에 올랐다. 이백은 자신이 마치 옛날 무릉도원을 방문했다가 다시 속세로 돌아가는 어부라도 된 듯 도화담에서 지낸 날들이 비현실적으로 느껴졌다. 사공이 삿대를 밀어 배를 출발시키려는 그때 강기슭 마을 쪽으로부터 여럿이 부르는 노랫소리가 꿈결처럼 아득하게 들려왔다. 고개를 돌려 바라보니 왕윤을 필두로 촌민들 여럿이 손에 손을 잡고 발을 굴러가며 자신을 전송하는 노래를 부르는 것이 아닌가! 그중에는 만가주점의 주인 만씨 성의 사내도 있었고, 도화담에서 물고기를 잡아 가져다주었던 어부 황씨도 있었고, 오동통 살찐 닭을 선물로 들고 왔던 이름 모르는 젊은 아낙도 있었다. 그들이 환한 얼굴로 춤을 추면서 송별의 노래를 부르는 모습은 이백에게 말할 수 없는 감동을 주었다. 이백은 서둘러 사공에게 배를 다시 돌리라고 부탁하고는 지필묵을 꺼내 들었다. 그리고 정감이 넘치는 아름다운 한 편의 시를 써내려갔다.

이백이 배를 타고 막 떠나려 할 제
홀연 강 언덕 위로 발 구르며 노래하는 소리 들리네
도화담 맑은 물이 천길 깊다 해도
나를 보내는 왕윤의 저 정만큼은 깊지 않으리라

이렇게 쓰인 〈증왕윤〉은 표현은 단순하고 소박하지만 그 표현에 담긴 깊은 정으로 인해 널리 회자되는 작품이 되었다. 칠언절구라는 짧은 편폭에 사람 이름을 두 번씩이나, 그것도 자신의 이름까지 인용하면서도 이토록 멋스러운 작품으로 빚어낼 수 있었던 것은 이백의 특출한 재능 때문이기도 하겠지만 맑은 도화담을 닮은 순수하고 맑은 촌민들의 모습이 생생하게 그려져 있기 때문이다. 그윽한 도화담 강물 소리를 반주 삼아 손에 손을 잡고 발을 구르며 노래하는 도화담 마을 사람들의 환한 얼굴이 시구 사이사이, 글자 사이사이로 선명하게 떠오른다. 도화담 물 깊이보다 더 깊다고 말한 것이 어찌 왕윤의 마음만을 두고 한 말이겠는가. 거기 강 언덕에서 손에 손을 잡고 발을 구르며 송별 노래를 부르던 모든 촌민들이 전하는 정 역시 그렇게 천 길로 깊었을 것이다. 그들의 정에 고마워 쓴 이백의 이 시는 청익강 강물과 함께 흘러 흘러 장강에 이르고, 다시 장강의 물길을 따라 동서남북으로 퍼져서 도화담을 천하에 알렸으니 도화담은 한시 영토를 영원히 흘러가는 깊고 아름다운 강물이 되었다.

도화담 마을의 오래된 골목길에는 명청 시대에 지어진, 하얀 벽과 검은 기와로 이루어진 휘파徽派 양식의 가옥들이 이어진다. 세월의 무게를 이기지 못하여 퇴락해가는 건물들 사이로 난 좁고 긴 골목을 걷다 보니 시선 이백의 방문으로 온 마을이 들떠서 술렁이던 시절의 그 흥분이 전해오는 듯하다. 나루터로 나갔더니 '답가고안踏歌古岸'이라는 간판을 단 오래된 건물이 강변에 서 있다. 촌민들이 발을 구르며 노래를 불렀던 그 언덕에 세워진 건물이다. 명나라 때 처음 세웠고 청나라 건륭 연간에 중건한 것이다. 언덕 위에 이층으로 세운 건물이어서 올라가 바라보면 맑게 흘러가는 도화담의 풍경이 한눈에 들어온다. 여행객을 실은 쪽배들이 강물을 오가고, 강변 한쪽에는 가을 햇살을 등에 지고 빨래하는 아낙네들의 모습도 보인다. 배를 하나 빌려 강을 따라 오르내리면서 아름다운 도화담의 산수를 마음껏 감상했다. 맑은 강물에 반사되는 가을 햇살에 함께한 일행들의 얼굴에 환한 꽃잎이 아롱지고 있었다.

멀리 도화담을 물어 옛 나루터를 거닐었더니
처처에 빨래하는 소리 들리네

◆ 휘파 양식의 가옥들

기우는 햇살을 등에 진 촌부들

한가로운 대화는 세상 밖의 정이리라

<small>원 문 청 담 고 도 행　　각 문 처 처 도 의 성</small>
遠問淸潭古渡行, 却聞處處搗衣聲。

<small>양 삼 촌 부 배 사 일　　응 시 한 담 세 외 정</small>
兩三村婦背斜日, 應是閑談世外情。

－ 김성곤, 〈과도화담화이백증왕윤 過桃花潭和李白贈汪倫〉

문방사보의 도시, 선성

도화담을 떠나 돌아가는 이백의 뒤를 따라 우리도 문방사보의 문화
도시로 유명한 선성으로 향했다. 선성까지는 약 90킬로미터, 차로 두
시간 걸린다. 선성은 이백이 말년에 자주 찾았던 도시이다. 천보 12년
(753) 친척 동생 이소의 초청으로 처음 선성을 방문한 뒤로 마지막 선
성 북쪽에 있는 당도에서 숨을 거둔 보응 원년(762)까지 여섯 차례나
방문했다. 생의 마지막 10년 동안 이백이 선성에 들러서 지은 시가
80수가 넘는다.

　당나라 때 선성은 인구가 많고 물산이 풍부한 도시였다. 《수서隋書》
〈지리지〉에 "선성은 강과 육지의 온갖 보배가 모여 있는 곳이어서 장
사치들이 몰려들었다"라고 전하고 있다. 천보 11년(752) 당시 수도 장
안의 인구가 196만이었고, 동도 낙양의 인구가 118만이었는데, 선성
은 그다음으로 인구가 많아서 88만을 넘겼다. 대운하의 수운으로 경
제력이 급부상하여 강남 최고의 도시로 이름을 날린 양주의 인구가
당시 46만이었으니 선성의 규모를 충분히 짐작할 수 있다. 당시 인구
의 숫자는 경제성장의 중요한 표지였으니 인구가 많다는 것은 먹고사
는 경제적 여건이 그만큼 풍족하다는 것이다.

　이러한 경제력에 걸맞게 선성은 문화적으로도 수준 높은 도시였다.
한나라 때 이후로 관학과 사학이 융성하여 훌륭한 인재들을 많이 배
출했다. 당대 최고의 문장가 중 한 명인 한유韓愈도 13세부터 19세까
지 이곳 선성에서 공부했고, 중당中唐대 최고의 시인 백거이 역시 이
곳에서 공부하고 향시鄕試에 합격함으로써 장안에서 치르는 진사 시
험에 응시할 수 있었다.

선성은 문방사보의 문화도시로도 이름이 높다. 문인의 서재에서 빼놓을 수 없는 네 가지 보배 문방사보는 송나라 이래로 붓으로는 선성에서 만든 붓 선필宣筆, 먹으로는 안휘성 휘주徽州에서 만든 먹 휘묵徽墨, 종이로는 선성의 종이 선지宣紙, 벼루로는 안휘성 흡현歙縣에서 생산된 흡연歙硯이 가장 유명했다. 모두 선성이거나 선성 부근의 도시에서 만들어진 제품들이다. 원대 이후로는 절강성의 호주湖州에서 만든 호필湖筆이 선필을 대신하여 최고 붓의 영예를 얻기도 했다. 선성의 종이, 선지는 우리나라 사람들에게는 화선지라는 명칭으로 더욱 익숙하다.

이백의 우상 남조 시인 사조의 누대, 사조루

선성의 문풍文風은 이곳을 찾은 당대 시인들의 숫자에서도 확인할 수 있다. 모두 102명의 시인들이 선성을 찾아서 총 446편의 관련 작품을 남기고 있는데, 이들 중에 가장 많은 편수를 차지한 사람이 총 86수를 쓴 이백이다. 이백이 선성을 즐겨 찾은 것은 그를 초청한 이소를 비롯한 여러 친척이나 그와 교분이 깊은 벗들이 선성에 살고 있었던 까닭도 있지만, 이백이 열렬히 사모하는 산수시인 사조(464~499)도 한몫을 한 것으로 보인다. 사조는 남제南齊(479~502) 때 활약한 뛰어난 시인으로 청신한 시풍과 정밀한 대구로 당대 율시와 절구의 완성에 크게 기여한 인물이다. 남조 양梁나라의 황제이자 뛰어난 문인이기도 했던 소연蕭衍은 "삼일 동안 사조의 시를 읽지 않으면 바로 입에서 냄새가 난다"라고 할 정도였다. 젊어서부터 문재로 이름을 떨친 사조는 선성의 태수로 봉직한 2년 동안 많은 걸작을 써냈으므로 사람들은 그를 '사선성謝宣城'으로 불렀다. 시인으로서 자부심이 유별난 이백은 이 사조에 대해서만은 대단히 높이 평가했으니, 청초 시인 왕사정王士禎은 《논시절구論詩絶句》에서 "이백은 뛰어난 필력으로 천하를 호령하였으나 일생 사선성에게 고개를 숙였다네"라고 쓰고 있을 정도이다. 실제로 이백의 많은 시구에서는 사조를 높이는 표현들이 발견된다.

내 사조의 시구를 읊노니
북풍이 소슬 불어 비를 불어 날린다는 구절이네
사조가 이미 죽어 청산이 비었더니
뒤이어 그대 은공께서 계승하셨어라

　　　　　　　　－이백, 〈수은좌명견증오운구가酬殷佐明見贈五雲裘歌〉

삼산에 올라 사조를 생각하고
물 맑은 곳에서 장안을 바라본다네

　　　　　　　　－이백, 〈삼산망금릉기은숙三山望金陵寄殷淑〉

"맑은 강은 명주같이 깨끗하다" 말할 수 있었던 시인
그 시인 사조를 오래도록 기억한다네

　　　　　　　　－이백, 〈금릉성서루월하음金陵城西樓月下吟〉

선성 시내에서 동쪽으로 멀지 않은 곳에 사조와 관련된 유적이 하나 있다. 능양산陵陽山 정상에서 선성 동쪽을 흐르는 완계하宛溪河를 바라보고 서 있는 '사조루'라는 누각이다. 2층 복층으로 날렵한 처마를 들어올려 단아하면서도 고풍스러운 이 기품 있는 누각은 선성의 대표적 건축물인 동시에 중국 고전시가문학의 상징적인 표지이기도 하다. 이 누각의 조상이 사조가 선성의 태수로 있을 때 능양산에 세운 고재高齋라는 건물이다. 사조는 그곳에 기거하면서 태수 정무를 보았다. 역사서에서는 "사조는 고재에서 정무를 보며 시를 읊고 휘파람을 불며 유유자적했다. 그런데도 선성이 잘 다스려졌다"라고 적고 있다.

잔설이 청산을 비추고
햇살에 찬 안개가 흩어지네
희미하게 보이는 강마을
무성한 강가의 나무들
옷을 걸치고 맑은 물로 세수하고
난간에 기대어 붓을 잡는다네
음식이 많다 해도 담박한 맛으로 손이 가고
가옥이 층층이라도 발 뻗을 방이면 족하다네
나라를 위한 걱정도 다 부질없는 것
분란과 속임수가 한둘이 아니라네
어찌하면 초가집 길목을 쓸며
근심과 병을 사라지게 할 수 있을까?

餘雪映靑山, 寒霧開白日。
暧暧江村見, 離離海樹出。
披衣就淸盥, 憑軒方秉筆。

◈ 사조루

열 조 귀 단 미　연 가 지 용 슬
列俎歸單味, 連駕止容膝。

공 위 대 국 우　분 궤 량 비 일
空爲大國憂, 紛詭諒非一。

안 득 소 봉 경　쇄 오 수 여 질
安得掃蓬徑, 鎖吾愁與疾。

－ 사조, 〈고재시사高齋視事〉

　　고재에서 업무도 보고 시도 읊고 하면서 유유자적했다고 했고, 그
럼에도 선성이 잘 다스려졌다고 역사서는 적고 있지만 이 시를 보면
꼭 그렇지는 않았던 모양이다. 당시 남조 제나라 조정은 권력 쟁취
를 위한 음모와 살육으로 복마전이 되어 있었고, 후에 사조 또한 불과
36세의 젊은 나이에 이 권력 투쟁에서 희생되었으니 사조의 이러한
탄식이 공허한 것이 아니었다. 고재는 당나라 초기에 새롭게 조성되
어 북루北樓, 사조루, 사공루謝公樓로 불렸는데, 이 누각을 세상에 널리

알린 것은 역시 이백이었다. 이백이 이 누각에 올라 지은 시, 친척 어른 이화李華를 모시고 사조루에 올라 쓴 〈배시어숙화등루가陪侍御叔華登樓歌〉라는 시 때문이다.

나를 버리고 가버리는가
붙잡을 수 없는 어제의 날들이여
내 마음을 어지럽히는가
번뇌와 근심 가득한 오늘이여
장풍이 만 리에 가을 기러기를 전송하는 시절
고루에 오르니 거나하게 취할 만하구나
옛날 봉래의 문장과 건안의 풍골이 있었고
중간에 사조가 있어 또한 청신하고 빼어났으니
모두 표일한 흥취를 품고 씩씩한 생각을 날려
푸른 하늘까지 올라 밝은 달을 잡고자 했다네
칼을 뽑아 물을 베어도 물은 다시 흐르듯
잔을 들어 시름을 삭여도 시름은 더욱 시름겹구나
인생살이 이토록 마음에 맞지 않으니
내일 아침 머리 풀고 일엽편주를 타고 떠나리라

기 아 거 자   작 일 지 일 불 가 류
棄我去者, 昨日之日不可留。
난 아 심 자   금 일 지 일 다 번 우
亂我心者, 今日之日多煩憂。
장 풍 만 리 송 추 안   대 차 가 이 감 고 루
長風萬里送秋雁, 對此可以酣高樓。
봉 래 문 장 건 안 골   중 간 소 사 우 청 발
蓬萊文章建安骨, 中間小謝又清發。

<ruby>俱<rt>구</rt></ruby><ruby>懷<rt>회</rt></ruby><ruby>逸<rt>일</rt></ruby><ruby>興<rt>흥</rt></ruby><ruby>壯<rt>장</rt></ruby><ruby>思<rt>사</rt></ruby><ruby>飛<rt>비</rt></ruby>, <ruby>欲<rt>욕</rt></ruby><ruby>上<rt>상</rt></ruby><ruby>靑<rt>청</rt></ruby><ruby>天<rt>천</rt></ruby><ruby>攬<rt>람</rt></ruby><ruby>明<rt>명</rt></ruby><ruby>月<rt>월</rt></ruby>。

구 회 일 흥 장 사 비　욕 상 청 천 람 명 월
俱懷逸興壯思飛, 欲上靑天攬明月。

추 도 단 수 수 갱 류　거 배 소 수 수 갱 수
抽刀斷水水更流, 擧杯消愁愁更愁。

인 생 재 세 불 칭 의　명 조 산 발 농 편 주
人生在世不稱意, 明朝散髮弄扁舟。

이 시의 주제는 시의 마지막 부분에 적힌 '불칭의不稱意', '뜻에 맞지 않음'이다. 세상사가 내 마음대로 되지 않는다는 불평인데, 이백은 이 불평을 침울한 정서가 아닌 호방한 기개로 표현하여 작품은 처음부터 힘이 넘친다. 무정하게 흘러가는 세월 앞에서 번뇌와 근심으로 가득한 시절이지만, 술 한잔에 기대어 씩씩해진 마음으로 그 근심으로부터 벗어나려고 한 것이다. 봉래의 문장, 건안의 풍골, 사조의 청신함 등은 모두 자신의 문학적 재능에 대한 자부심의 표현이다. 이런 문학적 재능이면 하늘까지 올라 달도 따올 수 있는 것인데, 무엇 때문에 울적하랴! 하지만 그런 호기와 자부심에도 강물처럼 끊임없이 다가오는 근심을 근원적으로 해소할 방도가 없다. 세상에서 비롯된 이 근심과 불평을 해소할 유일한 방책은 이 세상으로부터 떠나는 것이다. 그래서 "내일 아침이면 배 타고 떠나겠다"라고 큰소리를 치는 것인데, 지금 당장 떠나겠다는 것이 아니라 내일 아침으로 미룬 것으로 보면 그저 위안을 삼는 말일 뿐임을 짐작할 수 있다. 이 시에서 가장 유명한 말이 바로 "칼을 뽑아 물을 베어도 물은 다시 흐르듯, 잔을 들어 시름을 삭여도 시름은 더욱 시름겹다"라는 구절이다. "추도단수수갱류抽刀斷水水更流, 거배소수수갱수擧杯消愁愁更愁!"입에서 나오는 대로 쓴 표현인 듯 자연스러운데, 같은 글자가 이중, 삼중으로 반복되면서 가락도 구성지고, 뜻도 한결 깊어졌다. 길고 긴 세월 깊은 술로도, 높은 자부심으로도 해소할 수 없는 근심에 절망하던 사람들은 이 구절을 탄식하듯 분노하듯 울부짖듯 소리치며 그 근심의 심연에서 벗어나려 애썼을 것이다.

일행에게 사조루에서 지은 이백의 이 시를 장황하게 설명하며 현장에 도착했는데, 아뿔싸, 사조루는 내부 수리를 위해 문을 굳게 닫아걸고 있었다. 사조루는 당, 송, 명, 청을 거쳐 지속적으로 다양한 형식으로 중건되었는데, 중일전쟁 시에 불타 없어지고 말았다. 지금의 누각은 1987년에 세워진 것이다. 굳게 닫힌 누각 앞에서 일행과 함께 〈배시어숙화등루가〉를 읽는 것으로 만족해야 했다.

고금의 명주, 노춘과 선주

선성 시내 한 식당을 찾아 저녁 식사를 했다. 먼저 음식을 주문하고 음식이 준비될 동안 식당 계산대 뒤쪽에 진열된 여러 종류의 중국 술을 구경했다. 하루 일정이 끝나 배도 고프고 목도 마른 저녁 식사 시간은 제일 행복한 시간이다. 중국은 지역마다 그 지역 특산의 명주가 있어서 반주로 등장할 새로운 명주에 대한 기대감 때문이다. 일행들이 나의 술 감식안에 제법 신뢰를 보내고 있어서 술을 고를 때면 매양 의기양양 즐거웠다. 선주宣酒라는 이름의 술 하나가 눈에 띄었다. 선성의 술이라 하니 선성을 대표하는 명주가 틀림없겠다는 생각에 덥석 집어들고 술병에 적힌 소개 글을 읽었더니 놀랍게도 이 선주는 당나라 때 선성에서 유행한 '노춘老春'이라는 술을 계승하였다는 것이다. 노춘이라면 이백이 선성에서 머물 때 즐겨 마셨던 바로 그 술이 아닌

가! 이 노춘 술을 잘 담그는 기수紀叟라 불리는 노인이 있었는데, 이백
은 선성에 오면 어김없이 기 노인의 술집을 찾아서 색이 맑고 맛이 강
한 노춘을 즐기곤 했었다. 어느 해 선성을 방문한 이백이 언제나 그랬
던 것처럼 기씨 노인의 술집을 찾았는데, 기씨 노인이 이미 세상을 뜬
뒤였다. 이백은 너무 아쉬워하며 시 한 수를 지어 애도했다.

기씨 노인 저승에 살아서도
여전히 노춘을 빚고 있으련만
저승에는 나 이백이 없으니
그 맛 좋은 술을 누구에게 팔려나

기 수 황 천 리　환 응 양 로 춘
紀叟黄泉裏, 還應釀老春。
야 대 무 이 백　고 주 여 하 인
夜臺無李白, 沽酒與何人。

－ 이백, 〈곡선성선양기수哭宣城善釀紀叟〉

이 시 하나로 선성 기 노인의 노춘이 세상에 널리 알려지게 된 것이
다. 당나라 때 마시던 술은 모두 발효주인 황주 계열이니 지금처럼 높
은 도수의 증류주 백주와는 완전히 다른 종류의 술일 것인데 선주가
노춘을 계승했다고 하니 좀 믿기 어렵다. 아마도 천하의 술꾼 이백이
기씨 노인의 노춘을 각별히 좋아했다는 이야기를 영업적으로 활용하
자는 장삿속이겠거니 하는 생각도 든다. 그래도 이백의 자취를 찾는
여정에서 이백이 좋아했다는 술의 후손을 만났으니 어찌 반갑지 않
겠는가. 냉큼 값을 치르고 목 빠지게 기다리고 있는 일행에게 돌아가
한 잔씩 따라주며 맛보게 했다. 높은 도수의 백주임에도 부드러워 목

넘김이 좋다고 다들 칭찬 일색이다. 맛난 요리와 좋은 술이 함께 하는 저녁 식사 자리에 흥이 넘친다. 흥을 타고 이백의 유명한 시 〈선성견 두견화宣城見杜鵑花〉가 절로 나와 분위기를 돋우었다. 이백이 선성에서 고향 파촉을 그리워하며 지은 애틋한 사향시이다.

  촉국에서 일찍이 들었던 두견새 울음소리
  선성에서 다시 또 보게 된 두견화
  한 번 울 적마다 애간장 한 번 끊어지느니
  삼춘 삼월에 내 고향 삼파가 그립구나

  <ruby>蜀<rt>촉</rt></ruby><ruby>國<rt>국</rt></ruby><ruby>曾<rt>증</rt></ruby><ruby>聞<rt>문</rt></ruby><ruby>子<rt>자</rt></ruby><ruby>規<rt>규</rt></ruby><ruby>鳥<rt>조</rt></ruby>, <ruby>宣<rt>선</rt></ruby><ruby>城<rt>성</rt></ruby><ruby>還<rt>환</rt></ruby><ruby>見<rt>견</rt></ruby><ruby>杜<rt>두</rt></ruby><ruby>鵑<rt>견</rt></ruby><ruby>花<rt>화</rt></ruby>。
  蜀國曾聞子規鳥, 宣城還見杜鵑花。
  一叫一回腸一斷, 三春三月憶三巴。

삼파는 파군巴郡, 파동巴東, 파서巴西 삼군으로 이백의 고향이 있는 촉을 두고 하는 말이다. 두견새가 피를 토하듯 울어서 붉게 피어난 꽃이 두견화라는 설화는 바로 이백의 고향이 있는 촉의 전설이다. 만리타향 선성에서 고향의 꽃 두견화를 보고 고향의 새 두견새의 울음소리를 듣게 되니 고향이 더욱 그립다는 것이다. 3, 4구는 숫자 '일'과 '삼'을 세 번씩 중복해서 활용했음에도 가락이 호흡처럼 자연스럽고 정감이 더욱 깊다. '일배일배부일배一杯一杯復一杯', 이백의 맑은 시를 안주 삼아 기울이는 맑은 술잔에는 오래된 옛 도시 선성이 전하는 그윽한 운치가 향기처럼 머물러 있었다.

보고 또 봐도 물리지 않는 산, 경정산

다음 날 또 다른 이백의 자취를 찾아 선성 북쪽 교외에 자리한 경정산敬亭山으로 향했다. 경정산은 황산의 지맥으로 동서로 십 리 정도 이어지는데, 주봉인 취운봉翠雲峰은 해발 320여 미터에 불과하니 매우 낮은 산이다. 수려한 봉우리도 없고 깊은 계곡도 없어서 오악이니 황산이니 하는 명산들이 수두룩한 중국에서 명함을 내밀 수도 없는 산이다. 이 평범하기 이를 데 없는 산이 명산의 대열에 들게 된 것은 바로 이백이 경정산에 와서 지은 시 〈독좌경정산獨坐敬亭山〉 때문이다.

> 뭇 새들 높이 날아 사라지고
> 외론 구름 홀로 한가롭게 떠간다
> 바라보아도 둘이 서로 물리지 않는 것
> 오직 경정산 너뿐이로구나
>
> 衆鳥高飛盡, 孤雲獨去閑。
> 相看兩不厭, 只有敬亭山。

선성에 올 때마다 경정산을 자주 찾았던 이백이 어느 날 경정산에 홀로 앉아 떠가는 구름을 보면서 지은 시이다. 새들도 다 날아간 텅 빈 하늘에 조각구름 하나가 한가롭게 떠간다. 그 풍경을 산과 함께 바라보고 있던 시인이 돌연 경정산에게 말을 건넨다. "아무리 보고 또 봐도 물리지 않는 건 경정산 자네뿐일세!" 아마도 경정산 역시 자신을 그렇게 사랑스러운 눈길로 바라보는 이백이 좋다고 연신 고개를 끄덕였을 것이다. 제3구에서 쓴 '양불염兩不厭'이라는 표현에서 내가 경정산을 사랑하듯 경정산도 나를 사랑할 것이라는 이백의 확신을 읽을 수 있다. 경정산을 낭만적으로 의인화하여 사랑의 대상으로 삼은 것이어서 이 두 구절은 사랑에 빠진 연인들의 달콤한 밀어로 활용될 만하다. '경정산' 자리에 상대방의 이름 '아무개'로 대신하면 그만이다. 하지만 시를 전체적으로 감상하자면 젊은 연인들이 아니라 인생의 고락을 함께한 늙은 부부가 서로의 주름진 얼굴을 바라보며 전하는 사랑과 감사의 고백이라고 해야 맞다.

첫 구절에서 말한 뭇 새들이 다 날아가 텅 빈 하늘은 화려한 시절, 환호하던 무리에 둘러싸여 휘황하게 빛났던 자신의 시절이 다 끝났음을 비유한다. 이제 자신은 외로운 구름 한 조각이 되어 모든 환호가 떠나간 텅 빈 하늘을 떠돌고 있을 뿐이다. 그런 자신을 여전히 사랑스러운 눈빛으로 품어주는 이가 바로 경정산이다. 그러니 어찌 감사하지 않으랴, 어찌 사랑스럽지 않으랴! 이렇게 이백의 곁에서 말년의 외로움을 달래주던 경정산은 이백의 이 고백 하나로 천하의 명산이 되었다. 이백의 뒤를 따라 백거이, 소동파 등 수많은 시인들이 이곳 경정산을 찾아 시를 남기니 경정산은 시의 산, 역사와 문화를 갖춘 명산이 되었다. 산부재고山不在高하니, 유선즉명有仙則名이라, 산은 높이에 달려 있지 않나니, 신선이 살면 명산이 되는 법이라. 당나라 중당대 시인 유우석이 쓴 〈누실명陋室銘〉이라는 글의 첫 구절이다. 경정산 초입에서 우리 일행을 맞이하며 산을 소개하던 중국인 가이드의 일성이 바로 이 〈누실명〉 구절이었다. 경정산이 비록 작은 산이지만 시의 신선, 이백을 품고 있으니 명산이라는 말이다. 경정산 남쪽 산기슭에 이백의 이 시를 기념하여 지은 태백독좌루太白獨坐樓가 있다. 산 입구로부터 천천히 걸어도 한 시간을 넘지 않는 거리이다. 완만한 등산로를 따라가며 일행에게 〈독좌경정산〉 음송 가락을 가르쳤다. 내가 먼저 한 구절을 노래하듯 읊으면 다들 따라 하는 식이다. 들쭉날쭉 곡조가 엉성하긴 해도 흥만큼은 이백에 필적하는 듯 힘찬 노랫소리가 경정산에 낭랑하게 울려 퍼졌다.

태백독좌루는 청나라 말기에 처음 세워졌는데, 중일전쟁 때 불타 없어진 것을 1987년에 중건했다. 목재를 많이 써서 소박하고 고졸한 느낌을 주는 오층 누각이다. 일층에 들어서면 나무로 조각한 이백의 좌상이 있는데 홀로 비스듬히 기대앉아서 스스로가 산이 되어가는 모습이다. 이백이 곧 경정산이고 경정산이 곧 이백인 물아일체의 순간을 잘 표현한 작품이다. 누각 높이 올라가 난간에 서서 구름 하나 없는 경정산의 하늘을 무연히 바라보는데, 조금 전 배운 〈독좌경정산〉 가락을 멋대로 흥얼거리는 명랑한 목소리들이 간간이 들려온다.

오래전 처음 경정산에 들렀을 때의 일이다. 일정에 차질이 생겨 예정보다 늦게 경정산 초입에 도착했으므로 하산길에는 벌써 가을 저녁 햇살이 기울고 있었다. 서둘러 산을 내려가는데 산기슭에 오래된 낡은 정자 하나가 각별한 느낌으로 발길을 붙들었다. 어둑한 시간에 홀로 산을 넘는 구름을 보고 있는 정자의 모습에서 만년의 외로움 속에서 경정산을 찾아 노래하던 이백의 모습이 겹쳐졌다.

저물녘 긴 대나무 우거진 길
새는 잠들어 빈 숲은 고요하다
푸른 산기슭에 오래된 정자 하나
한가롭게 산을 넘는 구름을 보고 있구나

136

^{만 행 수 죽 로}　^{조 숙 공 림 한}
晚行修竹路, 鳥宿空林閑。

^{창 록 고 정 립}　^{유 간 운 도 산}
蒼麓古亭立, 悠看雲度山。

− 김성곤, 〈과선성화이백독좌경정산過宣城和李白獨坐敬亭山〉

안휘성 3
5장
― 마안산

날개 꺾인 붕새의 안식의 땅, 당도

안휘성 동쪽의 큰 도시 마안산馬鞍山으로 갔다. 안휘성 곳곳에 편재한 이백의 자취를 따라가는 길의 마지막 여정이다. 이백의 무덤이 있는 당도현當塗縣의 청산靑山, 그리고 이백의 죽음 설화의 공간 채석기彩石磯 두 곳이다. 당도에 오기 전까지의 이백 말년의 행적과 마침내 당도에서 죽음을 맞아 청산에 묻힐 때까지의 이백의 자취를 따라가보자.

아침 채색 구름 속에서 백제성을 이별하고
천 리 강릉길을 하루 만에 돌아간다네
강 양쪽으로 원숭이 울음소리 끊임없이 이어지는데
가벼운 배는 벌써 첩첩산중을 지났구나

조 사 백 제 채 운 간　천 리 강 릉 일 일 환
朝辭白帝彩雲間, 千里江陵一日還。

양 안 원 성 제 부 주　경 주 이 과 만 중 산
兩岸猿聲啼不住, 輕舟已過萬重山。

장강삼협 초입에 자리한 백제성에서 이백이 지은 최고의 유쾌한 시 〈아침 백제성을 이별하고早發白帝城〉이다. 돌아올 기약 없는 먼 귀주성 야랑夜郞으로 유배길을 가던 이백이 백제성에 도달하여 받았던 사면령, 그 감격과 환희를 적은 시이다. 환희의 찬가를 부르면서 돌아간 이백은 자신을 사면해준 조정의 은혜에 감사하면서 그 조정이 자신을 다시 불러줄 것이라 기대한다. 안사의 난이 가져온 전 국가적인 혼란을 급히 수습하고 무너진 나라를 재건해야 할 상황이니 조정에서 자신과 같은 인재를 버려두지 않으리라는 확신이 있었던 것인데, 상황은 이백이 생각했던 것과는 달랐다. 황제의 장악력이 떨어진 조정의 실권은 환관들이 차지했다. 환관들의 수장인 이보국李輔國이 이끄는 조정으로부터 이백은 끝내 부름을 받을 수 없었다. 이 당시 이백의 처지와 심정을 전하는 시 한 수를 소개한다. 고진高鎭이라는 이름의 먼 친척을 만나 지어준 시이다. 이 친척은 진사 시험에 진즉 합격했으나 여태 미관말직 하나 얻지 못한 상태였다. 멀리 서북쪽으로 가 군대에 투신하겠다는 그의 말에 감정이 북받친 이백이 격앙된 음성으로 이렇게 노래하고 있다.

말 위에서 그대를 만나 채찍을 쥐고 인사하느니
나그네 신세로 만나 나그네를 위로하누나
축을 치며 비가를 부르고 술을 마시고 싶건만
하필 집안에 땡전 한 푼이 없는 때로구나

강동의 풍광은 사람 위해 멈추지 않으니

꽃은 떨어져 봄은 헛되이 지나가네

황금을 마음 내키는 대로 뿌렸더니

어제 파산하여 오늘 아침은 가난뱅이라

장부는 무슨 일로 공연히 휘파람 불며 빼기고 있는가

머리 위 두건은 태워버리는 게 낫겠네

그대는 진사이건만 관직에 나가지 못하고

나는 가을 서리에 머리가 하얗게 되었네

시절이 태평해도 영웅호걸과는 상관이 없어

삼척동자가 염파와 인상여에게 침을 뱉는구나

보검은 상어 가죽 칼집에 싸인 채

허리에 매달려 있어도 쓸 데가 없구나

이제 술로 바꾸어 그대와 취하리니

취한 후에 오나라 협객 전제에게 가서 자리라

— 이백, 〈취후증종생고진醉後贈從甥高鎭〉

술값이 없어서 허리에 찬 보검을 풀어 저당 잡혀 술을 마시고 쓴 시
이다. 이미 머리는 하얗게 되었건만 여전히 영웅호걸을 자처하며 자
신을 몰라주는 세상에 대한 불평을 늘어놓고 있는 이백의 모습이 선
명하다. "삼척동자가 염파와 인상여에게 침을 뱉는구나!" 이백 자신이
춘추전국 시대, 호랑이 같은 진나라로부터 조나라를 지켜냈던 불세출
의 영웅 염파廉頗 장군과 인상여藺相如 재상과 같다는 것인데, 그런 자
신이 한 줌도 안 되는 소인배 환관의 무리로부터 멸시받고 있다는 것
이다. 마지막에 인용한 오나라 전제專諸는 자신이 섬기는 주군을 위해

목숨을 바쳤던 자객인데, 전제의 이야기를 인용한 것에서 이백이 가슴속에 품고 있는 시퍼런 단검을 읽을 수 있다. 목숨을 버리는 한이 있더라도 세상의 불의한 세력을 단칼에 베어버리겠다는 결기이다.

얼마 후에 이백은 고진처럼 자신도 군대에 투신하려는 거창한 계획을 세운다. 이미 환갑을 넘긴 노인이라는 것도 잊은 채 멀리 산동성에서 반군의 남하를 저지하고 있던 이광필 장군의 군대로 가서 구국의 행렬에 동참하기로 했다. 술집에서 찾아온 보검을 다시 허리에 차고, 벗에게 빌린 늙은 말을 타고 기세등등 목적지 산동성을 향해 출발했다. 하지만 얼마 못 가서 사람도 말도 모두 병이 나는 바람에 입대 계획은 물거품이 되었다. 목적지인 산동성까지는 너무 멀고, 아내가 있는 예장豫章 집까지도 너무 멀어 오도 가도 못하는 딱한 처지가 되었다. 다행히 가까운 곳에 당도 현령을 지내는 이양빙李陽氷이라는 먼 친척이 있었다. 촌수로 따지면 이백의 아저씨뻘이었는데 당시 유명한 서예가이기도 했다. 이양빙은 어려움에 빠진 이백을 성심껏 돌봐주었고, 멀리 있던 이백의 식구들까지 불러와서 함께 생활할 수 있도록 조처해주었다. 이양빙의 헌신적인 돌봄으로 이백은 차츰 병에서 회복되어 아내와 함께 당도 부근의 명승지를 찾아 노닐 수도 있게 되었다. 〈고숙십영姑孰十詠〉은 당도의 명승 열 곳을 노래한 것으로 이 시기에 지은 작품들로 보인다. '고숙'은 당도의 옛 이름이다.

이 냇물의 한가로움을 내 사랑하여
그 흐름을 타노라니 흥이 끝이 없구나
노를 저으며 갈매기 놀랄까 걱정하고
낚싯대 드리워 물고기 입질을 기다리네

파도는 새벽노을빛을 뒤집고

강 언덕엔 봄 산의 빛이 쌓이네

어느 집안의 빨래하는 여인인가

아리따운 얼굴의 모르는 아가씨라네

<ruby>愛<rt>애</rt></ruby><ruby>此<rt>차</rt></ruby><ruby>溪<rt>계</rt></ruby><ruby>水<rt>수</rt></ruby><ruby>閑<rt>한</rt></ruby>, <ruby>乘<rt>승</rt></ruby><ruby>流<rt>류</rt></ruby><ruby>興<rt>흥</rt></ruby><ruby>無<rt>무</rt></ruby><ruby>極<rt>극</rt></ruby>。
愛此溪水閑, 乘流興無極。

漾楫怕鷗驚, 垂竿待魚食。

波翻曉霞影, 岸疊春山色。

何處浣紗人, 紅顏未相識。

― 이백, 〈고숙십영·고숙계姑孰溪〉

〈고숙십영〉 중 첫 수로 고숙계를 읊은 작품이다. 고숙계는 지금의 고계하姑溪河로 당도현을 관통하여 장강으로 들어간다. 강물에 배를 띄워 낚시를 즐기는 여유로운 삶의 흥취를 그렸다.

청산에 해가 지려는데

사공謝公의 집은 적막하구나

대나무 숲속에 사람 소리 들리지 않고

연못 안에는 하얀 달빛이 희미하다

황량한 정원에는 온통 시든 잡초뿐

버려진 우물에는 푸른 이끼만 쌓여 있네

다만 맑은 바람만 한가로이

때때로 샘가 돌에서 일어나네

^{청 산 일 장 명} ^{적 막 사 공 택}
靑山日將暝, 寂寞謝公宅。
^{죽 리 무 인 성} ^{지 중 허 월 백}
竹裏無人聲, 池中虛月白。
^{황 정 쇠 초 편} ^{폐 정 창 태 적}
荒庭衰草遍, 廢井蒼苔積。
^{유 유 청 풍 한} ^{시 시 기 천 석}
唯有淸風閑, 時時起泉石。

〈고숙십영〉 중 제3수로 사조가 선성태수로 있을 때 지었던 옛집 사
공택謝公宅에 들러 감회를 쓴 것이다. 적막하고 황량한 사공의 거처에
시시로 불어오는 맑은 바람을 묘사하여 무진 세월이 흘러도 여전히
맑은 기운을 전하는 사조의 시를 예찬하고 있다. 이렇게 당도의 명승
들을 두루 찾아다니며 마지막 창작열을 불태우던 이백이 당도의 유
명한 명승 천문산을 찾았다. 당도현 남서쪽 장강의 양쪽 강안에 동량
산東梁山과 서량산西梁山이 마주하고 있는데, 그 모양이 하늘의 문과 같
다 하여 예로부터 천문산天門山이라 불렀다. 부인과 함께 천문산 풍경
을 바라보던 이백이 회한에 젖어 오래된 자신의 시를 읊었다.

천문산을 중간에 끊어 초강이 길을 여니
푸른 물이 동쪽으로 흐르다 이곳에서 돌아 흐르네
양쪽 기슭으로 푸른 산이 마주하여 나오고
돛단배 한 척이 해 뜨는 곳으로 가누나
^{천 문 중 단 초 강 개} ^{벽 수 동 류 지 차 회}
天門中斷楚江開, 碧水東流至此回。
^{양 안 청 산 상 대 출} ^{고 범 일 편 일 변 래}
兩岸靑山相對出, 孤帆一片日邊來。

〈천문산을 바라보다望天門山〉라는 시이다. 이백이 25세 때 고향 사천을 떠나 장강을 따라 강남으로 오던 시절에 쓴 시로, 그가 탄 배가 이곳 당도의 천문산 부근을 지날 때의 풍경을 적은 것이다. 장강물이 푸른 청산을 양쪽에 두고 거세게 흘러가는 모습인데, 마치 강물이 천문산을 중간에 끊고 길을 만들어 흘러가는 듯하다는 표현에서 젊은 이백의 거침없는 힘찬 기세를 느낄 수 있다. 첫 구의 '천문天門'과 마지막 구의 '일변日邊'이라는 용어에서 황제의 곁으로 가서 자신의 큰 뜻, '경국제세經國濟世'의 꿈을 펼치겠다는 거창한 꿈이 담겨 있음도 읽을 수 있다. 그런 장한 뜻이, 거창한 꿈이 있었건만, 이제는 모두 장강 물처럼 흘러가버렸다. 그렇게 꿈이 흘러가고 세월이 흘러간 장강 강변에 늙고 병든 시인이 서 있을 뿐이다. 서쪽으로 석양이 기울고 붉은 저녁 구름이 하늘을 가득 메운다. 문득 하늘가의 구름 같은 거대한 날개를 펼친 붕새 한 마리가 이백의 상상의 하늘로 날아오른다.

대붕은 하루 바람이 일면
회오리를 타고 곧장 구만리를 오른다오
바람이 멈추면 때로 내려오기도 하나
여전히 푸른 바닷물을 까부를 수 있다오
세상 사람들 나를 특이하다 보고
내 큰 말을 들으면 모두 비웃지만
공자도 후학을 두려워할 만하다 하셨으니
젊은이를 가볍게 여겨서는 안 된다오

대 붕 일 일 동 풍 기   부 요 직 상 구 만 리
大鵬一日同風起, 扶搖直上九萬里。

144

假令風歇時下來, 猶能簸卻滄溟水。

時人見我恒殊調, 聞余大言皆冷笑。

宣父猶能畏後生, 丈夫未可輕年少。

- 이백, 〈상이옹上李邕〉

25세 젊은 나이에 당시 천하의 명사로 이름난 이옹李邕에게 바친 시이다. 이옹이 아직 신출내기인 자신을 몰라준 데 대해 섭섭한 마음으로 쓴 시인데, 이 시에서 이백은 자신을 《장자》의 〈소요유逍遙遊〉에 나오는 거대한 붕새로 비유하고 있다.

북녘 아득히 먼 어두운 바다에 곤이라는 이름의 물고기가 있다. 곤의 크기는 몇천 리나 되는데 이 곤이 변화하여 붕새가 된다. 붕의 등도 몇천 리나 되는지 모른다. 붕이 남쪽 바다로 옮겨 가는데, 날개로 삼천 리의 바닷물을 치고, 회오리바람을 타고 구만리 높은 하늘로 올라 남쪽으로 여섯 달을 날아가 휴식을 취한다.

그런데 이 장자의 다음 단락에는 이런 대목이 이어진다.

매미와 작은 비둘기가 붕새를 비웃으며 말했다. "우리는 힘껏 날아올라봐야 느릅나무, 박달나무가 고작이다. 때로는 거기에 이르지도 못하고 땅에 동댕이쳐진다. 구만리 하늘을 올라가서 남쪽으로 간다고? 웃기고 있네!"

이백은 자신을 구만리 창공으로 올라 남쪽 바다로 날아가는 붕새로, 그런 자신을 보고 비웃는 무리들을 매미나 비둘기로 보고 있는 것이다. 이러한 거대한 자아의식으로 평생을 살았던 이백이 지금 쓸쓸한 강가에 저무는 석양을 바라보고 있다.

얼마 후 이백의 병이 깊어졌다. 종씨 부인의 헌신적인 돌봄에도 이백의 생명은 시나브로 꺼져갔다. 삶이 다해감을 느낀 이백은 자신에게 큰 호의를 베풀어준 이양빙을 불러 그간 자신이 썼던 시의 원고를 건네 후사를 부탁한다. 그리고 남은 숨을 모아 마지막 절명사 〈임로가臨路歌〉를 부른다.

대붕이 한번 날아 천지를 진동하였더니
하늘 한복판에서 날개가 꺾여 날아갈 수가 없구나
남은 바람이야 만세를 격동하려니와
해 뜨는 부상에 노닐다가 왼쪽 소매가 나뭇가지에 걸렸음이라
후인들이 소식을 듣고 전하련마는
공자가 없으니 뉘 눈물을 흘려줄까?

大鵬飛兮振八裔, 中天摧兮力不濟。
餘風激兮萬世, 遊扶桑兮掛左袂。
後人得之傳此, 仲尼亡兮誰爲出涕。

젊은 시절 하늘가 구름같이 거대한 날개를 펴고 북녘의 어둔 바다 위를 힘차게 날아올랐던 붕새, 해가 뜨는 곳에 심긴 거대한 나무 부상이 있는 곳까지 이르러 천지를 울리는 큰 울음으로 온 세상에 자신

의 존재를 알렸던 붕새, 그러다 그 거대한 나뭇가지에 왼쪽 날개가 걸리고 꺾여 남쪽 바다를 향한 여정을 멈출 수밖에 없었던 붕새, 자신의 날갯짓으로 일어난 바람이 만세를 진동할 것이라는 위안 속에서도 평생 뜻을 펼치지 못한 회한을 채 뿌리치지 못하고 부른 슬픈 임종의 노래이다. 그렇게 임종가를 부르고 이백은 당도 청산에 묻혔다. 청산은 이백이 늘 흠모하던 남조의 시인 사조가 늘 노닐던 곳이었으니 이곳에 묻히는 것은 평소 이백의 바람이기도 했다.

　당도 태백진太白鎭 태백촌太白村 청산에 있는 이백의 묘원墓園은 중국 최고의 시인 무덤답게 잘 정비가 되어 있었다. '시선성경詩仙聖境'이라는 글씨를 높게 단 패방을 들어서면 가장 먼저 이백의 작품들이 손님들을 맞이한다. 태백비림太白碑林에 새겨진 이백의 명시들이다. 모택동, 곽말약, 노신 등 유명 인사들과 유명 서예가들이 쓴 이백의 작품을 비문으로 새겨 모아놓았다. 명품 시와 명품 글씨를 함께 감상할 수 있으니 그냥 지나칠 수 없는 공간이다. 비림을 나오니 묘원 중앙에 술잔을 높이 들고 하늘을 우러르고 있는 이백의 동상이 보인다. 몽롱한 취기인지 시상 삼매경인지 여행객들에게는 아무런 관심도 없는 표정으로 서 있다. 그 뒤로 이백의 사당인 태백사太白祠가 있다. 사당 안에 존치한 백옥 동상은 측면으로 서서 얼굴만 정면을 향하고 있는 모습이다. 왼손에 쥐어진 검 때문인지 눈에 힘이 잔뜩 들어간 느낌이다. 그 위로는 '시무적詩無敵'이라는 한자가 초서체로 쓰여 있다. 두보의 〈봄날 이백을 생각하다春日憶李白〉라는 시의 "이백은 시가 무적이니, 그 표연함이 남들과 다르다白也詩無敵, 飄然思不群"라는 구절에서 따온 것이다. 태백사 뒤쪽으로 이백의 무덤이 있다. 청석판을 측면에 두르고 봉분 위에 떼를 입힌 아담한 크기의 원형 무덤이다. 상석이 마련된 무덤 앞쪽에

◈ 이백묘

는 '당명현이태백지묘唐名賢李太白之墓'라고 쓴 비문이 서 있다. 전하는
바에 따르면, 이 글씨가 두보의 필적이라고 하는데, 두보가 직접 비문
을 썼을 리는 없고 혹시 두보가 남긴 글씨 중에서 후인이 집자集字하
여 세운 것인지 모르겠다. 두보가 평생에 그리워하던 이가 이백이었
으니 이렇게라도 무덤 곁에 머무는 것도 어찌 좋지 않겠는가! 일행이
미리 준비해온 술을 따라 예를 갖추었다. 함께 무덤을 돌며 이백의 시
를 음송하기도 했고 무덤을 배경으로 기념사진을 찍기도 했다.

　몇 해 전 여행 관련 방송 제작을 위해 이백 무덤을 찾았을 때의 일
이 떠오른다. 너무 일찍 샴페인을 터뜨린 것이었나. 취기가 일순 확 달
아나면서 남은 일정에 대한 불안이 엄습했다. 아직도 피디는 연락이
되지 않았다. 촬영감독이 애가 달았는지 컴퓨터를 이리저리 뒤적이다

가 난감한 표정으로 나를 쳐다봤다. "도대체 어디로 간 거야. 연락이
통 되지 않으니…." 기다리는 수밖에 없어 남은 맥주나 하릴없이 마셨
는데 입안에서는 쓴맛만이 느껴질 뿐이었다. 한참 후에 이어폰을 꽂
은 채 덩실거리며 피디가 나타났다. 헝클어진 긴 머리칼이 유난히 출
렁거렸다. 촬영감독이 일어나 오늘 오후 내내 이백의 묘에서 찍은 필
름이 오디오에 문제가 생겨서 쓸 수 없게 되었다고 알렸다. 그 정도면
대형사고가 터진 셈인데 피디는 연방 싱글거리며 그런 것은 하등 문
제가 될 수 없다는 듯이 자기 이어폰을 내 귀에 꽂아주며 음악이나 감
상하란다. 허, 무슨 묘수가 있는 모양이다 하여 내심 기대했더니 계속
되는 촬영감독의 근심 어린 표정에 비로소 상황의 심각성을 인지했는
지 얼굴이 굳어지기 시작했다. 나중에 안 일이지만 그는 우리가 자기
를 놀리려 장난하고 있는 것으로 착각한 터였다. 중국에서 구입한 전
지가 문제였다. 제작이 불량하여 접촉이 불안정했고 그로 인해 오디
오가 제대로 작동하지 않았던 것이다. 결국 이백의 무덤이 있는 당도
청산에서 촬영한 오후 작업 결과물 전체가 무용지물이 된 것이다.

　방송은 안휘성 곳곳에 남아 있는 이백 말년의 자취를 더듬는 것이
어서 안휘성 남쪽 도화담 지역과 선성의 경정산을 촬영했고, 이어서
북쪽으로 올라가 이백이 그 향기로운 선골을 묻은 당도 청산에 이르
렀던 것이다. 시인의 무덤 주위에 배치된 글씨며 조상彫像들을 둘러보
며 이런저런 이야기들을 엮고 마침내 시인의 무덤 앞에 이르러 술 한
잔, 노래 한 곡, 시 한 수를 올리며 예를 갖추었던 것이다. "이백 선생,
술 한 잔 바칩니다. 이 술은 당신이 그토록 좋아했던 '노춘'을 계승했
다고 하는 선주라는 술입니다." 한 잔을 무덤에 붓고 한 잔은 내가 마
셨다. 옆에 있던 피디까지 덩달아 잔을 올리고 마셨다. 다음으로 이백

의 시 한 수를 중국어로 음송했다. "이백 선생, 선생이 가장 유쾌한 마음으로 지은 시 〈조발백제성〉을 한 수 읊어보겠습니다. 짜오츠~버~따~차이위인지엔~, 치엔리~지앙리잉~이르~화아안~" 극적인 사면령을 받고 삼협의 물결을 따라 강릉江陵으로 돌아가는 이백의 즐거운 마음을 생각한 탓인지 음송 가락이 흥겨워지며 어깨가 절로 들썩였다. "리양안~위안성~티뿌주우우~, 칭저우~이~구워~완 추웅~산~" 홀연 어디선가 푸른색의 큰 날개를 가진 나비 한 마리가 무덤 풀 위로 날아들었다. 혹여 이백의 혼령이 나비가 되어 나타난 것은 아닐까 생각하니 마음이 숙연해지고 감동이 깊어졌다. 마지막으로 이백의 무덤에 바칠 요량으로 미리 준비한 자작시 〈유소사有所思〉를 적은 붓글씨 일품을 바쳤다. 아침 일찍 호텔에서 일어나 정성스럽게 붓글씨로 쓴 것인데, 앞서 황산 아래 굉촌에서 구입한 휘묵을 같이 구입한 흡연에 갈아 선성에서 산 선지에 썼으니 내용이야 볼품이 없어도 정성만은 그럴싸한 것이었다.

취석은 죽림 속에 있고

도화담은 맑은 안개 속에 있네

북루에 올라 뉘 그리워하나

소매를 스치는 경정산의 바람이로다

醉石竹林裏, 花潭淸霧中。

北樓誰懷念, 拂袖敬山風。

– 김성곤, 〈유소사〉

첫 구의 '취석醉石'은 이백이 황산에 와서 술에 취하여 오른 바위이고, 둘째 구의 '화담花潭'은 이백이 왕윤의 초대를 받아 들렀던 도화담 마을이고, 셋째 구의 '북루北樓'는 이백이 올라 시를 지었던 사조루를 가리키고, 넷째 구의 '경산풍敬山風'은 이백이 사랑했던 경정산에 부는 바람이다. 모두 이백과 관련된 안휘성의 지명과 유적을 활용한 것이다. 한바탕 중국어로 읊은 다음 작품을 술병과 술잔으로 눌러 무덤 상석에 올려놓고 하직 인사를 하고 돌아서는데 그 푸른 나비는 여전히 무덤 위를 떠나지 않고 멋진 춤사위로 나그네들을 배웅하고 있었다. 이렇게 해서 당도 촬영은 그럴듯하게 끝났고, 촬영 내용에 적이 만족한 우리는 피차 수고했다 인사하고는 중국한시기행 방송 시리즈 3편의 최종 목적지인 마안산시의 채석기 부근에 도착해서 푸근하게 저녁 식사를 즐겼다. "뭘 어떻게 하긴 어떻게 해. 다시 찍으러 가면 되지." 피디가 아직 남아 있는 술기운을 빌려 호쾌하게 말했다. "그럽시다. 내일 아침 다시 준비해서 갑시다." 나도 짐짓 태평하게 대꾸하였으나 내심은 적잖이 불안했다. 객실로 돌아와 짐을 뒤져보니 걱정했던 대로 가지고 왔던 화선지가 한 장도 남아 있지 않았다.

붓글씨 걱정 속에 잠이 든 다음 날 아침, 숙취로 지끈거리는 머리를 눌러가며 호텔 로비로 나왔더니 촬영감독이 어떻게 구했는지 이미 술과 종이를 준비해놓았다. 다행이라 여기고 이백 묘원 비림에서 붓글씨를 직접 쓰기로 했다. 그곳에서 직접 먹을 갈아 이백에게 바칠 자작시를 쓴다면 제법 운치 있는 일일 것이다. 다시 이백 묘를 찾았더니 관리인이 알아보고 어찌 된 일이냐 묻는다. 사정을 말했더니 입장료를 받지 않겠다며 친근하게 대하는데, 혹시나 하고 이백 묘 앞에 진설한 술과 글을 찾아보았으나 이미 흔적도 없이 치워진 뒤였다. 대신 간

밤에 급히 불어온 가을바람에 떨어진 계수나무 금빛 꽃잎들이 묘역 곳곳을 향기로 가득 채우고 있었다. 바람 가득한 비림에서 먹을 갈면서 선주를 벼루에 따랐더니 온 비림에 술 냄새가 진동한다. 평생에 술을 좋아한 이백이니 그에게 바치는 글에 술이 섞이면 이 또한 즐거운 일이 아니겠는가. 바람에 날리는 종이를 돌멩이로 눌러가면서 행초서로 자작시 〈유소사〉를 썼다. 비림의 분위기에 영향을 받은 탓인지 전날보다 글씨가 좀 나아졌으므로 무덤으로 가는 발걸음이 한결 가벼웠다. 다시 술을 올리고 시를 음송하고 자작시를 바쳤다. 하루를 지나 같은 예를 다시 중복하니 황천에 있을 이백이 이게 무슨 예법이냐 하고 마땅치 않아 한 것인지 전날 보이던 푸른 나비는 종내 보이지 않았다. 돌아오는 길에 관리인을 만나 이백 묘 앞에 진설된 술과 시를 바로 치우지 말아줄 것을 당부하였으니 다시 푸른 나비로 찾아올 혼령이 술 냄새를 맡고 붓글씨를 감상할 여유는 있어야 하지 않겠냐는 생각에서였다.

옛날 추억을 더듬는 동안 일행들 대부분은 이미 빠져나갔고 몇 사람이 남아 이백의 〈장진주將進酒〉를 부르고 있었다. 나도 얼른 합세하여 힘차게 〈장진주〉의 마지막 단락을 낭랑하게 읊었다. 이백의 푸른 나비가 내 마음속 하늘로 하늘하늘 날아오고 있었다.

내가 타고 온 준마 오화마
내가 입고 온 최고급 가죽옷
아이 불러 술로 바꿔오라 하게나
내 그대들과 더불어 만고의 근심을 녹여버리겠네

五花馬, 千金裘,
<small>오 화 마　천 금 구</small>

呼兒將出換美酒, 與爾同銷萬古愁。
<small>호 아 장 출 환 미 주　여 이 동 소 만 고 수</small>

고래를 타고 떠난 시인의 자리, 채석기

안휘성 마안산시에 있는 채석기宋石磯 공원으로 갔다. 이백의 청산 무
덤에서 그리 멀지 않은 곳이다. 마안산 서남쪽 취라산翠螺山의 산줄기
가 북동쪽으로 흐르는 장강과 만나서 이룬 수려한 풍경이 시원스레
펼쳐지는 곳이다. 곳곳에 유서 깊은 유적들이 산재해 있어서 역사와
풍경을 함께 감상하고 누릴 수 있는 멋진 공간이다. 특히 이 채석기가
세상에 널리 알려진 것은 이백의 죽음에 관한 설화 때문이다. 이백이
술을 마시다가 장강에 비친 달을 껴안겠다고 강물에 뛰어들어 익사했
다는 설화가 이 채석기에서 만들어졌고, 이 설화에 기초하여 채석기
공원 곳곳에 이백과 관련된 경물이 지정되고 구조물들이 세워졌다.
이백이 술을 마시다가 장강에 비친 달을 껴안으려고 뛰어내렸다는 바
위 착월대捉月臺, 이백이 신선이 되어 하늘로 떠난 후에 그가 남긴 인간
의 옷과 모자를 묻은 이백 의관총, 이백을 모신 사당 태백사, 강남 삼
대 누각에 속하는 고색창연한 태백루 등 이백 관련 유적지가 채석기
곳곳에 자리하고 있다.

　채석기 공원에 오후 늦게 도착한 우리 일행은 태백루를 비롯한 여
러 유적은 주마간산식으로 답파하고 곧바로 착월대로 올라갔다. 착월
대는 채석기 서남쪽 절벽 끝에 장강을 마주하고 있는 그리 크지 않은
바위이다. 몸을 던지는 절벽이라는 뜻의 사신애舍身崖로 불리는 이 바

위가 바로 이백이 장강에 비친 달을 잡겠다고 뛰어내렸다는 곳이다. 본시 꽤 널찍한 바위였는데 청나라 때 반이나 무너져 내렸다고 한다. 바위 표면에는 착월대나 사신애가 아니라 연벽대聯璧臺라는 큰 글자가 새겨져 있다. 명나라 때 지위가 제법 높은 관리들이 이곳에 유람차 왔다가 '사신대'가 듣기 거북한 명칭이라 여겨 '연벽대'로 바꾸었다. 아예 석공을 시켜 글자를 새겨놓았는데, '연벽'은 출중한 인재들이 함께 모여 있는 모습을 가리키니 자화자찬인 셈이다. 착월대 가까운 곳에 현대적인 조형물 하나가 서 있다. 1987년 이백 서거 1225주년을 기념하여 합금으로 만든 약 2미터 높이의 이백상이다. 취한 듯 눈을 가늘게 뜨고, 하늘을 나는 듯 양쪽 소매를 날개처럼 들어 올린 모습이다. 아래에는 "대붕이 바람이 일면 구만리 장천을 오른다오"로 시작하는 이백의 절명사 〈임로가〉가 새겨져 있다. 구만리 하늘을 나는 대붕의 모습으로 이백을 기린 것이다. 일행과 함께 〈임로가〉를 읽고 착월대 아래쪽에 있는 아미정蛾眉亭으로 갔다. 북송 때 지어졌으니 900년을 넘긴 유서 깊은 정자이다. 그 오래된 정자에서 나는 일행에게 더욱 오래된 이백의 죽음 설화를 들려주었다.

이백이 세상을 뜨고 얼마 되지 않아 이백의 죽음과 관련된 희한한 이야기들이 바람을 타고 온 세상에 떠돌기 시작했습니다. 첫 번째 소문은 이백이 달 밝은 밤에 장강 채석기의 한 바위 위에서 술을 마시다가 장강에 비친 달을 잡겠다고 강물에 뛰어들어 익사했다는 소문이었습니다. 그 소문을 전하는 사람 중에는 자신이 직접 채석기의 그 바위에 가보았노라며 자랑하던 이도 있었습니다. 그 사람 말에 따르면, 채석기 높은 절벽 부근에 '달을 잡는 누대'라는 뜻의 '착월대'라는 바위한 곳이 있는데 바로 그 바위가 이백이 술에 취해 강물로 뛰어든 바위라는 것이었습니다.

두 번째 소문은 더 기이했습니다. 강물에 빠진 이백이 고래를 타고 하늘로 승천했다는 믿기 어려운 이야기였습니다. 인간의 옷을 벗고 신선의 찬란한 옷으로 갈아입은 이백이 고래를 타고 강물을 힘차게 솟구쳐 올라 하늘나라로 돌아갔다는 신비로운 이야기입니다. 이백이 하늘나라의 신선이었는데, 옥황상제에게 죄를 범하여 인간 세상으로 귀양 왔다는 이야기는 이백 생전에 이미 파다하게 퍼져 있었습니다. 그래서 사람들은 이백을 귀양 온 신선이란 뜻의 '적선謫仙'으로 부르곤 했습니다. 그 적선이 이제 인간 세상의 귀양 기간을 다 채우고 원래 있던 하늘나라로 돌아갔다는 겁니다. 이 소문을 들은 사람 중에 어떤 이가 장강에 무슨 고래가 있냐며 허무맹랑하게 지어낸 이야기일 뿐이라고 일축했더니, 그 소문을 전하는 이가 목에 핏줄을 세우며 말합니다. "무슨 소리인가, 장강에 왜 고래가 없다는 거야? 장강에 고래가 살아, 장강돌고래!" 실제로 장강에는 돌고래가 삽니다. 삼협댐이 건설되면서 자취를 감췄다고 하는데, 이 돌고래의 박제가 지금 중경시에 있는 삼협박물관에 전시되어 있습니다. 주둥이가 유난히 긴 이 돌고래는 능히 사람을 태울 수 있는 크기입니다. '기경승천騎鯨昇天', '고래를 타고 하늘로 오르다'라는 '기경승천'의 소문은 장강돌고래라는 객관적인 자료까지 덧보태면서 퍼져나갔고, 화가들은 이백이 고래를 타고 하늘로 떠난 장면을 그림으로 그려 널리 알렸습니다.

세 번째 소문은 이 두 번째 소문을 진실하다 믿을 수밖에 없게 만드는 내용입니다. 이백이 고래를 타고 하늘로 떠난 다음 날 이른 아침에 채석기 부근에서 고기를 잡는 어부가 밤새 쳐놓았던 그물을 거두어 올렸습니다. 그런데 놀랍게도 그 그물 속에 이백이 인간 세상에서 입었던 옷, 걸쳤던 모자, 신었던 신발이 걸려 있었습니다. 평소 이백과 교유가 있었던 어부는 그 옷가지가 이백의 것임을 단박에 알아챘습니다. 어진 어부는 그 옷가지를 정성스럽게 모아 채석기 중턱에 있는 양지바른 곳에 무덤을 만들어 안장합니다. 지금까지 남아 있는 이 의관총은 이백이 죽은 뒤 얼마 되지 않은 중당 시기부터 존재했습니다. 이백을 그리워하는 수많은 시인들이 이 의관총을 찾아 그를 추모하고 시를 썼습니다. 그리고 그 행렬은 시대를 뛰어넘어 줄곧 이어져 마침내 채석기는 이백의 성지가 됩니다. 이백의 실제 무덤이 있는 당도 청산은 채석기로부터 한 시간이 채 안 걸립니다. 하지만 많은 중국인은 청산의 실제 무덤보다는 이곳 채석기의 설화의 공간을 더 선호합니다. 아마도 시선 이백, 하늘의 빛나는 언어를 가져와 끊임없는 전쟁과 가난 속에서 괴롭기만 한 인간들에게 잠시 잠깐이라도 위로와 기쁨을 전하려 했던 시의 신선, 이백을 기리고 싶은 마음일 겁니다.

　믿거나 말거나 하는 표정으로 벙글거리는 일행을 데리고 기경승천 설화의 명백한(?) 증거인 이백 의관총으로 향했다. 늦가을 저녁, 호젓한 산길에 햇살이 희미하게 부서지고 있었다.

강소성 6장
— 소주

미녀과 시인의 도시, 소주

이백의 성지 마안산 채석기를 떠나 강남 여행의 종착점인 소주로 향했다. 마안산은 안휘성이지만 강소성과 인접해 있는 도시여서 소주까지 세 시간 정도면 갈 수 있다. 상해에서 호북성 무한까지 이어지는 호무滬武 고속도로와 상해에서 강소성 상주常州까지 이어지는 호상滬常 고속도로를 이용하면 편하게 갈 수 있다. 가을이 깊어가도 아직 푸른 강남의 너른 들판을 차창 밖으로 바라보며 백거이의 〈억강남〉 제3수를 흥얼거린다.

　강남이 그립구나
　다음으로 그리운 곳은 오궁의 소주
　오나라 봄 술 죽엽주 한 잔 걸치면

오나라 여인은 쌍쌍이 취한 연꽃같이 춤을 추었네

어느 때나 다시 서로 만나랴

　강남을 유독 사랑했던 백거이가 항주 다음으로 그리워하던 곳이 바로 이 시에서 오궁으로 표현한 소주이다. 소주는 춘추전국 시대 오나라의 수도였던 곳이어서 오나라 궁전, 오궁이라고 표현한 것이다. 역대로 오현吳縣, 오군吳郡, 오주吳州 등으로 불렀는데 소주라고 이름한 것은 수나라 때부터이다. 소주에 있는 고소산姑蘇山의 소자를 따서 이름을 붙인 것이다. 계절은 가을이 깊어 봄 술을 운운할 때도 아니고 쌍쌍이 연꽃 같은 여인이야 언감생심 꿈꿀 수도 없으련만 시를 따라 떠도는 낭만 시절이 아닌가! 시를 좇아 찾아가는 아득한 옛 도시 소주에는 여전히 봄술이 출렁이고 연꽃 같은 여인들의 춤사위가 넘실대지 않겠는가! 시 속에서 가장 먼저 만나게 되는 소주의 여인은 서시이다.

　고소대 위에 까마귀 깃들일 제

　오왕 궁전에는 서시가 취했다네

　오나라 노래, 초나라 춤은 끝도 없는데

　청산은 지는 해를 반이나 삼키려 하네

　물시계 황금 동이에 물은 많이도 흘러

　일어나 바라보니 가을 달이 강 물결에 떨어졌네

　동방이 차츰 밝아오니 이 즐거움을 어이하리

고 소 대 상 오 서 시　　오 왕 궁 리 취 서 시
姑蘇臺上烏棲時, 吳王宮裏醉西施。

오 가 초 무 환 미 필　　청 산 욕 함 반 변 일
吳歌楚舞歡未畢, 青山欲銜半邊日。

은 전 금 호 루 수 다 　 기 간 추 월 추 강 파
銀箭金壺漏水多, 起看秋月墜江波。

동 방 점 고 내 락 하
東方漸高奈樂何。

　젊은 시절 이백이 강남을 여행하며 지은 〈오서곡烏棲曲〉이라는 악
부시이다. 성당 시기 이름난 시인이자 높은 관료였던 하지장이 이 시
를 보고는 귀신을 울릴 정도라고 극찬하는 바람에 세간에 널리 알려
진 작품이다. 춘추전국 시대 중국 동남부를 점거한 오나라와 월나라
사이의 20년 전쟁, 오월전쟁을 끝낸 월나라 미녀 서시를 소재로 한 시
이다. 오나라 군대에 의해 멸망 직전까지 이르렀던 월나라는 미녀 서
시를 오왕에게 보내는 미인계를 써서 풍전등화에서 벗어나 시간을 벌
수 있었고 마침내 오나라를 멸망시킬 수 있었다. 서시에 반한 오왕 부
차가 그녀를 위해 화려한 별궁 관왜궁館娃宮을 짓고 환락을 즐기며 국
정을 소홀히 한 탓에 결국 망하게 된 것이다. '관왜궁'의 '왜娃'는 미녀
를 가리키는 말이니, '관왜궁'은 미인이 거처하는 집이라는 뜻이다. 오
왕은 궁녀 천 명을 불러와 밤새도록 노래하게 했으며, 연못에 청룡선
을 띄워 기녀와 악사를 가득 태우고 매일같이 서시와 함께 물놀이를
했다고 한다.

　이백이 이 시를 지을 당시 당나라 또한 양귀비와의 환락으로 나라
도 잊고 백성도 잊은 현종 황제 때문에 조야에 근심이 깊을 때였으니,
이백의 이 시를 현 조정을 풍자한 것으로 보기도 한다. 그런 풍자의
뜻이 있는지는 확실치 않지만 최고의 미인 서시 이야기는 젊은 시인
이백을 격동시키기에 충분했던 것 같다. 이 시에서 읊고 있는 고소대
는 관왜궁에서 멀지 않은 곳에 있었을 것으로 추정된다. 오월 전쟁이
오나라의 참패로 끝나면서 관왜궁은 월나라 군대에 의해 불타 없어졌

지만 고소대는 오랫동안 남아 있었던지 역대 많은 시인이 고소대를 찾아 회고의 정을 시로 표현했다. 그 고소대의 옛터에 서 있자니 이백의 귓가에 밤을 새워 부르는 궁녀들의 노랫소리가 들리고, 그 노랫가락에 맞춰 술에 취한 채 향극랑을 울리며 춤을 추던 서시의 모습도 완연했을 것이다.

소주 서남쪽에 자리한 영암산 정상에 있는 영암사 터가 바로 관왜궁이 있었던 자리이다. 오래전에 관왜궁의 유적을 찾아보겠다고 영암산 정상까지 올랐다가 절 구경만 하고 낭패해서 돌아왔던 기억이 난다. 영암산 자락에 있었던 고소대는 지금 소주 남쪽에 있는 석호풍경구石湖風景區에 새로 지어졌다고 하는데 아직 가보지는 못했다. 석호는 오나라 왕실의 정원이 있던 곳이라 관련 유적이 얼마간 남아 있어서 고소대를 이곳에 함께 지었다고 한다. 아직 고소대가 지어지기 전 석호를 구경갔다가 호숫가 한 곳에서 범려와 서시가 구천의 군사를 피하여 도망한 곳이라고 새긴 비석을 보았던 것이 기억난다. 워낙 오래전 일이라서 그날 겨울 찬비가 내리는 호숫가 주점에서 회고의 정을 안주 삼아 어둑해지도록 홀로 술잔을 기울였던 풍경만 희미하게 남아 있다.

서시는 범려를 따라 오호五湖로 숨어들었다는데 이 오호가 바로 소주 옆에 있는 거대한 호수 태호太湖이다. 태호에는 크고 작은 섬들이 무수히 많은데 그곳 어딘가에 서시와 범려가 숨어 살았다는 이야기이다. 어느 해 태호를 유람하다가 일행과 떨어져 홀로 호수 옆 호젓한 산길로 들어갔던 적이 있었다. 거기 정자가 하나 있어 다리쉼을 하면서 멀리 바다처럼 망망한 태호를 구경했다. 늦가을 짧은 해가 기울어가고 호수에는 배들이 끝도 없이 이어지고 있었다. 그러다 시나브로 어둑해져가는 숲 쪽으로 고개를 돌렸는데, 문득 어디서 왔는지 두 마리의 아름다운 새가 긴 꼬리를 흘리며 숲으로 날아가는 것이 보였다. 순간 온몸에 전율이 흐르며 모골이 송연해졌다. 그 두 마리 아름다운 새가 범려와 서시의 환생은 아닐까 하는 생각이 들었기 때문이다. 태호를 유람하면서 줄곧 범려와 서시의 이야기에 빠져 있던 탓이었다.

오호 삼산에서 종일토록 노닐었네

그리운 서시는 어느 곳에서 꽃처럼 붉은가

배는 세월 싣고 아득히 떠나가는데

저녁 바람 부는 숲에 새는 혼처럼 지나가는구나

오택삼산유진일　유유서시나변홍
五澤三山遊盡日, 悠悠西施那邊紅。

주견세월묘연거　조과사혼림만풍
舟牽歲月杳然去, 鳥過似魂林晚風。

– 김성곤, 〈유태호遊太湖〉

그날 늦어져 버스가 끊기는 바람에 겨우 택시를 불러 돌아와 지은 시이다. 첫 구에 쓴 '삼산三山'은 태호에 있는 70여 개의 섬 중에서 가장 큰 섬 셋을 두고 하는 말이다. 이날 이후로 나는 서시 이야기가 나올 때마다 서시를 직접 만난 적이 있노라고 자랑하곤 했다. 천 년이 두 번이나 흘러가버린 긴 세월이니 새도 되고 물고기도 되고 하면서 이런저런 세상을 유전流轉하지 않았겠는가.

한밤중 종소리 울리는 다리, 풍교

백거이의 〈억강남〉에서 시작하여 이백의 〈오서곡〉을 거쳐 월나라 미녀 서시에 이르기까지 두서없는 이런저런 관련 이야기들을 나누고 기억을 소환하면서 소주로 향했다. 우리 일행이 처음으로 찾은 곳은 소주의 유명한 관광지 풍교楓橋이다. 소주의 서쪽을 흐르는 옛날 운하 위에 걸쳐 있는 다리이다. 강남 수향 일번지 소주는 곳곳에 물길이 뻗어 있어서 전국에서 가장 다리가 많기로 유명한데, 그 많고 많은 다리 중에 이 풍교를 찾은 것은 당나라 시인 장계의 〈풍교야박楓橋夜泊〉이라는 짧은 절구 시 때문이다. 소주에서는 이 시가 서시보다도 유명하고 이백의 〈오서곡〉보다, 백거이의 〈억강남〉보다 훨씬 유명하다.

달 지고 까마귀 울어 서리 가득한 하늘
강가 단풍과 고깃배 불빛을 마주하여 시름 속에 잠자네
고소성 밖 한산사
한밤중 종소리가 객선까지 들려오네

月落烏啼霜滿天, 江楓漁火對愁眠。
姑蘇城外寒山寺, 夜半鍾聲到客船。

이 시를 지은 장계는 천보 연간 과거시험에 합격하여 관도에 들었던 인물인데, 천보 말년 발발한 안사의 난 때문에 관중 지역을 떠나 이곳 강남으로 피난을 오게 된 것이다. 전쟁의 시절 낯선 땅에 배를 묶고 잠을 자는 나그네의 불안으로 엮은 시이다. 두 번째 구절에 쓰인

◈ 풍교

'근심 수愁'라는 글자가 이 시의 시안詩眼이다. 지는 달, 까마귀의 울음, 서리 가득한 하늘은 모두 이런 근심을 시각, 청각, 촉각으로 표현한 것이다. 고깃배 불빛과 그 불빛에 어른어른 비치는 강가 단풍나무의 형상은 불면의 밤 나그네의 가슴속에 흔들리는 불안한 마음을 전한다. 얼마를 이렇게 뒤척이며 잠과 근심의 경계에서 헤매고 있었을까? 멀리 소주성 밖 한산사에서 종소리가 아득하게 들려온다. 차가운 서리 가득한 하늘을 뚫고, 음산한 까마귀 울음소리를 밟으며 나그네 마음속을 새로운 달빛으로 환히 밝히며 은은하게 들려온다. 이제 그만 근심을 내려놓고 편히 잠들라는, 인생의 모든 무상한 번뇌의 짐을 내려놓고 가볍게 여행하라는 위로와 평안의 종소리가 들려온다.

이 〈풍교야박〉이 큰 찬사를 받으며 회자되자 동시에 비난도 함께 일었는데, 바로 시의 후반부에 쓰인 종소리 때문이었다. 송나라의 대문호인 구양수가 한밤중에 절에서 종을 치는 법이 없다며 시비를 걸었다.

> 시인들이 좋은 구절을 탐하여 이치상 통하지 않는 말을 쓰니 이것 역시 창작의 병폐이다. 예컨대 당나라 시인 장계의 시구 '한밤중 종소리가 객선까지 들린다' 같은 경우, 구절은 비록 아름답긴 하지만 어느 절에서 한밤중에 종을 친단 말인가.
>
> ─ 구양수, 〈육일시화六─詩話〉 중

멋진 시구를 얻기 위해 있지도 않은 일을 꾸며서는 안 된다는 것이다. 문단의 영수인 구양수의 주장인지라 아마도 많은 이가 그 말에 호응하였던 모양이다. 진실하지 못한 시라는 평가로 위기에 몰린 〈풍교야박〉을 구하기 위해 여러 사람이 한밤중 종소리가 거짓이 아니라는 증거를 들고 나섰다. 송나라 진암초陳巖肖는 《경계시화庚溪詩話》에서 다음과 같이 기록하고 있다.

> 구양수가 그의 시화에서 이르기를, "〈풍교야박〉은 시구가 아름답긴 하지만 한밤중은 절에서 종을 울리는 때가 아니다"라고 했다. 그런데 내가 이전에 소주에서 벼슬을 한 적이 있는데, 매일 삼경이 끝나고 사경이 시작되면 모든 절에서 종을 쳤다. 내 생각에 당나라 때부터 이미 그렇게 했던 것 같다. 백거이의 시에서도 "한밤중 종소리가 울린 뒤(半夜鐘聲後)"라는 표현이 있고 온정균의 시에도 "소나무 창가에서 듣는 한밤중 종소리(松窓半夜鐘)"라는 표현이 있으니, 장계만 쓴 표현이 아니다.

진암초의 주장에 동조하는 사람들이 많아지면서 시의 진실성에 대한 의구심은 해소되었는데, 대신 시 구절구절에 대한 상이한 주석이 우후죽순으로 생겨났다. 첫 구의 까마귀가 운다는 '오제'는 '오제촌烏啼村'이라는 마을을 가리킨다는 설, 제2구의 강가의 단풍나무 '강풍'은 '강촌교江村橋'와 '풍교楓橋'라는 두 개의 교량을 가리킨다는 설, 제3구의 '한산사'는 고유명사가 아니라 가을 산을 가리키는 일반명사라는 설 등 온갖 주의 주장이 난무했다. 그만큼 이 시가 많은 사람의 주목을 받았던 까닭이다. 어떤 이는 제2구의 표현을 문제 삼아 단풍나무와 고깃배 불빛이 어떻게 사람을 마주 보고 있을 수 있냐며 '수면愁眠'을 한산사 부근의 산 이름이라 주장하기도 했다. 이런 논의는 명, 청대까지 계속되었는지, 명나라 비평가 호응린胡應麟과 청나라 시인 원매袁枚도 이 작품과 관련해서 자신의 생각을 남기고 있다.

> 장계의 '한밤중 종소리가 객선까지 들린다'에 대해 독자의 의견이 분분하니, 이는 모두 옛사람들에게 우롱을 당한 것이다. 시인들은 경치를 빌려서 말을 세우는 자들로서 오직 성률이 조화롭고 이미지가 합하면 그만이니 구구한 사실을 따질 겨를이 어디 있겠는가. 한밤중인지 아닌지는 말할 것도 없고 종소리가 실제로 들렸는지도 알 수 없는 것이다.
>
> — 호응린, 〈시수詩藪〉

'고소성 밖 한산사, 한밤중 종소리가 객선까지 들리네'라는 구절이 담긴 당나라 장계의 시는 아름답다. 구양수가 한밤중에는 종을 치는 법이 없다고 비판하자, 시화를 쓰는 자들이 한밤중의 종소리를 열거하여 증명했다. 이런 식으로 시를 논하면 시의 정신이나 정감을 막아버리고 시를 이해하는 핵심을 놓치게 된다. 시화가 지어지면서 시가 망하게 되었다는 말이 어찌 그른 말이랴.

– 원매, 〈수원시화隨園詩話〉

시를 통으로 읽어야 하지 조각조각 분해해서 시비곡직을 논하다가는 시인이 전하고자 했던 깊은 맛, 이른바 신운神韻을 잃게 된다는 말이다. 이처럼 천 년이 넘는 긴 세월 동안 수많은 시인들의 논의의 한복판에 있던 시가 태어난 곳이 바로 소주의 풍교이다. 소주시 중심에서 서쪽으로 3킬로미터 남짓 떨어진 곳에 풍교 풍경구가 있다. 세곡선들이 오가던 뱃길 고운하古運河, 명나라 때 왜적을 막기 위해 지어진 관문 철령관鐵鈴關, 시승詩僧 한산寒山이 주지로 있어 유명해진 절 한산사寒山寺, 풍교 주변의 오래된 마을 풍교고진楓橋古鎭 등으로 이루어진 관광특구이다. 풍교는 고운하 위에 걸쳐 있는데, 길이 39.6미터, 폭 5.27미터의 아치형 돌다리이다. 가장 높은 곳은 수면으로부터 10미터이고 다리의 동쪽 끝은 철령관과 맞붙어 있다. 풍교가 지어진 정확한 시기는 알 수 없고 지금 다리는 청나라 동치同治 6년(1867)에 중건된 것이다. 다리 서쪽에 눈을 지그시 감고 상념에 잠겨 있는 장계의 좌상이 조성되어 있고 그의 시 〈풍교야박〉이 반듯한 해서체로 큼지막하게 새겨져 있다. 이 글씨 아래쪽 강기슭에 '야박처夜泊處'라는 글씨가 새겨져 있는데, 바로 이곳이 장계가 배를 정박했다는 곳이다. 강기슭에는 단풍나무가 양쪽으로 심겨 있어서 이곳이 풍교임을 알린다. 장계는 이곳 강기슭에 배를 정박하고 오지 않는 잠을 청했고, 강기슭의 단풍나무와 고깃배 불빛을 보았으며 한산사의 종소리를 들었던 것이다.

◈ 한산사

　문제는 한산사이다. 시만 보자면 장계의 뱃전까지 들려온 한산사의 종소리는 먼 산속에 있는 산사에서 아득하게 전해지는 종소리이다. 멀리 온 산하를 두루 덮으며 객선까지 들려온 아득한 종소리가 시인의 번민의 가슴을 깊게 적시며 성찰과 위로를 이끌고 시적 신운을 완성하는 것이 아닌가. 그런데 그렇게 멀리 있어야 할 한산사는 풍교에서 백 보도 채 안 되는 지근거리에 있다. 이런 거리라면 뱃전까지 도달한 종소리에서 어떤 아득한 맛도, 심오한 분위기도 느껴질 것 같지가 않다. 에밀레종 정도의 큰 종이 이렇게 지근거리에서 울렸다면 요란하여 은은한 분위기를 느낄 수도 없었을 터이고, 작은 종이 학교 종처럼 땡땡땡 울렸다면야 더더욱 시적인 운치를 느끼기도 어렵지 않앉겠는가. 풍교 위에 올라서서 한산사를 바라보면서 〈풍교야박〉 시를 읊다 보면 마지막 구절의 신운이 절로 삭연히 사라지는 것을 느끼게 된다. 호응린이 말한 대로 한밤중인지도, 종소리가 실제로 들려왔는지도 알 수 없는 것인가. 청말 근대 학자이자 시인인 진연陳衍도 같은 느낌이었던지 다음과 같은 기록을 남기고 있다.

> 천하에 그 이름이 심히 크건만 실제로는 기이할 것 하나 없이 평범한 것이 있다. 소주 한산사는 장계의 시 한 수로 인구에 회자되었고 일본에서는 아녀자들도 다 알고 있다고 할 정도이다. 내가 전후로 절구 두 수를 썼는데, 한 수에서는 "단지 장계의 한산 구절에 응하여 풍교에 단풍나무 몇 그루가 있을지 점을 쳐보노라"라고 했는데 실제로 와보니 단풍나무 한 그루도 없다. 다른 한 수에서는 "한산사와는 인연이 닿으려니 석양 무렵 종루에 올라보리라"라고 했는데 실제로 와보니 절에 종이 없다. 동성 사람 방수이方守彝가 절구를 지어 말하기를 "〈풍교야박〉을 읽던 소년 시절 종소리가 꿈속까지 들렸더라. 늙어 멀리 한산사를 찾아왔더니, 늙은 스님 하나 부서진 비석을 가리키네"라고 했는데, 아마도 나와 같은 생각인 듯하다.
>
> – 진연, 《석유실시화石遺室詩話》 중

시를 절실히 이해하고자 시의 고향을 찾았다가 외려 시를 잃어버리는 수가 있으니 바로 이런 경우일 것이다. 이런 문학 탐방은 차라리 아니 옴만 못하다 싶기도 하지만 시의 의미에 대해, 문학의 본질에 대해 다시 물음을 던지게 한다는 면에서 무익하다 할 것도 아니다. 영웅의 고향이 초라할수록 영웅의 위업이 빛나듯이 시의 고향이 밋밋할수록 명시의 성취와 울림도 크고 깊어지는 것 아닐까? 이런 느낌이 어찌 나쁘랴. 〈풍교야박〉 시를 이미 알고 있는 일행 역시 당황한 눈치이다.

"여러분, 실망하실 것 없습니다. 시는 자신을 빚어낸 고향을 떠나 천하를 방랑하며 위대해지는 것입니다. 천하 어디에 풍교 같은 다리가 없겠으며 한산사 같은 절이 없겠습니까? 어느 무명한 다리 아래, 어느 타향 하늘을 떠돌던 나그네 귓가에 어디선가 산사의 종소리가 들려오게 되면 바로 〈풍교야박〉의 세계가 펼쳐진 것이니, 여수에 젖어 외로운 수많은 나그네는 이 시를 떠올리며 따뜻한 위로를 얻었을 겁니다. 이들이 시를 읊조리며 느꼈을 애환의 정서가 이 시에 고스란히 담겨 있고 그것이 이 시를 명시로 만들어 지금에 이르게 한 것입니다."

말이 장황해질수록 속내는 더욱 복잡해지는 것을 피할 수 없어서 다른 데로 말을 돌렸다.

"이제 소주 제1경이라고 하는 호구산으로 갑시다. 소주에 와서 호구산을 보지 못하면 오지 않은 것이나 마찬가지라고 합니다."

명검의 기운이 충패한 산, 호구산

호구산虎丘山은 소주 중심에서 서북쪽으로 3.5킬로미터 떨어져 있는 야트막한 산이다. 높이가 해발 30미터 남짓이니 언덕에 가깝다. 춘추 전국 시대 오왕 합려가 죽어 이 산에 묻혔는데, 보검 삼천 자루를 부장품으로 묻었더니 사흘 뒤에 검의 기운이 하얀 호랑이 형상으로 무덤에 서려 있어서 그 뒤로 이 산을 호랑이 언덕이라는 뜻의 '호구'라고 불렀다고 한다. 소주 사람들이 이 호구산을 선전할 때 흔히 들먹이는 말이 바로 소동파가 말했다는 "소주에 와서 호구산에서 노닐지 못하면 한스러운 일이다到蘇州不遊虎丘, 乃憾事也"라는 구절이다. 이 말의 유래는 "소주에 와서 호구를 노닐지 못하고 여구를 찾아가지 않는 일은 유감스러운 일이다過姑蘇, 不遊虎丘, 不謁閭丘, 乃二欠事"라는 소동파의 말에서 비롯되었다. 소동파가 소주를 지날 때마다 빠짐없이 들러서 노닐었던 곳이 호구였고 반드시 방문했던 곳이 여구였다는 것이다.

여구는 소동파의 벗 여구효종閭丘孝終을 가리킨다. 여구효종은 동파가 황주에 유배되었을 당시 황주의 태수를 지냈다. 신법당의 미움을 받아 황주까지 유배 온 소동파였으니 그를 감시하는 것은 황주 태수의 임무였다. 하지만 여구효종은 조정의 간섭이나 요구를 묵살하고 각종 행사에 소동파를 불러 상객으로 극진히 대접했다. 동파가 처한 경제적 어려움을 해결해주기 위해 황주 동쪽 언덕에 있던 황무지 개간권도 내주었으니, 소동파의 '동파'라는 호의 시작도 기실 여구효종의 선의에서 비롯된 것이라고 할 수 있다. 여구효종은 조정이 돌아가는 것이 마뜩지 않았던지 태수직을 사임하고 고향인 소주로 돌아가 은거했다. 길이 멀어야 말의 힘을 알 수 있고 위기에 처해야 사람의 마음을 알 수 있다고 하지 않았던가. 동파는 이 간난의 시기에 자신을 이해해주고 돌봐준 여구효종에 대해 깊은 우정을 느꼈던 것 같다. 황주 태수를 사임하고 소주로 돌아간 여구효종을 그리워하며 〈수룡음水龍吟·소주횡절춘강小舟橫截春江〉이라는 작품을 썼는데 먼저 서문에서 다음과 같이 말하고 있다.

◈ 호구산 근처 옛 고을의 모습

여구효종이 황주에서 태수를 지낼 때 서하루 누각을 지었는데 황주의 절경이 되었다. 황주 유배생활이 계속되던 원풍元豐 5년 정월 17일 밤 꿈을 꾸었는데, 나는 조각배를 타고 장강을 건너고 있었다. 중간쯤에서 고개 돌려 바라보니 서하루에서 노랫소리가 들려왔다. 배에 있던 사람이 말하기를 "황주 태수께서 객들과 잔치하는 중이다" 하였다. 꿈에서 깨어나 기이한 생각에 이 작품을 쓴다. 여구효종은 지금 이미 벼슬에서 물러나 소주에 있다.

작은 배 봄 물결을 헤치고 나아가는데

누워 바라보니 푸른 절벽에 붉은 누각이 솟아 있네

구름 사이로 웃음소리 들리니

태수의 고아한 모임에 미인이 반쯤 취하였어라

거문고의 높은 음에 구슬픈 가락 실려오고

사랑의 노래 아득히 메아리쳐

구름을 돌고 강물을 감도네

내 오랜 벗 늙었어도 풍류는 여전하나니

홀로 안개 파도 속에서 고개 돌려 바라본다네

슬프다, 꿈 깨어 바라보니 사람은 없고

빈 강물만 달빛 천 리를 흘러가는구나

오호에 길을 물어 쪽배 타고 서시와 돌아간 사람이여

운몽택 남쪽 고을 황주

무창의 동쪽 언덕에서 노닐던 옛일을 응당 기억하시려니

그대 다정하여 나를 보고자 꿈속에 찾아온 것이런가

　앞 단락은 꿈속에서 여구효종이 자신이 세운 서하루에서 풍류를 즐기는 모습을 본 일을 적었고, 뒤 단락은 꿈에서 깨어난 뒤에 그를 그리워하는 마음을 적었다. 여구효종이 서하루를 세우고 낙성식에 당시 황주에서 유배 중이던 동파를 상객으로 초대했던 적이 있었다. 꿈속에서도 그리운 벗이었으니 후에 동파가 복권이 되어 소주에 들를 때마다 여구효종을 찾았음은 당연한 일이었을 것이다. 호구와 여구가 모두 '구됴'를 쓰고 있어서 유머에 남다른 동파가 호구와 여구를 한데 묶어서 "소주의 두 언덕, 호구와 여구를 들르지 않으면 유감이다"라고 말한 것이다. 중국 지성사 최고의 인물이라 할 만한 소동파이니 호구로서는 자신을 선전할 최상의 광고 인물을 구한 셈이다. 하지만 이 소동파보다 더 호구를 사랑한 시인은 소주자사를 지냈던 백거이이다. 백거이는 소주성 성문에서부터 호구산 밑까지 직통하는 산당하山塘河 운하를 팠고, 운하를 따라 유람 거리를 조성했으며 자신도 틈만 나면 호구산에 와서 노닐었다.

소주 서쪽 호구사를 사랑하느니
한가할 때마다 한 번씩 들르는 곳이라
배가 구름 낀 섬을 돌아가면
누각은 안개 두른 청라 위로 솟아 있네
길은 푸른 소나무 그림자로 들어가고
문은 하얀 달빛 파도를 마주하고 있네
물고기 튀어 촛불 잡은 사람에게 놀라고
원숭이가 기웃거리다 말방울 소리에 놀라네
붉은 깃발 쌍으로 흔들고 오는 것은
열 명의 아름다운 푸른 눈썹 미인이라네
향그런 꽃이 비단 옷을 돕고
종소리는 생황의 노래를 피하는 듯
자사가 된 지 오래되었건만
산에 노닒이 몇 번이나 되는가
한 해 열두 번
적지도 않지만 많은 것도 아니라네

不厭西丘寺, 閑來即一過。

舟船轉雲島, 樓閣出煙蘿。

路入靑松影, 門臨白月波。

魚跳驚秉燭, 猿覷怪鳴珂。

搖曳雙紅旆, 娉婷十翠娥。

香花助羅綺, 鍾梵避笙歌。

領郡時將久, 遊山數幾何。

一年十二度, 非少亦非多。

"밤에 서쪽 호구사에서 노닐다"라는 뜻의 〈야유서무구사夜游西武丘寺〉라는 작품이다. 호구사는 호구산에 있는 절인데, 당나라 때에는 개국군주 이연李淵의 할아버지 이호李虎의 이름자를 피휘하여 '호虎' 대신에 '무武'자를 썼다. 한 해 동안 12번이나 다녀왔다면서도 많은 것도아니라는 말에서 호구산 유람에 대한 백거이의 대단한 애호를 알 수있다. 백거이는 공무에 바빠서 호구산을 찾지 못할 때는 자신을 새장속에 갇힌 새라고 자조하기까지 했다.

열흘이 지나도록 술도 못하고
한 달을 넘기도록 노래도 듣지 못했네
어찌 풍류의 정이 부족해서랴
홍진 세사가 많음을 어찌하랴
호구산을 묻는 나그네에게 부끄럽고

관왜궁을 찾는 사람이 부럽다네

그대 비웃지 마시게

새장 안에 갇힌 학과 별 차이 없다고

經旬不飮酒, 逾月未聞歌。
경 순 불 음 주　유 월 미 문 가

豈是風情少, 其如塵事多。
기 시 풍 정 소　기 여 진 사 다

虎丘慚客問, 娃館妒人過。
호 구 참 객 문　왜 관 투 인 과

莫笑籠中鶴, 相看去幾何。
막 소 농 중 학　상 간 거 기 하

– 백거이, 〈제농학題籠鶴〉

백거이는 소주를 떠나 타지에 있을 때는 "호구의 달빛은 누굴 위해 좋은가, 관왜궁 꽃은 응당 절로 피었겠지"라며 그리워하기도 했으니 소주에 대한 백거이의 애호를 짐작할 만하다. 당나라 때는 소주 호구산이 강남 여행의 필수 코스로 인식되었는지 많은 시인이 호구산 유람을 하고 관련 시를 남기고 있다. 두보의 경우 20대 초반 강남 일대를 두루 여행하던 시기에 호구산에 들렀다. 만년에 쓴 〈장유壯遊〉라는 작품에 "합려의 호구산 무덤이 황폐하고, 검지의 석벽은 기울었다"라고 적고 있어서 호구산 여행의 자취를 선명하게 알 수 있다. 이백의 경우 〈소대람고蘇臺覽古〉와 같은 작품이 있어서 소주에 들른 것이 분명한데도 호구산과 관련된 작품이 전혀 없어서 단정할 수는 없지만 보검에 대한 애착이 유별했던 이백이 보검 삼천 자루가 묻혀 있다는 호구산의 '검지'를 구경하지 않았을 리가 없었을 것이다. 백거이 외에도 백거이와 유독 가까웠던 원진, 유우석, 그리고 만당 시기 출중한 시인 이상은도 이곳 호구산에 들렀고 관련 시작을 남겼다.

◈ 호구산 입구 '오중제일산' 패방

　'오중제일산吳中第一山'이라 적힌 패방을 지나면 단량전斷梁殿, 옹취산
장擁翠山庄 건물이 나온다. 단량전은 지붕의 서까래가 중간에 단절된
것에서 비롯된 이름인데 원나라 때부터 지금까지 당당히 버티고 있는
특이한 구조의 건물이다. 푸름을 안고 있다는 뜻의 옹취산장은 담벽
에 용龍, 호虎, 표豹, 웅熊의 한자가 큼지막한 행초서로 새겨져 있는, 물
없이 구성된 소주의 유일한 원림園林이다. 조금 더 안쪽으로 들어가면
안질을 앓고 있던 감감이라는 승려의 눈을 낫게 했다는 감감천憨憨泉
이 나오고 감감천 건너편에 중간이 마치 칼로 잘린 듯 길고 깊게 홈이
팬 바위가 하나 있는데 바로 검의 성능을 시험한 돌, '시검석試劍石'이
다. 오왕 합려가 검 주조의 명장인 간장干將 막야莫邪 부부로부터 받은
검을 시험한 흔적이라고 한다. 호구산이 오왕 합려의 행궁이 있었던

◈ 시검석

곳이며, 그의 무덤이 이곳에 축조되었다고 하니 갈라진 돌 하나도 합려와 특별하게 연관시킨 것이다.

시검석에서 조금 더 안쪽으로 들어가면 널따란 바위가 펼쳐지는데 바로 일천 명이 함께 앉을 수 있다 해서 '천인좌千人坐'라는 이름이 붙은 공간이다. 생공生公이라는 스님이 이곳에 천 명의 신도들을 모아놓고 설법을 했다 해서 붙여진 이름인데, 이곳도 합려와 관련된 이야기로 각색되었다. 합려의 아들 부차가 호구산에 부친의 묘역을 조성하고는 그 묘역 조성에 참여한 천 명의 장인들을 이곳 바위로 불러 그간의 노고를 치하하며 대대적으로 잔치를 베풀었다. 장인들은 왕의 후의에 감읍하며 취하도록 깊은 밤까지 술을 마셨는데 갑자기 군사들이 들이닥쳐 천 명이나 되는 장인들을 남김없이 도륙했다. 장인들에 의

◈ 검지

해 묘역의 위치가 알려져 묘가 도굴될 것을 염려한 부차의 악랄한 지
시였다. 지금도 바위가 붉은색을 띠고 있는데 당시 억울하게 죽임을
당한 장인들의 선혈이 바위에 깊이 스며든 까닭이라고 한다.

천인좌 바로 위쪽에 호구산에서 가장 이름난 명소 검지劍池가 있다.
검지 입구에 세워진 둥근 월문月門 위쪽에 별천지라는 뜻의 '별유동
천別有洞天'이라는 거창한 명패가 달려 있다. 대단한 명승을 기대하는
사람들도 많겠지만 실망스럽게도 검지는 석벽 사이에 생긴 작은 물웅
덩이일 뿐이다. 다만 서성 왕희지의 전서체 붉은 글씨 '검지'를 비롯하
여 여러 글씨가 석벽에 새겨져 있어서 예사롭지 않다는 느낌을 준다.

전하는 바에 따르면, 이곳은 보검 삼천 자루와 함께 잠들어 있는 오
왕 합려의 무덤으로 가는 입구였다고 한다. 진시황, 손권 등이 이 보

검을 탐내어 발굴에 나섰으나 아무런 성과도 없었고, 그 발굴 현장이 지금의 연못 형태로 남게 되었다고 한다. 기록에 따르면, 1955년 호구산을 정비하면서 검지의 물을 뺀 적이 있었는데, 그때 물에 잠겨 있던 검지 아래가 드러나면서 절벽에 새긴 글이 새로 발견되었다고 한다. 명나라 정덕正德 7년(1512)에 검지의 물이 말라 연못 바닥에서 오왕의 무덤 문이 발견되었다는 내용이다. 소주 출신의 유명한 화가인 당인唐寅을 포함해 여러 인사들이 그 현장을 직접 목도했다는 내용도 있었다. 글 중에 "만 년 동안 깊이 있다가 하루아침에 사람들에게 발견되었으니 어찌 운명이 아니겠는가. 명하여 묘혈 입구를 막게 하였다"라는 기록도 있었다는데, 무덤 발굴을 불경한 것으로 보아 도로 덮어버린 것이겠지만, 아마도 그곳을 발굴하자면 호구탑을 비롯한 여러 건축물에 미칠 영향을 생각해서였을 것이다. 이렇게 해서 오왕 합려의 무덤은 지금까지도 천고의 수수께끼로 남게 되었다.

시검석, 천인좌, 검지 등의 호구산 명소들은 한결같이 검과 관련된 이야기여서 호구산 전체가 검기로 충패充沛한 느낌이 든다. 호구라는 명칭 자체가 합려의 무덤에 묻힌 삼천 보검의 정기가 만든 백호의 형상에서 비롯된 이름이 아닌가. 하긴 합려의 극적인 삶도 검으로부터 시작되어 검으로 끝난 것이 아닌가!

합려의 아버지는 제번諸樊이다. 제번의 아버지는 오나라의 기초를 놓은 수몽壽夢이라는 왕이다. 수몽에게는 장남 제번, 차남 여제余祭, 삼남 이매夷昧, 막내 계찰季札이 있었다. 이 네 명의 아들 중에서 계찰이 가장 뛰어났으므로 수몽은 왕위를 막내에게 물려주고 싶었으나 계찰이 끝내 사양하였으므로 뜻을 이루지 못했다. 임종에 다다른 수몽이 장남 제번에게 왕위를 전하면서 형제가 왕위를 계승하도록 유언으로 당부했다. 여제, 이매를 거쳐 최종적으로 계찰에 이르기를 바란 것이다. 이렇게 왕위에 오른 장남 제번은 아버지의 유언을 받들어 차남 여제에게 왕위를 전했고, 여제는 다시 이매에게 왕위를 전했다. 순조로운 왕위 전달식은 계찰의 강력한 거부로 혼란에 빠지게 되었다. 계찰이 종적을 감춰버린 것이다. 하는 수 없이 삼남 이매의 아들 요僚가 왕위를 계승했고, 이 소식을 들은 계찰은 그제야 출사하여 신임 왕을 힘껏 도왔다. 권력이 형제에게서 부자로 이동하면서 가장 먼저 우선권을 주장할 수 있었던 제번의 아들 합려가 자신의 몫을 찾으려고 정변을 일으키게 된다. 초나라에서 망명한 오자서伍子胥는 임금 자리를 노리는 합려의 야망을 눈치채고는 그에게 백정 출신의 전제專諸라는 협객을 소개했고, 오왕 요를 초대한 잔치 자리에서 요리사로 변장한 전제는 물고기 배 속에 감춰둔 비수 어장검魚腸劍을 빼내어 오왕을 죽였다. 이렇게 해서 합려는 오나라 왕이 되니 왕의 길은 처음부터 검에 기대어 시작된 것이었다. 그리고 그 검의 기운이 합려의 삶을 지배했다. 합려는 초나라, 월나라와 끊임없는 전쟁을 벌였다. 수많은 전쟁에서 합려의 군대는 큰 성공을 거두었으니 손무孫武라는 불세출의 장군이 있었던 까닭이다. 유명한 《손자병법》을 쓴 바로 그 사람이다. 합려가 손무를 만나는 장면에도 시퍼런 검이 번득인다.

오자서의 추천으로 손무를 만난 자리에서 합려가 말했다. "선생께서 지으신 13편의 병법서는 모두 보았습니다. 그 책에서 말하는 훈련법을 실제로 보여주실 수 있겠습니까?" 손무가 동의하자 합려가 물었다. "부녀자들도 가능합니까?" 가능하다는 손무의 대답에 합려는 즉각 궁중의 궁녀들 180명을 선발하여 훈련에 참여하게 했다. 손무는 그들을 두 부대로 나누고 오왕이 총애하는 비빈 두 사람을 각 부대의 대장으로 임명했다. 손무는 궁녀들이 모두 창을 들게 하고는 명령을 내렸다. "내가 '전'이라 하면 앞을 향하여 보고, '후'라고 외치면 뒤를 보고, '좌' 하면 왼쪽을 향하여 보고, '우' 하면 오른쪽을 쳐다봐야 한다!" 마침내 북이 울리고 손무가 명령을 내렸다. "우!" 하지만 궁녀들은 서로를 바라보며 키들키들 웃기만 할 뿐 명령에 따를 생각이 전혀 없는 듯했다. 손무가 엄숙하게 말했다. "병사들이 정해진 규칙을 제대로 알지 못해 명령을 지키지 않는 것은 장수의 죄다!" 손무는 부대의 대장을 맡긴 비빈 두 사람을 즉각 참수하라 명했다. 옆에서 이 모습을 지켜보던 합려가 대경실색하여 황망하게 영을 전하여 말했다. "이미 장군께서 용병에 능하시다는 것을 알았소. 두 비빈이 없다면 나는 살아도 아무 재미가 없으니 그들을 살려주시길 바랍니다." 손무가 단호하게 거절했다. "신은 임금의 명을 받아 장수가 되었습니다. 장수가 군대를 지휘함에는 때로는 임금의 명령도 받지 않는 법입니다." 손무는 결국 두 명의 비빈을 참수형에 처하고 다른 이로 부대의 대장을 삼아서 군대 훈련을 지속했다. 손무가 북을 울리고 명령을 내리니 궁녀들이 군기가 바짝 들어 대오에서 이탈하거나 불평하는 이가 없었다.

이는 《사기》 〈손자오기열전孫子吳起列傳〉에서 전하는 '손무살비孫武殺妃' 고사의 대략적인 내용이다. 훌륭한 병법가를 얻고 강력한 군대를 얻었지만 그 과정에서 가장 사랑했던 두 여인을 망나니의 춤추는 칼 아래 피를 흘리며 죽게 만들었으니 여전히 합려의 삶은 검의 살기가 지배했다고 할 것이다. 기원전 496년 합려는 취리檇李에서 월왕 구천과 싸우다가 월나라 대부 영고부靈姑浮의 창에 맞아 중상을 입었다. 오나라 군대는 7리를 퇴각했고 상처가 깊어진 합려는 자신의 복수를 아들 부차에게 명하고 죽었다. 그리고 삼천 자루의 검과 함께 호구산에 묻히게 되니, 평생을 검의 기운에 지배된 합려의 삶은 죽은 뒤에도 검지의 전설 속에서 계속되고 있는 것이다.

일행에게 호구산 곳곳에 생생하게 전해지는 검기에 지배된 합려의 드라마틱한 일생을 들려주면서 나는 합려의 숙부 계찰의 다른 검 이야기로 설명을 마무리했다.

합려의 숙부 계찰季札의 검 이야기입니다. 셋째 형 여매가 임종을 맞아 계찰에게 왕위를 물려주려 했으나 계찰은 단호하게 거절하면서 말했습니다. "저는 사람 노릇이나 반듯하게 할 수 있기만을 바랄 뿐입니다. 부귀영화는 저에게 귓가를 스쳐가는 가을바람과 같을 뿐이니(秋風過耳) 아무런 관심이 없습니다." 계찰은 경성을 떠나 숨어버렸고 후에 여매의 아들이 왕위를 계승한 후에 다시 출사하여 나라를 위해 충성을 다했습니다. 이 계찰이 오왕의 명을 받아 진나라에 사신으로 갔을 때의 일입니다. 도중에 서국徐國이라는 나라에 들러 임금인 서군徐君을 만났는데, 검을 애호했던 서군은 계찰이 차고 있던 보검을 몹시 부러워했습니다. 계찰은 그의 마음을 알고는 돌아오는 길에 반드시 선물하리라 마음먹었습니다. 계찰이 사신의 일을 마친 후에 서국에 들렀더니 아뿔싸, 서군은 이미 세상을 떠난 뒤였습니다. 계찰은 그의 무덤을 찾아 보검을 풀어 무덤가 나무에 걸어두고 오나라로 돌아갔습니다. 그를 수행하던 신하가 물었습니다. "서군은 이미 죽었거늘 이렇게까지 하는 것은 오나라의 보물인 보검을 버리는 것이 아닙니까?" 그러자 계찰이 단호하게 말했습니다. "처음 서군이 내 검을 부러워했을 때 나는 이미 선물하기로 내 스스로와 약속했다. 다만 대국에 사신을 가는 길이었기에 잠시 뒤로 미룬 것일 뿐이다. 이제 서군이 죽어 상황이 바뀌었다고 내 스스로 한 약속까지 바꿀 수야 있겠는가!" 서나라 사람들은 계찰의 모습에 감동해 노래를 지어 불렀습니다.

오나라 왕자 계찰이여
죽은 사람과의 약속도 잊지 않았다네
천금의 보검을 풀어서
무덤가에 걸어두었다네

이 이야기에서 비롯된 '계찰이 검을 나무에 걸었다'는 뜻의 '계찰괘검季札掛劍'의 고사는 남들과의 약속은 말할 것도 없고 자신과 내면으로 한 약속까지도 철저히 지키려 했던, 신의의 최상급의 모습을 보여 줍니다. 합려의 삶을 지배했던 검 이야기와는 전혀 다른 검 이야기인 것이지요.

서툰 정치로 이룬 최고의 정원, 졸정원

호구산 유람을 마친 우리 일행이 소주에서 마지막으로 찾은 곳은 졸정원拙政園이라는 아름다운 원림이다. 졸정원은 16세기 초 명나라 때 왕헌신王獻臣이라는 사람이 처음 지은 뒤로 장구한 세월 수많은 주인을 거쳐 지금에 이르렀다. '졸정拙政'이라는 이름의 뜻이 어려운데, '졸拙'은 '졸렬하다', '서툴다'라는 뜻이고 '정政'은 '정치한다'는 뜻이니, '졸정'은 '서툰 자가 하는 정치', '어설프게 하는 정치'라는 말이 된다. 정원을 조성하고 가꾸는 일이 정치와 무슨 상관이 있다는 말인가. 진

나라 시인 반악潘岳의 〈한거부閑居賦〉에 "전원에 물을 주어 채소를 기
르고, 부모님께 효도하고 형제를 우애하는 것 역시 서툰 자의 정치이
다"라는 말에서 '졸정'의 뜻을 따온 것이다. 더 거슬러 올라가면 왜 정
치를 하지 않느냐는 혹자의 질문에 "부모님께 효도하고 형제를 우애
하는 것이 다 정치인데, 그대는 왜 내가 정치를 하지 않느냐고 묻는
가?"라고 반문했던 공자의 기록에까지 닿는다.

　명나라 어사 출신의 왕헌신이 벼슬길에서 득의하지 못하고 물러나
고향에 와서 정원을 조성하여 그 이름을 '졸정'이라고 한 뜻을 새기면
서 졸정원 구석구석을 돌아보면, 훌륭한 목민관이 백성들을 자상하고

◈ 졸정원

세심하게 돌보는 듯 건물 하나, 초목 하나, 바위 하나 곳곳에 깃든 주
인의 세심한 정성과 진지한 노력을 느낄 수 있다. 졸정원은 강남 수향
의 정원답게 물길과 연못을 위주로 해서 조성되었다. 수많은 멋진 누
각과 아름다운 정자가 연못가와 연못 중심에 세워져 있어서 전체적
으로 툭 트여서 시원하고 밝은 느낌을 준다. 여름에 연꽃 축제가 열릴
정도로 연꽃을 많이 심어서 많은 건물이 연꽃과 관련된 이름을 갖고
있다. '연꽃 향기가 멀리 퍼져가는 집'이라는 뜻의 '원향당遠香堂', '연꽃
실은 바람이 사면에서 불어오는 정자'라는 뜻의 '하풍사면정荷風四面亭'.
여름날 이런 이름의 건물에 앉거나 기대서서 그윽이 풍겨오는 연꽃 향기를 맡으며 주돈이周敦頤의 〈애련설愛蓮說〉 한 편을 읽으면 얼마나 운치가 넘치랴.

> 연꽃은 진흙에서 나지만 더럽혀지지 않고
> 맑은 물에 씻기면서도 요염하지 않다
> 줄기 속은 비었지만 겉은 곧으며
> 줄기가 넝쿨지지도 않고 가지도 뻗지 않는다
> 향기는 멀리 퍼질수록 더욱 맑고
> 우뚝이 깨끗하게 서 있나니
> 멀리서 바라볼 수 있어도 가까이하여 희롱할 수는 없다

연 지 출 어 니 이 불 염　탁 청 련 이 불 요　중 통 외 직
蓮之出淤泥而不染, 濯淸漣而不妖, 中通外直,

불 만 부 지　향 원 익 청　정 정 정 식
不蔓不枝, 香遠益淸, 亭亭淨植,

가 원 관 이 불 가 설 완 언
可遠觀而不可褻玩焉。

정원 이곳저곳을 기웃거리며 한가롭게 거닐다가 혹여 비라도 올 것 같으면 급히 찾아가야 할 곳이 있다. 바로 '빗소리를 듣는 집'이라는 뜻의 '청우헌聽雨軒'이다. 청우헌 앞뒤로 잎이 넓은 파초를 많이 심어서 빗방울이 떨어지는 소리가 더욱 청아하다. 앞 연못에서 연꽃 향기까지 불어오면 비 오는 여름날의 그 풍류는 잊기 어려운 추억이 될 것이다. 수많은 건물이 운치 있는 이름표를 달고 있는데, 그중에서 압권은 '누구와 함께 앉을까'라는 의문문을 이름으로 달고 있는 '여수동좌헌與誰同坐軒'이다. 이 정자는 쥘부채 형상으로 지어진 아주 작은 건물로 소동파의 사 〈점강순點絳脣〉에 나오는 구절을 따서 이름을 붙였다.

◈ 졸정원

한가로이 의자에 기대어

멀리 천 송이 꽃봉오리 같은 산들을 본다네

함께 앉아 있는 이 누구인가

밝은 달과 맑은 바람, 그리고 나

친구 하나 찾아와 시를 지으니 화답해야 할 터

그대 아는가, 그대 찾아온 후로

청풍과 명월을 나눠 갖게 되었음을

한 의 호 상　유 공 루 외 봉 천 타
閑倚胡床, 庾公樓外峰千朵。

여 수 동 좌　명 월 청 풍 아
與誰同坐, 明月淸風我。

별 승 일 래　유 창 응 수 화
別乘一來, 有唱應須和。

환 지 마　　자 종 첨 개　풍 월 평 분 파
還知麽。自從添個, 風月平分破。

　여수동좌헌에 살랑살랑 바람이 불어오거든 얼른 일어나 자리를 권
해보면 어떨까? 저녁까지 머물 순 없으니 밝은 달과 함께 앉기는 어
려울 터지만 방법이 없는 것도 아니다. 함께 여행하는 좋은 벗이 있거
든 그를 불러 다정하게 앉게 하면 될 것이다. 예로부터 밝은 달은 가
장 진실한 벗이기도 했으니.

주장의 옛 골목에서 부르는 사모곡

소주를 떠나 귀국길에 오르기 위해 상해로 가면서 중간에 주장周庄이
라는 수향 마을에 들렀다. 객잔을 한곳 정하여 짐을 풀고 쉬엄쉬엄 마

을 구경도 하고 맛난 간식도 먹으면서 여행의 피로를 풀었다. 저녁 무렵 객잔 주인 아주머니가 민물게와 새우를 쪄 내왔다. '따지아시에(大甲蟹)'라고 하는 민물게가 가을 무렵 맛이 좋아서 상해나 소주 사람들이 무척이나 즐겨 먹는다고 가이드 김 선생이 몇 번인가 언급한 적이 있었다. 마침 골목 어귀에서 사온 백주가 있어 반주로 곁들였다. 날이 시나브로 어두워지면서 수로변 고색창연한 집들이 내건 홍등이 하나둘 불을 밝혀 빚어내는 몽환적인 분위기를 마주하고 있으니 마음이 절로 흔연해져서 50도가 넘는 백주를 거침없이 주거니 받거니 했다. 이 술을 파는 주인이 이르기를, '커우뿌깐, 뿌샹터우口不乾, 不上頭'라, 마시고 난 뒤에도 갈증이 나지 않고, 취해도 머리가 아프지 않다고 했으니 한번 시험해보자는 생각도 좀 있었을 것이다. 수작의 속도가 빨라지면서 술이 금세 바닥을 드러내자 피디가 자리에서 일어난다. 옳거니 술을 구하러 가려는구나 했더니 웬걸, 야간작업 시작이란다. 유람객들이 다 빠져나간 주장 옛 마을의 고즈넉한 풍경을 담는다는 것이다. 피디의 지시에 따라 거닐기도 하고 서 있기도 하고 멀리 시선을 던지기도 하는데, 술기운 때문인지 어두워진 옛 마을의 정경들 하나하나가 마음을 촉촉하게 적시는 듯했다.

촬영감독은 가게 주인이 가늘고 긴 여러 쪽 널빤지 쪽문을 하나씩 닫고 돌아가는 모습을 카메라에 담은 뒤, 그가 돌아가는 좁고 긴 골목길까지 찍었는데, 나에게도 그 길을 걸으라 요청했다. 길 양옆으로는 가게들이 이미 문을 닫았고, 오가는 사람들의 자취가 없었으며 아스라이 멀리 가로등 하나만 희미하게 빛나고 있었다. 뜬금없이 이 긴 길을 걷다 보면 길 다하는 곳에서 평생에 가장 그리운 사람, 나를 가장 사랑했던 사람, 그 한 사람을 만날 것 같은 생각이 들었다. 공교롭게 피디가 물었다. "이 오래된 옛 마을의 밤 풍경이 어떻습니까?" 내가 좁고 긴 골목은 현실과 초현실을 이어주는 공간처럼 느낀다고, 그 길을 다 가면 세상에서 가장 그리운 사람을 만날 수 있을 것 같은 느낌이 든다 했더니 그게 누구냐 묻는다. 갑자기 목이 콱 메면서 뜨거운 눈물이 흘러내렸다. 그가 누구이겠는가. 세상에서 나를 가장 사랑한 사람, 내가 가장 그리운 사람, 누가 그 이름을 대신할 수 있는가. 엄마, 까맣게 잊고 살았던, 아니 다 잊었다고 생각하며 이제 그 이름 앞에서도 무감할 수 있었던 엄마, 그 엄마가 만리 타국 낯선 마을 골목길에서 내 마음길로 찾아오고 계셨던 것이다. 주체할 수 없는 눈물을 간신히 수습했더니 피디는 유치하게 나보고 엄마 생각이 나는 노래를 부르란다. 손을 내저었으나 그냥 넘어갈 태세가 아니어서 하는 수 없이 눈을 감고 〈찔레꽃〉을 불렀다.

엄마 일 가는 길에 하얀 찔레꽃
찔레꽃 하얀 잎은 맛도 좋지
배고픈 날 남몰래 따 먹었다오
엄마 엄마 부르며 따 먹었다오

내 눈물 탓이었는가. 모두 묵연히 각자 처소로 들어가는데, 분위기를 저조로 만든 책임이 있는 터라, 날 울렸으니 책임지라며 짐짓 호연하게 소리쳤더니 다들 흔쾌히 주점을 찾아 나섰다. 한참을 걸어 찾은 주점에서 일행은 다시 몇 잔 술로 씩씩한 기상을 회복하여 피차 언사가 호방해졌다. 그믐달이 사위는 밤, 흐트러진 발걸음으로 수로변을 돌아오며 옛 노래를 부르던 피디는 내 기분은 아랑곳도 없이 고향 마

을 늙으신 어머니께 전화해서 사랑한다고, 사랑한다고 몇 번이나 웅
얼거렸다. 부질없는 그리움을 어이하랴. 시 한 수 써서 달래보지만 다
부질없구나.

    옛 마을 가게 등불이 하나둘 꺼지고
    주인은 깊은 골목길로 돌아간다
    나그네 창가에 그믐달 지는데
    밤이 다하도록 그리움만 하염없구나

    古鎭店燈稀, 主人深巷歸。
    客窓殘月落, 一夜念依依。

– 김성곤, 〈주장서회周庄書懷〉

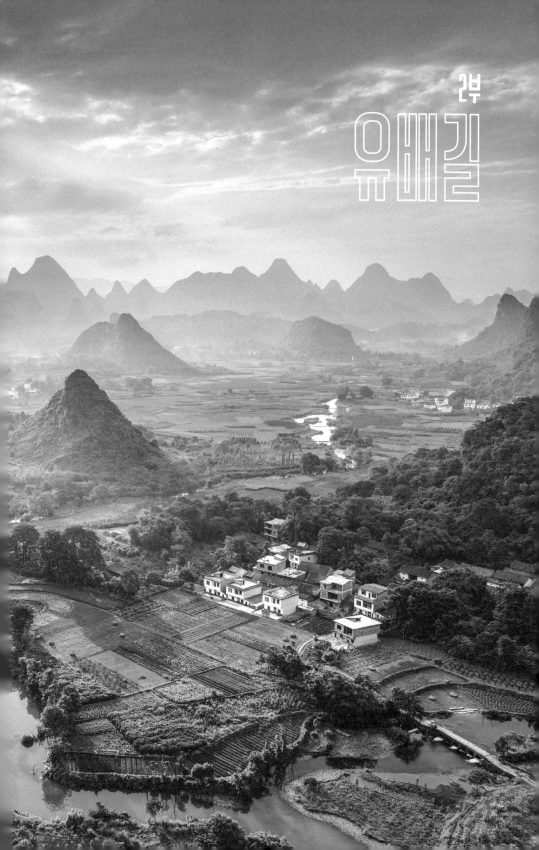

2부

유배길

호남성
(후난성)

장사(창사) ──── 가의고거, 멱라강, 두보강각

남악 형산(헝산)

축융봉

첩채산, 이강,
양삭, 흥평고진   영주(융저우)

계림(구이린)   ──── 우계, 조양암, 향령산

유후사, 용담공원   ──── 동파수, 단하산

대유령

유주(류저우)

광서장족자치구
(광시좡족자치구)   혜주(후이저우)

광동성
(광둥성)

서호, 조운묘

담주(단저우)   중화고진, 동파서원

해남성
(하이난성)

1부 강남

2부 유배길

이번 여행지는 중국 남부의 호남성, 광동성, 광서장족자치구, 해남도이다. 워낙 광대한 땅이라 볼 것도 많고 들러야 할 곳도 넘치지만 3주 일정이니 선별해서 건너뛰는 수밖에 없다. 여행 주제를 '유배길을 따라가는 한시기행'으로 정하고 시인들의 유배지를 중점적으로 탐방하기로 했다. 호남성은 남부에 있는 영주永州를, 광서장족자치구는 유주柳州를, 광동성은 바닷가에서 가까운 혜주惠州를, 해남도에서는 섬 북부에 위치한 담주儋州를 주요 탐방지로 정했다. 영주와 유주는 당나라의 유명한 시인 유종원柳宗元의 유배지이고, 혜주와 담주는 송나라 최고의 시인 소동파蘇東坡의 유배지이다. 이들 유배지는 중원 지역에서 보자면 불모와 야만의 땅이었지만 꺾이고 베인 시인들의 지친 삶을 빼어난 경치와 따뜻한 인심으로 보듬어준 곳이었다. 유종원과 소동파는 이 유배지의 돌봄에 기대어 자신의 위태로운 삶을 안돈시켰고, 힘이 다시 오른 팔로 붓을 들어 유배지의 자연을 힘껏 노래하여 보답했다.

시인들이 노래했던 그 노래를 다시 들고 유배지를 찾아가는 여행이다. 찾아가서 옛 노래를 그윽하게 불러주어 천년 세월의 풍상에 쇠잔해졌을 자연을 한번 위로해보고자 하는 것이다. 목적지로 가는 중간에 몇 곳은 시간이 되는 대로 들를 계획도 세웠다. 호남성의 중심도시 장사長沙, 남악南嶽 형산衡山은 영주로 가는 길목에 있으니 빼놓을 수 없는 여행지이다. 광서장족자치구의 계림桂林은 영주에서 유주로 가는 중간에 있으니 갑천하甲天下의 풍경도 놓칠 수는 없다. 소동파가 혜주로 가면서 넘어간 광동성 북부의 대유령大庾嶺을 구경하고 그곳에서 멀지 않은 곳에 자리한 붉은 노을산 단하산丹霞山까지 구경하면 그만일 것이다. 마지막으로 해남도의 담주를 탐방한 후에 시간이 허락되면 중국 최남단인 천애해각天涯海角까지 답파할 계획도 세웠다.

호남성 1 — 장사

7장

불우한 천재 가의의 유배처, 가의고거

4월 하순 봄이 무르익는 계절에 호남성 장사 공항에 도착한 우리 일행은 곧바로 유배길 여정에 돌입했다. 호남, 광동, 광서, 해남도의 광대한 지역을 일정 안에 마치려면 꾸물거릴 여유가 전혀 없었다. 우리가 가장 먼저 찾은 곳은 태평가太平街 옛거리에 있는 가의고거賈誼故居이다. 가의는 한나라 문제文帝 때 활동한 정치가요 문학가이다. 스물한 살 나이에 발탁되어 박사博士가 되었고 1년 만에 조정의 의론을 관장하는 4품 태중대부太中大夫에 임명되었다. 한문제가 특별히 신임하여 고속으로 승진을 시킨 것이다. 가의는 이러한 황제의 신임에 보답하려는 듯 상주문을 자주 올려 개국 초기 한나라에 급히 요구되는 각종 법규와 제도에 대한 대대적인 개혁을 실행할 것을 요구했다. 결국 이것이 권신들의 질시와 비난을 초래했으니, 권신들을 등에 업고 제

위에 오른 문제로서는 물러설 수밖에 없었다. 문제는 가의를 장사왕長
沙王의 태부太傅로 임명하여 수천 리 먼 곳으로 좌천했다. 일단은 조정
권신들로부터 그를 보호하고자 하는 뜻도 있었을 것이다. 3년 후에 문
제는 다시 가의를 장안으로 소환하여 여전히 그를 신임하고 있음을
보여주었으나 아직 여건이 불비하다고 여겼는지 조정 내직으로 복귀
시키지 않고 양회왕梁懷王의 태부로 임명한다. 양회왕은 문제가 가장
총애한 아들이었고 또 양회왕의 봉지가 황제가 있는 장안에서 그리
멀지도 않았으므로 가의에 대한 황제의 마음 씀씀이를 가늠할 수 있
다. 하지만 불행하게도 양회왕이 장안으로 오는 길에 낙마해서 죽는
사고가 일어났다. 이 일로 인해 가의는 심한 자책에 빠지게 되고 극도
의 상심과 절망 속에서 생을 마치니 33세의 젊은 나이였다. 짧은 일생
을 살았지만 가의가 남긴 문장은 후세에 큰 영향을 미쳤다. 시무를 논
한 그의 〈과진론過秦論〉, 〈치안책治安策〉 등의 정론문政論文은 힘찬 기세
와 치밀한 논리로 사람들을 매료시켰고, 자신의 불우를 탄식한 〈조굴
원부弔屈原賦〉, 〈복조부鵩鳥賦〉 등은 한나라에서 성행한 한부漢賦의 선성
으로 평가되었다. 《한서》 〈가의열전〉에서는 한나라 대학자 유향劉向의
평가를 다음과 같이 싣고 있다.

가의가 삼대三代와 진秦나라의 치란治亂에 대해 논한 글은 심히 정미
하니 국가의 큰 틀에 통달한 것이라 하겠다. 옛날의 이윤伊尹과 관
중管仲 같은 명재상도 이를 넘어서기가 어려울 것이다. 당시 그의
주장이 받아들여졌다면 필시 태평성대를 이루었을 것인데 어리
석은 신하들의 해를 입었으니 심히 애통하다.

뛰어난 재능을 가졌음에도 쓰이지 못하고 불우하게 생을 마친 가의
는 역대로 회재불우懷才不遇의 지식인들의 표상이 되었다. 간신들이 장
악한 조정에서 축출된 충신들, 자신의 능력을 펼칠 기회를 얻지 못한
선비들은 항상 가의를 빌려서 자신의 억울함을 호소했다.

삼 년 동안 머물렀던 이곳 유배처에는
초 땅 유배객의 영원한 슬픔이 남았구나
그대 떠난 후 홀로 찾는 가을 풀이여
차가운 숲은 기우는 햇살 속에 있구나
영명한 황제는 은혜가 어찌 그리 박했던가
무정한 상수가 어찌 위로하리요
쓸쓸한 강산에 잎 지는 가을

그대 무슨 까닭에 하늘 끝자락까지 왔단 말인가!

_{삼 년 적 환 차 서 지   만 고 유 류 초 객 비}
三年謫宦此棲遲, 萬古惟留楚客悲。

_{추 초 독 심 인 거 후   한 림 공 견 일 사 시}
秋草獨尋人去後, 寒林空見日斜時。

_{한 문 유 도 은 유 박   상 수 무 정 조 기 지}
漢文有道恩猶薄, 湘水無情弔豈知。

_{적 적 강 산 요 락 처   연 군 하 사 도 천 애}
寂寂江山搖落處, 憐君何事到天涯。

당나라 숙종 때 좌천되어 이곳 장사까지 유배 왔던 유장경劉長卿이
라는 시인이 적은 〈장사과가의택長沙過賈誼宅〉이다. 온통 가의의 이야기
이지만 실제로는 자신의 이야기이다. 은혜가 박한 당나라 황제 숙종
과 무정한 조정을 원망하는 시인 것이다. 직접적으로 황제와 조정을
비난할 수 없었던 축신逐臣들은 이런 식으로 우회하여 자신의 억울함
을 호소하고 원망의 감정을 배설하며 자신의 삶을 지탱했던 것이다.

조정에서 인재를 구하여 쫓겨난 신하를 찾으니
가의의 재주는 다시 짝할 이가 없음이라
애석하다, 한밤중 자리를 당겨 앉은 일도 부질없나니
창생을 묻지 않고 귀신을 물었다네

_{선 실 구 현 방 축 신   가 생 재 조 갱 무 륜}
宣室求賢訪逐臣, 賈生才調更無倫。

_{가 련 야 반 허 전 석   불 문 창 생 문 귀 신}
可憐夜半虛前席, 不問蒼生問鬼神。

만당 시인 이상은李商隱의 〈가생賈生〉이란 시이다. 가의가 장사왕의
태부로 좌천된 지 3년 후에 문제가 가의를 다시 장안으로 불렀다. 당

◈ 가의

시 황제는 오랫만에 만난 가의를 붙잡고 밤이 깊도록 귀신에 대한 이
야기를 물었다. 황제는 가의의 설명에 매료되었던지 자신이 앉고 있
던 자리를 가의 쪽으로 거듭 끌어당겨 앉으면서 그의 설명에 집중했
다. 그러고는 다음과 같이 총평을 내렸다. "나는 오랫동안 가의를 보지
못하면서 내가 그보다 낫다고 여겼다. 하지만 오늘 만나 이야기를 들
으니 나는 그와 비교도 되지 못함을 알게 되었다." 이쯤 되었으면 가
의에게 조정의 중책을 맡기는 것이 당연했을 터이지만 문제는 그에
게 다시 양회왕의 사부라는 외직으로 발령을 내는 것으로 그쳤다. 〈가
생〉은 바로 문제와 가의의 한밤중 귀신 이야기를 소재로 한 것이다.
일차적으로는 당나라 황제가 백성의 삶에는 관심이 없고 신선의 불로
장생술에 현혹되어 있음을 풍자하면서, 동시에 가의처럼 탁월한 재능
을 갖추었음에도 결국 중용되지 못하고 미관말직으로 외직을 전전하
고 있는 자신의 처지를 은연중에 드러내고 있는 것이다.

장사 태평가는 관광특구여서 사람들로 북새통을 이루었다. 기념품과 음식을 파는 가게들로 가득한 거리를 헤치고 도착한 가의고거는 가의라는 인물의 문화적 위상에 비해 조촐하기 그지없다. 이곳은 가의가 장사왕의 태부로 임명받아 장사에서 3년 동안 거처한 곳이다. 당초 적지 않은 유물이 남아 있었는데 1938년 큰 화재로 인해 대부분 소실되었다고 한다. 가의가 손수 팠다고 하는 우물만 '장회정長懷井'이라는 명패를 달고 그대로 남아 있다. 작은 두레박이 겨우 들어갈 정도로 입구가 작은 쌍우물이다. 한번 들여다보니 그 오래된 우물물에 내 얼굴이 비친다. 태평한 좋은 세상 만나 그다지 억울할 일도 없고 사무칠 일도 없으니 회재불우 가의의 우물에 비쳤어도 여전히 해맑기만 했다. 고거 중앙에 자리한 가의의 사당 가태부사賈太傅祠에는 자리에 앉아 죽간에 글을 쓰고 있는 가의의 동상이 초서체로 쓴 유장경의 〈과장사가의택過長沙賈誼宅〉을 배경으로 의젓하게 안치되어 있다. 곳곳에 걸려 있는 것은 가의의 대표적인 작품들인데, 이곳 장사에 올 때의 심경을 적은 〈조굴원부弔屈原賦〉에 발길이 머문다.

　가의가 장사왕의 태부로 임명되어 수천 리 먼 길을 걸어 호남성 장사를 흘러가는 상수를 만나게 되었다. 가의는 자신의 신세가 전국시대 초나라의 애국 시인 굴원屈原과 흡사하다는 생각이 들었다. 굴원이 초나라 조정에서 쫓겨나 이르게 된 곳이 자신의 유배지인 장사였고 그가 이곳저곳 강호를 떠돌다가 최후로 몸을 던진 곳도 장사에서 멀지 않은 멱라수였기 때문이다. 가의는 붓을 들어 굴원을 추모하는 글 〈조굴원부〉를 썼다. 글의 서문에서 글을 짓게 된 경위를 밝히고 있다.

　내가 장사왕의 태부가 되어 유배길에 올라 마음이 착잡했다. 마침내 상수를 건너게 됨에 부를 지어 굴원을 위로했다. 굴원은 초나라의 현신이다. 참소를 입어 쫓겨나게 되니 〈이소離騷〉를 지었다. 그 마지막 글에서 "끝이로구나! 나라에 사람이 없으니 아무도 나를 알아주는 이 없도다" 하고는 마침내 멱라수에 투신해 죽었다. 내가 그를 추모하며 슬퍼하나니 내 스스로에게 하는 말이기도 하다.

삼가 황제의 은혜를 입어
장사에서 죄인이 되었노라
들었노니 초나라 굴원이
멱라수에 몸을 던진 일이라
이에 지금 상수에 이르러
삼가 선생을 조문하노라
무도한 세상을 만나
스스로 몸을 던져 죽으셨으니
오호라 슬프도다
때를 만남이 상서롭지 못해
난새와 봉황새는 숨고
부엉이와 올빼미가 나는구나
어리석고 무능한 이가 존귀해지고
참소하고 아첨하는 자들이 뜻을 얻는구나
현인과 성인은 끌려 나가고
단정하고 바른 사람은 거꾸로 세워졌도다
변수와 백이를 부정하다 하고

도척과 장교를 청렴하다 하는구나
막야검을 무디다 하고
납으로 만든 칼을 예리하다 하는구나
아아 실의하여 낙담함이여
선생께서는 까닭 없이 화를 당했도다
(중략)
봉황새는 훨훨 높이 날아가버리나니
스스로 물러나 멀리 떠난다네
깊은 못에 사는 신령한 용이여
못에 잠겨 스스로 진중하다네
수달의 무리를 피하여 숨어 지내느니
어찌 새우나 지렁이 따위와 어울리랴
귀한 것은 성인의 신령한 덕이니
혼탁한 세상을 멀리하여 숨는도다
기린이라도 묶어 굴레를 씌운다면
개나 양과 다를 게 무엇이리요
어지러운 세상에서 머뭇거리다 참소를 당했으니
또한 선생의 잘못이로다
천하를 다니며 밝은 임금을 섬겨야지
하필 초나라 도성만을 생각했는가
봉황은 천 길 높은 하늘을 날다가
덕이 빛남을 보면 내려앉지만
덕이 없어 험한 조짐을 보게 되면
다시 날개를 쳐 멀리 떠난다네

저 보통의 물웅덩이에

어찌 배를 삼키는 고래를 담을 수 있으랴

강과 호수를 가로지르는 고래라 할지라도

물웅덩이에서야 땅강아지와 개미에게 제압당하리라

굴원이 섬겼던 조정은 가치가 전도된 세상이다. 봉황새는 숨고 올빼미가 득세하고, 명검 막야검은 버려지고 납으로 만든 무딘 검이 예리하다고 칭송받는 세상이다. 가의가 보기에 이런 세상은 미련을 가질 필요가 없다. 굴원의 잘못은 이런 세상에 여전히 미련을 두고 머뭇거린 데 있다. 단호하게 결별하고 새로운 세상, 새로운 임금을 찾아 떠났어야 했다는 것인데, 가의 자신 역시 한나라 세상, 한나라 조정, 한나라 임금에 대한 집착에서 벗어나지 못했고, 결국 그 세상에서 비롯된 근심과 우울로 인해 병을 얻어 죽었으니 굴원과 크게 다르지 않다. 서문 마지막에서 자신에게 한 말이기도 하다는 표현을 보면 가의도 자신이 굴원과 별반 다를 바 없다는 것을 진즉 알고 있었던 듯하다.

가의고거를 나와 숙소로 가면서 태평가 곳곳에서 성업 중인 장사 취두부 가게에 들렀다. "장사에 들러 취두부를 먹지 않으면 장사에 오지 않은 것이나 마찬가지다"라고 할 정도로 장사 취두부는 장사 여행에서 꼭 먹어야 할 필수 음식이라는데, 다른 지역의 취두부와 달리 색깔이 검은색이다. 냄새도 퀴퀴한 데다 색깔도 거무튀튀하니 영 내키지 않는데, 가게마다 사람들이 줄을 서서 기다린다. 한 접시를 받아 맛보았더니 예상한 것보다는 그렇게 역하지 않아 먹을 만하다. 고추를 위주로 하여 만든 매콤한 소스를 두부 위에 뿌려서 역한 맛을 잡아준 까닭인 듯했다.

◈ 장사 취두부

　호남 지역 요리를 상채湘菜라고 하는데, 이 상채의 특징이 고추를 많
이 쓰는 것이다. '무랄불환無辣不歡', "매운 요리가 없으면 기뻐하지 않
는다"라고 할 정도로 호남 사람들은 매운 음식을 애호한다. 남아메리
카가 원산지인 고추가 중국에 들어온 것은 명대 말기인데, 비가 많이
와 습도가 높은 지역인 호남에서 이 고추를 이용한 음식이 발달했다.
땀을 내게 해서 몸의 습기를 배출하게 만드는 고추의 효용에 주목한
것이다. 몸에 좋을 뿐만이 아니다. 호남 사람들은 고추를 이용한 매운
음식이 정신을 진작시켜서 큰 인물을 만들어낸다고 주장하기도 한다.
고추가 들어온 근현대 이후에 비로소 호남에서 큰 인물들이 많이 나
오게 되었다는 것인데, 그 대표적 인물이 호남성 상담湘潭 출신의 모
택동이란다. 그냥 하는 말이겠지만 모택동도 "매운 고추를 먹지 못하
면 혁명을 못한다不吃辣椒不革命"라는 말을 하긴 했다. 거리 곳곳에 고추
를 이용한 각종 요리를 선전하는 붉은 글씨와 그림으로 거리가 온통

불붙는 듯하다. 이 집 저 집 구경도 하고 음식도 맛보면서 유배의 땅 장사의 옛 거리에서 4월 하순의 저녁 해를 전송했다.

굴원이 몸을 던진 곳, 멱라강

다음 일정으로 굴원이 최후로 몸을 던진 멱라강汨羅江을 찾아가기로 했다. 멱라강이 흘러가는 멱라시는 장사에서 약 100킬로미터, 두 시간이 소요된다. 멱라강은 강서성 수수현修水縣 황룡산黃龍山에서 발원하여 호남성 평강현平江縣과 멱라시 경내를 거쳐서 남동정호로 들어가는 길이 253킬로미터의 강이다. 이 강이 세상에 유명해진 것은 바로 굴원 때문이다. 굴원은 전국 시대 후기 초나라 사람이다. 초나라 왕족이었던 그는 학문이 깊고 인격이 고매하며 정치에 밝고 문장에 뛰어났다. 사마천이 쓴《사기》의 기록에 따르면, 굴원에 대한 초회왕의 신임은 절대적이어서 "안으로는 왕과 함께 국사를 도모했고, 밖으로는 제후들을 맞아 응대했다"라고 할 정도였다. 하지만 굴원의 혁신적인 사고와 비타협적인 행동이 당시 권문세족의 이익에 큰 위협이 되자, 귀족과 대신들은 조직적으로 그를 음해하고 참소했다. 초회왕은 차츰 굴원을 멀리하더니 마침내 조정에서 축출했다. 이렇게 쫓겨난 굴원은 호북과 호남 일대를 떠돌다가 마침내 이곳 멱라강까지 이르렀다. 강호를 떠돌던 이 시기에 나라에 대한 걱정과 자신의 억울한 심정을 함께 엮어 유장한 가락으로 노래한 것이 바로 〈이소〉, 〈구가九歌〉와 같은 초사 작품이다. 기원전 278년, 진나라 군대가 초나라의 수도인 영郢까지 점령했다는 소식을 들은 굴원은 절망하여 멱라강에 몸을 던져 자

◈ 굴원

살한다. 바로 그날이 음력 5월 5일 단오절이다.

굴원이 강물에 몸을 던지자 평소 그를 흠모하고 존경했던 지역 주민들이 크게 슬퍼했다. 주민들은 굴원의 시신을 건지기 위해 앞다투어 배를 몰아갔으며 대나무잎으로 밥을 싸서 강물에 던졌다. 시신을 찾을 때까지 물고기들이 굴원의 시신을 훼손하지 않도록 하기 위해서였다. 이렇게 해서 단오절의 주요 행사인 용선 경주와 명절 먹거리 쫑즈(종자粽子, 대나무잎밥)의 습속이 생겨나게 되었다. 굴원의 사적을 음력 5월 5일 단오절에 맞춘 것인데, 단오절이 굴원에서 기원한다는 것은 옛날 초나라의 세시풍속을 적은 《형초세시기荊楚歲時記》(남조南朝 양梁나라의 종름宗懍 지음)의 다음 기록에서 확인된다. "오월 오일에 열리는 배 경주는 굴원이 멱라강에 투신한 날에 그 죽음을 슬퍼하여 배를 타고 속히 가서 그를 구하게 한 것에서 연유한 것이다." 또 《속제해기續齊諧記》(남조 양나라 오균吳均 지음)라는 책에도 "굴원이 오월 오일 멱라강에 빠져 죽은 뒤로 초나라 사람들이 이를 슬퍼하여 매해 이날이 되면 대통에 쌀을 담아서 강물에 던져 제사했다. 세속에서 단오절에 쫑즈를 만들어 오색실로 묶는데 모두 멱라강의 유풍이다"라고 기록되어 있다.

굴원이 호남 지역으로 추방되었을 당시 머물렀다고 전해지는 옥사산玉笥山에 굴원을 추모하는 사당 굴자사屈子祠가 건립되어 있다. 옥사산은 멱라시 현성에서 서북쪽으로 4킬로미터 떨어진 멱라강의 북쪽 기슭에 있다. 한나라 때 처음 건립한 사당은 강가에 있어서 자주 침수가 되었으므로 청나라 때 지금 있는 자리로 옮겨서 중건됐다. 강남 고건축 풍격으로, 고졸하고 소박한 정문 건물 벽에는 굴원의 생애를 묘사한 17폭의 부조浮彫가 있어 눈길을 끈다. 안으로 들어가면 높이 약 3미터에 달하는 굴원의 입상이 서 있는 천문단天問壇, 굴원의 대표 작품 〈이소〉를 새긴 거대한 비석을 중앙에 세운 이소각離騷閣 등의 건물이 이어지고, 뒤쪽으로 '고초삼려대부굴원지신위故楚三閭大夫屈原之神位'라고 적힌 굴원의 신위를 모신 사당이 있다. 구장관九章館, 수성대壽星臺, 초혼당招魂堂 같은 여러 건축물의 이름은 대부분 굴원의 생애와 작품에서 따온 것들이다. 산기슭에 따로 떨어져 있는 정자는 홀로 깨어 있는 정자 '독성정獨醒亭', 강 가까이에 있는 작은 다리는 갓끈을 씻는 다리 '탁영교濯纓橋'이다. 이 둘은 모두 그 유명한 굴원과 어부의 만남을

◈ 굴자사

그린 〈어부(漁父)〉라는 작품에 나오는 말이다. 일행과 함께 독성정에 둘러앉아 다리쉼을 하면서 굴원과 어부의 대화를 들려주었다.

굴원이 쫓겨나 강과 호수를 떠돌며 시를 읊는데 안색이 초췌하고 몸은 비쩍 말랐다. 어부가 그를 보고는 물었다.

"그대는 조정의 고관인 삼려대부가 아니오? 어찌하여 여기까지 오셨소?"

굴원이 대답했다.

"온 세상이 탁하고 나만 홀로 맑으며, 모두가 취해 있건만 나 홀로 깨어 있어 결국 이렇게 쫓겨났다오."

어부가 말했다.

"성인은 사물에 매이지 않으니 세상과 함께 옮겨가는 법이오. 세상 사람들이 모두 탁하다면 당신도 그 탁한 물에 뛰어들어 함께 물결을 휘젓고 난리를 치면 될 것이요, 모두가 술에 취했다면 당신도 술지게 미라도 먹고 싼 막걸리라도 마시면서 함께 어울리면 될 것이오. 어째서 깊게 생각을 하고 고상하게 행동해서 스스로 쫓겨나도록 만들었단 말이오?"

굴원이 고개를 저으며 말했다.

"새로 머리를 감으면 반드시 모자를 털어 쓰고, 새로 목욕하게 되면 반드시 옷을 털어 입는 법이오. 어떻게 깨끗한 몸으로 더러운 것을 그대로 받아들일 수 있겠소? 그럴 바엔 차라리 멱라강에 몸을 던져 물고기 배 속에 장사 지내는 것이 낫소. 어떻게 순결한 몸으로 세상의 먼지를 뒤집어쓸 수 있겠소?"

어부가 빙그레 웃고는 노를 저어 떠나가면서 노래를 불렀다.

"창랑수의 물이 맑으면 내 갓끈을 씻을 수 있다네. 창랑수의 물이 흐리면 내 발을 씻으면 된다네."

어부는 결국 떠나갔고 다시는 굴원과 대화하지 않았다.

술 취한듯 혼탁한 세상에서 개결한 정신으로 홀로 깨어 있는 굴원, 그 단호한 원칙주의자요, 고뇌하는 실천적 지식인의 모습을 대하다 보면 마음이 절로 무거워진다. 그에 비해 어부는 얼마나 자유로운가. "성인은 사물에 매이지 않으니 세상과 함께 옮겨가는 법이오!" 너무 자신의 입장만 강고하게 고집하지 말고 융통성 있게 행동하라는 것이니, 얼마나 마음이 가벼워지는가. 죽는 한이 있더라도 자신의 원칙을 지키겠다고 덤벼드는 공격적인 굴원의 모습, 그런 모습에 질려 아무런 대꾸도 못하고 비겁하게 창랑가나 부르며 떠나간 어부의 모습, 지난 젊은 날 결론 아닌 결론으로 끝났던 무수한 시국 논쟁의 풍경과도 겹친다. 굴자사 앞을 흐르는 멱라강으로 나갔더니 며칠 사이 비가 온 탓인지 강물이 도저하게 넘실대며 흐른다. 배를 한 척 세내어 강심으로 들어가서 어부가 불렀던 창랑가를 높은 가락으로 구성지게 불러 옛사람에 대한 회고의 정을 기탁했다.

창랑수 물이 맑으면
내 갓끈을 씻을 수 있다네
창랑수 물이 흐리다면
내 발을 씻을 수 있다네

창 랑 지 수 청 혜　가 이 탁 오 영
滄浪之水淸兮, 可以濯吾纓。
창 랑 지 수 탁 혜　가 이 탁 오 족
滄浪之水濁兮, 可以濯吾足。

늙고 병든 두보가 잠시 머물렀던 곳, 두보강각

장사로 다시 돌아온 우리 일행이 한시를 따라 찾아간 여행지는 두보와 관련된 건물 두보강각杜甫江閣이다. 장사를 관통하여 흘러가는 상강湘江을 따라가며 조성된 상강로湘江路의 중간 지점에 있다. 4층, 18미터의 높이로 웅장하게 지어진 이 누각은 2000년대 초에 장사시에서 당나라 때의 건축양식을 본떠 지은 것으로, 시성 두보가 장사에 남긴

◈ 두보강각

자취를 기리는 기념성 건물이다. 두보가 장사를 처음 찾은 것은 대력 4년(769) 봄, 그의 나이 58세의 노년 시절이다. 당시 형주자사衡州刺史로 있던 친구 위지진韋之晉을 찾아서 형주로 가는 도중에 잠시 들렀던 것인데, 장사에 잠시 머물렀지만 이 오래된 유형의 땅이 주는 감회가 남달랐던지 다음과 같은 시를 남겼다.

　지난밤 장사의 술에 취하고
　새벽녘 봄이 온 상수를 간다네
　강기슭의 꽃은 날아 나그네를 전송하건만

돛대 위 제비는 남으라 지저귀네

가의의 재주는 세상에 둘도 없었고

저수량의 서체는 따를 자가 없었네

이름 높은 두 분의 일생을 생각하고

고개 돌려 바라보며 줄곧 슬퍼하누나

夜醉長沙酒, 曉行湘水春。

岸花飛送客, 檣燕語留人。

賈傅才未有, 褚公書絶倫。

名高前後事, 回首一傷神。

두보가 새벽에 장사를 출발하며 지은 〈발담주發潭州〉라는 시이다. 담주는 장사의 옛 이름이다. 5, 6구에서 가의와 함께 인용한 저수량褚遂良은 당나라 초기에 활약한 유명한 서예가이자 정치인이다. 성품이 강직하고 문사文史에 정통하여 당 태종의 신임을 받아서 간의대부諫議大夫, 중서령中書令 등 요직을 지냈다. 당 고종 때에도 이부상서吏部尙書, 우복야右僕射 등의 높은 관직을 두루 거쳤으나 고종이 무측천을 황후로 책봉하는 것에 강력하게 반대하다가 담주도독潭州都督으로 좌천 유배되었다. 후에 무측천이 황제가 됨에 따라 조정으로 돌아가지 못하고 유배지를 전전하다 생을 마쳤다. 두보는 장사로 쫓겨온 두 명의 유배객들의 불우한 삶을 동정하고 있지만 그들과 별반 다르지 않게 조정에서 쫓겨나 천지를 떠돌고 있는 자신의 불우한 삶을 떠올리지 않을 수 없었을 것이다. 새벽 일찍 장사를 떠나는 그의 마음 한편에는 이 유형의 땅에 오래 머물고 싶지 않았던 마음이 자리하고 있었던 것은 아닐까? 그렇게 새벽길을 물어 거센 풍랑에 시달리며 마침내 형주에 도착해서 오랜 벗 위지진을 만났으나, 반가움도 잠시 위지인은 형주 자사에서 담주자사로 이미 발령이 난 상태였다. 지병인 당뇨병이 악화되어 위지진을 따라가지 못하고 아직 형주에 남아 있던 그해 여름, 설상가상 담주자사로 부임한 위지진이 갑자기 세상을 떴다는 소식이 전해졌다. 급히 장사로 돌아온 두보는 절망과 비탄 속에서 벗을 보내고 병이 깊어져 그대로 이듬해 대력 5년 봄까지 머물렀다. 한동안 배에서 지내다가 강변에 있는 건물을 빌려서 살았는데, 두보는 이곳을 '강가에 있는 누각'이란 뜻의 '강각江閣'이라고 불렀다. 강각에서 병든 몸을 추스르며 장사의 인사들에게 편지를 쓰고 그들의 방문을 받으며 지냈다.

객살이 주방은 음식이 박해도
강루의 침석은 상쾌하다네
늙은 몸 병들어 그저 수척한데
긴 여름날 내내 다정한 그대들 생각이었네
묵은쌀로 지은 쌀밥 매끄럽고
순채로 끓인 국은 향기롭다네
한술 떠서 배를 따뜻하게 하거니와
뉘 나에게 술 한 동이 보내주리오

客子庖廚薄, 江樓枕席清。

衰年病祇瘦, 長夏想爲情。

滑憶彫胡飯, 香聞錦帶羹。

, <ruby>誰<rt>수</rt></ruby><ruby>欲<rt>욕</rt></ruby><ruby>致<rt>치</rt></ruby><ruby>杯<rt>배</rt></ruby><ruby>罌<rt>앵</rt></ruby>。

〈강각에서 와병하며 최시어사, 노시어사 두 분께 편지하다江閣臥病走筆寄呈崔盧兩侍御〉라는 제목의 시이다. 병들어 긴 여름내 강각에 누웠다가 가을이 되자 몸이 다소 회복되었는지 상쾌해진 기분으로 밥과 국을 먹고는 친구들에게 편지를 써서 술병 들고 찾아오라고 농을 건네고 있다. 두보는 장사에 머문 1년이 채 안 되는 기간 동안 50여 수의 작품을 남겼는데, 이들 작품 중에 우리에게 가장 많이 알려진 명시가 〈강남봉이구년江南逢李龜年〉이다.

꽃잎이 날리는 늦은 봄날 장사의 저잣거리에서 사람들에게 노래를 들려주는 길거리 악사가 있었다. 그의 청아한 노랫가락에 떠들썩하던 저잣거리가 한순간 고요해졌다.

홍두는 남국에서 나지요

봄이 와 몇 가지나 싹이 났나요?

그대여 이 홍두를 많이 많이 따주세요

홍두는 그리움 하염없이 깊어지게 하는 것이니까요

<ruby>紅<rt>홍</rt></ruby><ruby>豆<rt>두</rt></ruby><ruby>生<rt>생</rt></ruby><ruby>南<rt>남</rt></ruby><ruby>國<rt>국</rt></ruby>, <ruby>春<rt>춘</rt></ruby><ruby>來<rt>래</rt></ruby><ruby>發<rt>발</rt></ruby><ruby>幾<rt>기</rt></ruby><ruby>枝<rt>지</rt></ruby>。

<ruby>願<rt>원</rt></ruby><ruby>君<rt>군</rt></ruby><ruby>多<rt>다</rt></ruby><ruby>采<rt>채</rt></ruby><ruby>擷<rt>힐</rt></ruby>, <ruby>此<rt>차</rt></ruby><ruby>物<rt>물</rt></ruby><ruby>最<rt>최</rt></ruby><ruby>相<rt>상</rt></ruby><ruby>思<rt>사</rt></ruby>。

왕유王維의 〈상사相思〉라는 유명한 시에 곡을 붙인 노래이다. 그리움을 노래한 이 〈상사〉는 본래 왕유가 이구년이라는 가수에게 준 시여서 〈강상증이구년江上贈李龜年〉으로 불리기도 했는데, 가사가 단순하면

서도 비유와 함축이 깊고 노랫가락 또한 애절하여 많은 사람이 즐겨 불렀다. 구슬픈 노랫가락이 반복되며 이어지는 동안 가수의 목소리에 정한이 가득 배어나고 둘러선 사람들 역시 소맷자락으로 눈물을 닦고 있었다. 멀찌감치 서서 노랫가락에 의지해 개원 성세의 지난 시절을 더듬던 두보는 이토록 사람의 마음을 흔드는 가수가 누군지 궁금해 사람들을 헤치고 앞으로 나갔다. 앞쪽에는 백발이 성성한 노인이 자리에 앉아 거문고 반주에 맞추어 눈을 지그시 감고 노래를 부르고 있었다. 노인의 행색을 자세히 살피던 두보는 그만 놀라서 숨이 콱 막혔다. 그는 바로 개원 성세에 현종의 총애를 한 몸에 받던 궁정 악사 이구년이었다. 노래뿐만 아니라 피리에도 뛰어났고, 특히 현종이 좋아했던 갈고羯鼓라는 북 연주에도 발군의 실력을 보여주었으며, 작곡에도 뛰어나 그가 창작한 〈위천곡渭川曲〉은 황제로부터 극찬을 받기도 했다. 현종이 이끌던 악단 이원제자梨園弟子의 리더로서 그가 현종에게 받았던 총애는 대단했다. 왕공 귀인들은 그를 초청하여 노래를 듣는 것을 영광으로 알았고 그가 받은 사례금은 엄청난 액수여서 낙양에 건축한 집은 그 규모가 권문세족의 저택을 뛰어넘는 수준이었다. 그런데 지금 두보 눈앞에 보이는 저 초라한 늙은이가 정말 그 이구년이 맞는 것일까? 그의 모습 어디에서도 그 시절의 영화를 찾아볼 수가 없지 않은가.

두보가 처음 그를 본 것은 개원 시절 낙양의 문단에서 활동을 시작하던 즈음이었다. 현종의 동생인 기왕岐王 이범李範의 집이 낙양에 있었는데, 기왕은 문학과 음악에 조예가 깊어서 시인과 가객들이 항상 집에 넘쳤다. 두보도 몇몇 시인 선배들을 따라 그 집에 드나들면서 이구년의 노래를 몇 번인가 들을 수 있었다. 전중감殿中監 최척崔滌의 집

◈ 두보

에서도 이구년의 노래를 들을 수 있었는데, 최척은 당시 재상이었던 중서령 최식崔湜의 동생으로, 현종 황제의 특별한 사랑을 받았던 인물이다. 그는 궁중에 자주 출입하면서 이구년과 특별한 사귐이 있었던지 이구년은 자주 그의 집에 들렀다. 젊은 시절 이구년의 목소리는 청아하면서도 힘이 있어서 듣는 이들을 늘 매혹했다. 두보가 천보 연간에 벼슬을 구하기 위해 장안으로 이사해 10년간 권문세족의 식객으로 신산한 세월을 보내는 동안에도 이구년은 장안에서 제일 잘나가는 가객이었다. 식객들의 말석에 자리한 두보는 늘 멀리서 들리는 그의 애잔한 노랫소리를 들으며 남은 술잔을 쓸쓸히 기울이곤 했었다.

두보가 회상에 젖어 있는 동안 노래가 끝나고 사람들이 흩어지고 있었다. 두보는 자리를 걷고 돌아서고 있는 이구년에게로 가서 정중히 인사를 올렸다. "이 악사 어른, 전 좌습유 낙양 사람 두보가 인사

올립니다!" 노인이 고개를 돌려 흐린 눈빛으로 두보를 바라보며 물었다. "뉘신지…." "이 악사께서는 저를 잘 모르실 겁니다만, 저는 어른을 잘 알고 있습니다. 개원 연간에 낙양 기왕의 집에서, 전중감 최척의 집에서 어른을 몇 차례 뵌 적이 있사옵고, 천보 연간 장안에 있을 적에는 먼발치에서 어른께서 노래하시는 모습을 자주 뵈었습니다." 이구년의 눈이 빛나면서 입가에 미소가 가득 번졌다. 그는 주름지고 야윈 두 손을 내밀어 두보의 손을 따뜻하게 잡고 말했다. "반갑소, 두 대인!" 그날 장사의 봄밤이 깊어지도록 두보와 이구년은 개원 성세의 찬란한 추억을 함께 회상하며 늙고 병든 몸으로 타지를 떠도는 불우한 삶을 피차 동정했다. 이 뜻밖의 만남에서 비롯된 시가 〈강남봉이구년〉이다.

기왕의 저택에서 얼마나 자주 보았던가
최구의 집에서는 또 몇 번을 들었던가
지금 한창 풍경 좋은 강남 땅
꽃이 지는 시절 선생을 또 만났구료

岐王宅裏尋常見, 崔九堂前幾度聞。
正是江南好風景, 落花時節又逢君。

앞 두 구절은 옛날을 회상한 것으로 이구년의 최고 전성기요, 당나라의 최고 황금기의 일이다. 젊고 아름다운 이구년의 힘찬 노랫소리가 낙양과 장안의 하늘을 울린다. 뒤 두 구절은 현재를 묘사한 것으로 풍경은 옛날과 다를 바 없이 좋건만, 나라도 개인도 낙화시절이다. 병들고 늙은 이구년의 구슬픈 노래가 장사의 저잣거리를 감돌고 있다. 시대의 치란治亂과 개인의 성쇠盛衰에 대한 복잡하고 미묘한 감회를 28자의 짧은 시로 성공적으로 개괄해냄으로써 두보의 칠언절구 시들 중에서 압권지작으로 평가받았다.

두보강각 2층 중앙 홀에는 늙은 두보의 두상頭像이 두보의 호남 지역 자취를 부조로 표시한 〈소상행종도瀟湘行踪圖〉를 배경으로 놓여 있다. 두보의 생애와 그의 작품, 특히 장사 지역에서 창작한 〈강남봉이구년〉을 비롯한 여러 시가가 전시되어 있다. 3, 4층은 장사 출신이거나 장사와 관련이 있는 명인들을 소개하는 전시장이다. 전시장을 둘러보고 난간으로 나갔더니 드넓게 흐르는 상강湘江이 한눈에 들어온다. 멀지 않은 기슭에 정박해서 물결 따라 흔들리고 있는 작은 배 한 척이 보인다. 파란만장했던 생애의 마지막 봄 물결 위에서 흔들리는 두보의 외로운 배 같기도 하다. 강각 난간에 기대어 〈강남봉이구년〉 시를 읊조리며 두보의 고혼孤魂을 위로했다.

두보가 이구년을 만났던 대력 5년(770) 평화롭던 장사의 봄은 호남 병마사 장개藏玠의 반란으로 아수라장이 된다. 두보는 가족을 이끌고 장사를 빠져나와 다시 상강을 거슬러 형주 쪽으로 올라갔다. 최종 목적지는 호남성 남쪽 끝에 있는 침주郴州이다. 침주에 자사 대리로 있는 외삼촌 최위崔偉가 어려움에 빠진 두보 가족을 불렀기 때문이다. 그러나 이 목적지도 끝내 도달할 수 없었다. 두보의 배가 형주를 지나 뇌양耒陽이란 곳에 이르렀다. 목적지 침주까지 아직 100킬로미터 정도를 남겨두고 있었는데, 갑작스러운 폭우가 뱃길을 막아버렸다. 5일 동안 내린 엄청난 폭우에 뇌양현 방전역方田驛에 발이 묶인 두보 가족들은 먹을 것이 떨어져 아사 직전까지 가게 되었다. 다행히도 두보의 곤경을 들은 뇌양의 현령이 급히 음식을 보내주었기에 두보 가족은 위기를 면할 수 있었다. 도움을 준 뇌양 현령에게 두보는 감사의 시를 지어 보냈다.

현령께서는 내가 거센 물결에 막혀
닷새 동안 큰물 가운데 있음을 아셨네
외로운 배에서 답답함만 더해가고
외진 길에서 걱정만 심하였다네
대접의 예가 과하여 살진 양을 잡아 보내시니
시름겨운 몸이 맑은 술을 마주하게 되었네

— 두보, 〈섭뇌양이복저수서치주육료기황강聶耒陽以仆阻水書致酒肉療饑荒江〉 중

뇌양현에서 겪은 이 일 때문에 두보의 죽음에 대한 오해가 크게 생겨났다. 두보가 뇌양에서 폭우에 익사했다는 익사설과 뇌양 현령이 제공한 음식과 술을 과하게 먹어 탈이 나서 죽었다는 어사설飫死說('어飫'는 '실컷 먹다'라는 뜻)이다. 지금은 대부분의 학자에 의해 부정되고 있지만 오랜 세월 정설로 인정받아 세상에 널리 퍼졌다. 당나라 역사서 《구당서舊唐書》에는 이러한 두보의 죽음에 관한 다음과 같은 잘못된 기록이 있다.

영태 원년 친구 엄무가 죽자 두보는 의지할 곳이 없게 되었다. 두보는 가족을 이끌고 호북, 호남 지역으로 피난을 갔다. 일엽편주로 삼협을 내려갔는데 배를 매기도 전에 강릉에 난리가 났으므로 상수를 따라 내려갔다. 형산에서 노닐고 뇌양에서 우거했다. 두보

가 일찍이 남악묘를 유람했는데 폭우에 길이 막히게 되었다. 열흘 동안이나 음식을 먹지 못했더니 뇌양 현령 섭씨가 이 사실을 알고 스스로 배를 저어와서 두보를 맞이하여 돌아갔다. 영태 2년 쇠고기와 백주를 먹고 하룻밤에 뇌양에서 죽으니 당시 나이가 59세였다.

침주로 가려던 원래의 계획은 홍수로 인해 더 이상 추진하기 어렵게 되었으므로 두보는 계획을 수정하여 북쪽 고향으로 돌아가기로 한다. 상수를 따라 동정호에 이르고, 다시 장강을 따라 한양漢陽, 지금의 무한武漢에 이르고, 그 한양에서 한수漢水를 타고 양양襄陽을 지나 낙양과 장안으로 가는 노정이다. 대력 5년 늦가을, 59세의 늙고 병든 두보는 호남에 있는 친구들과 헤어져 최후의 여정에 올랐다. 그리고 마침내 그해 겨울 장사와 악양 사이를 지나는 배 안에서 파란만장했던 삶을 접었다. 죽음을 예견한 듯 병든 몸을 부축하여 혼신의 힘을 다해 36운의 장편시를 남기고 떠나니 과연 시성다운 마지막 모습이었다.

슬픈 추위 속에 고향을 바라보나니
구름은 세모에 참담하구나
떠도는 쑥대 같은 신세여
약으로 병으로 고생이로구나
요절한 자식을 타향에 묻고
늙은 몸을 지팡이에 의지했다네
촉 땅에는 여전히 전쟁이 일어
도적들이 활개를 치고

편지 부칠 중원은 멀기만 한데

전쟁은 북쪽 장안에 깊구나

살육의 피는 의구히 흐르고

군대의 함성도 여전하여라

갈홍처럼 신선의 길에 들었는가

허정처럼 가족을 돌보았는가

집안일도, 신선의 비결도 이루지 못하였느니

그저 비 오듯 눈물만 흘리누나

　－〈풍질로 배 안에 누워 감회를 적어 호남의 친구들에게 보낸다風疾舟中伏枕書懷三十六韻奉呈湖南親友〉 중

　두보의 시신은 악양에 묻혔고, 그로부터 40여 년이 지난 후에 손자인 두사업杜嗣業에 의해 낙양 언사현偃師縣 수양산首陽山 아래로 이장되었다.

　두보강각을 끝으로 장사의 여정을 마무리한 우리 일행은 본격적으로 유배길의 흔적을 찾아 호남성 남부 영주로 출발했다. 차창 밖으로 펼쳐지는 장사의 풍경과 작별하면서 오래전 장사를 노닐며 지었던 시를 찾아 읽었다.

　상강은 어디에서 잠시 흐름을 멈추는가

　흰 새 날고 노란 귤 향기로운 귤자주라네

　악록산 서원에는 인걸들이 많았고

　가의의 우물가에는 묵향이 서렸었지

　뜰을 거닐면 엄한 스승의 꾸지람이 들리고

　나무에 기대면 수심겨운 유배객이 보이는 듯

일도 사람도 모두 물결따라 가버렸느니

강 흘러가는 장사의 저물녘 마음만 유유하구나

湘江何處暫停流, 鳥白木黃橘子洲。
상 강 하 처 잠 정 류　조 백 목 황 귤 자 주

岳麓山中才傑盛, 賈生井裏墨香浮。
악 록 산 중 재 걸 성　가 생 정 리 묵 향 부

步庭似見嚴師譴, 倚樹如聞謫士愁。
보 정 사 견 엄 사 견　의 수 여 문 적 사 수

事事人人逐水去, 江城日暮心悠悠。
사 사 인 인 축 수 거　강 성 일 모 심 유 유

- 김성곤, 〈유장사遊長沙〉

붉은 봉황이 날개를 펼치는 산, 남악 형산

중당대 특출한 시인이자 최고의 문장가였던 유종원의 유배길을 따라 호남성 영주로 향했다. 장사에서 영주까지는 320킬로미터, 차로 네 시간 정도 소요된다. 가는 길에 오악 중 하나인 남악 형산衡山에 잠시 들렀다. 장사에서 형산까지는 북경과 홍콩을 남북으로 잇는 경항오京港澳고속도로를 이용하면 두 시간 정도 걸려 수월하게 갈 수 있다. 남악 형산은 북에서 날아온 기러기가 머물렀다가 돌아간다는 형양衡陽의 회안봉回雁峰으로부터 시작해서 북쪽으로 장사의 악록산岳麓山까지 약 400제곱킬로미터에 걸쳐 72좌의 봉우리로 이어진다. 전하는 바에 따르면, 상고 시대 순임금과 우임금이 이곳 형산에 이르러서 하늘에 제사했다고 하는데, 가장 높은 봉우리 축융봉祝融峰에는 불의 신 축융을 모신 신전이 있다. 축융은 중국 고대 신화 속에 나오는 불의 신이다. 남방과 남해를 다스리는 신이어서 남악 형산에 그를 모시게 된 것이다. 염제炎帝의 후손이라고도 하고 황제黃帝의 후손이라고도 하며, 불을 관리하는 화정火正이라는 벼슬에 임명되었다는 기록도 있다. '축祝'은 '대大'의 뜻이고, '융融'은 '명明'의 뜻이니 '큰 밝음'이란 말이다. 형산의 주봉인 축융봉은 해발 1300미터여서 오악 중에서 제일 낮다. 산세도 밋밋해서 기험한 화산이나 웅장한 태산을 오르는 것에 비하면 등산하는 맛이 현저히 떨어진다. 남천문을 지나 축융봉 정상까지 도보로 오르는 도중에도 특별히 눈길을 끄는 풍경이 없다. 정상에 자리한 축융전은 향객들이 사르는 향불 연기가 자욱하고 폭죽 소리가 요란해서 여기가 과연 산 정상인가 싶기도 하다. 축융봉 동쪽에 자리한 망일대望日臺로 가서 잠시 쉬었다. 형산의 일출을 감상하는 곳이다. 고요한 산 봉우리에 서서 아스라이 멀어져가는 형산의 봉우리들을 굽어보니 비로소 나는 새의 형상이라는 형산의 진면목이 보이는 듯도 하다.

항산은 걷는 듯하고
태산은 앉아 있는 듯
화산은 서 있는 듯하고
숭산은 누워 있는 듯
오직 남악 형산만이 홀로 나는 듯하니
붉은 주작이 커다란 구름 날개를 펼쳤구나

恒山如行, 岱山如坐。
恒 산 여 행   대 산 여 좌

華山如立, 嵩山如臥。
화 산 여 립   숭 산 여 와

惟有南嶽獨如飛, 朱鳥展翅垂雲大。
유 유 남 악 독 여 비   주 조 전 시 수 운 대

　　청나라 위원魏源의 〈형악음衡岳吟〉이라는 시이다. 오악의 산세를 걷고(행行), 앉고(좌坐), 서고(립立), 눕고(와臥), 나는(비飛) 특정한 동작으로 각각 구분하여 설명하고 있어 재미있다. 형산을 주작이 나는 형상이라고 한 것은 형산의 지리적 위치가 남방의 일곱 별자리에 속하기 때문인데, 남방칠수인 정井, 귀鬼, 류柳, 성星, 장張, 익翼, 진軫을 전체적으로 연결하면 주작의 형상이 된다. 주작은 남방을 주관하는 상상 속의 신조로 주조朱鳥, 주오朱烏, 적오赤烏 등으로 불린다. 날개를 펼친 모습은 봉황과 유사해서 붉은 봉황, 주봉朱鳳으로 불리기도 한다.

◈ 남악 형산

대력 4년(769) 겨울 무렵, 죽음을 1년여 남겨둔 마지막 시기에 늙고
병들어 호남을 떠돌던 두보는 형산 부근을 지나면서 이 붉은 봉황의
노래를 불렀다.

그대는 듣지 못했는가
호남 땅 제일산 형산의 높은 봉우리
산꼭대기 울리는 붉은 봉황의 울음소리를

몸을 기울여 길게 돌아보며 그 짝을 구하건만

날개는 처지고 목은 쉬어 마음이 지쳤구나

아래 세상 그물에 걸린 온갖 새들 가엾거니

작디작은 참새조차 벗어나기 어렵구나

대나무 열매를 개미에게도 나누어주고 싶나니

올빼미가 야단하며 성을 낸들 어떠랴

군 불 견 소 상 지 산 형 산 고　　산 전 주 봉 성 오 오
君不見瀟湘之山衡山高, 山巓朱鳳聲嗷嗷。

측 신 장 고 구 기 군　　시 수 구 금 심 심 로
側身長顧求其群, 翅垂口噤心甚勞。

하 민 백 조 재 라 망　　황 작 최 소 유 난 도
下愍百鳥在羅網, 黃雀最小猶難逃。

원 분 죽 실 급 루 의　　진 사 치 효 상 노 호
願分竹實及螻蟻, 盡使鴟梟相怒號。

– 두보, 〈주봉행朱鳳行〉

붉은 봉황이 머무는 형산이건만 온갖 새들은 그물에 걸려 고통 속에 죽어간다. 이들을 구하고자 붉은 봉황이 큰 울음으로 울어도 아무도 호응하는 이가 없다. 고결한 대나무 열매를 나누어주려는 봉황의 뜻을 알지 못하는 올빼미들이 자신들의 몫인 썩은 쥐를 빼앗길까 성을 내고 달려든다. 결국 기진한 봉황은 날개가 꺾이고 목이 쉬어 울음조차 울 수 없다. 형산을 지나면서 주작을 생각하고, 그물에 걸린 새들을 염려하는 주작의 형상을 빌려 권력의 압제 속에 고난받는 백성들을 동정한 시이다. 마지막에 나오는 올빼미는 《장자》〈추수秋水〉편에 나오는 원추 이야기를 활용한 것이다.

혜자가 양나라 재상으로 있을 때 장자가 찾아가 만나려 했다. 어떤 사람이 혜자에게 이르기를 "장자가 당신 대신 재상이 되려고 오는 것

이다"라고 했다. 이에 혜자는 겁이 나서 사흘 밤낮 온 나라를 뒤졌다. 장자가 이 말을 듣고 혜자를 찾아가 말했다. "남쪽에 원추鵷鶵라는 새를 아는가? 원추는 남해에서 출발하여 북해로 날아가는데, 오동나무가 아니면 앉지를 않고, 대나무 열매가 아니면 먹지를 않고, 감로천이 아니면 마시지를 않는다네. 그런데 마침 썩은 쥐를 얻은 올빼미 한 마리가 원추가 지나가자 자신의 썩은 쥐를 뺏길까 겁이 나서 원추를 향해 꽥 소리를 질렀다네. 지금 자네도 그 양나라 재상 자리가 욕심이 나서 나에게 꽥 소리를 지르는가?"

날개 꺾인 붉은 봉황은 두보 자신에 대한 비유이다. 임금을 요순과 같은 성군으로 만들어 온 백성들이 살기 좋은 순박한 세상으로 되바꾸어보겠다는 평생의 높은 이상은 올빼미들이 득세하는 세상에서는 공허한 망상으로 치부되었고 배격되었다. 그리고 이렇게 날개가 꺾인 채로 쉰 목소리를 내며 유형의 땅을 배회하고 있는 것이다. 이제 앞으로 찾아가려는 영주, 유주, 혜주, 담주 역시 날개 꺾인 봉황새가 머물러 목이 쉬도록 울던 땅이 아니던가. 생각이 깊어져 축융봉 너머로 봄날 햇살이 기울도록 오래 머물러 있었다.

8장 호남성 2 ─ 영주

소상에 내리는 밤비, 영주

형양에서 영주永州까지는 두 시간 정도 걸린다. 복건성 천주泉州에서 출발해서 강서성과 호남성을 거쳐 광서장족자치구 중심도시 남녕南寧까지 이어지는 천남泉南 고속도로를 이용하면 수월하게 갈 수 있다. 영주는 호남성을 흐르는 주요 하천인 상강과 소수瀟水가 합류하는 지점에 있다. 상강은 광서장족자치구 북단의 흥안현興安縣에서 발원하여 영주에서 소수와 합류해 북동 방향으로 흘러 형양, 상담, 장사를 지나 동정호로 들어간다. 소수는 영주 남쪽에 있는 남산현藍山縣에서 발원하여 북쪽으로 354킬로미터를 흘러와 영주 영릉구零陵區 평도萍島에서 상수와 합류한다. 상강과 소수가 흐르는 호남 지역을 소상瀟湘이라 이름하는데, 풍경이 빼어나고 운치가 넘쳐서 당송 이래로 그림의 단골 소재로 등장했으니 이른바 '소상팔경瀟湘八景'이다. 북송의 심괄이 쓴

《몽계필담》에 다음과 같은 설명이 있다.

탁지원외랑度支員外郞 송적宋迪은 그림에 뛰어났는데 특히 산수화를
잘 그렸다. 그중에 득의한 것으로 〈평사낙안平沙落雁〉, 〈원포귀범遠
浦歸帆〉, 〈산시청람山市晴嵐〉, 〈강천모설江天暮雪〉, 〈동정추월洞庭秋月〉,
〈소상야우瀟湘夜雨〉, 〈연사만종煙寺晚鍾〉, 〈어촌석조漁村夕照〉가 있는
데, 이를 소상팔경이라 하였다. 화가들이 많이 따라서 그렸다.

기러기가 내려앉는 넓은 모래톱, 배들이 돌아오는 포구, 푸른 산 기
운이 퍼지는 산촌의 시장, 저녁 눈이 내리는 강어귀, 가을 달이 뜬 동
정호, 소수와 상강에 내리는 밤비, 저녁 종소리 은은한 안개 속의 산
사, 저녁노을이 퍼지는 어촌, 모두 상강과 소수가 흘러가는 호남 일대
의 그윽한 풍경을 운치 있는 화폭으로 구성한 것이다. 그림 속에 넘치
는 시적 운치 때문에 사람들은 이 그림을 '소리가 없는 시구'라는 뜻
의 '무성구無聲句'라고 불렀다. 사람들은 이 소상팔경 그림에 표현된 경
치를 특정한 지역으로 설명하기도 한다. '소상야우'는 상강과 소수가
합류하는 영주 평도 일대, '평사낙안'은 기러기와 관련된 형양의 회안
봉回雁峰 일대, '연사만종'은 형산의 청량사淸凉寺 일대, '산시청람'은 상
담과 장사의 경계에 있는 소산昭山 일대, '강천모설'은 장사의 긴 모래
섬 귤자주橘子洲, '원포귀범'은 상음湘陰의 강변, '동정추월'은 동정호,
'어촌석조'는 도연명의 도화원으로 유명한 도원桃源 백린주白鱗洲 일대
를 가리킨다는 식의 설명이다. 좀 억지스럽긴 하지만 해당 지역 사람
들로서는 자신의 고장을 선전하기에 매우 유용한 자료인 셈이다.

소상팔경은 시의 소재로도 활용되었는데, 원나라 희곡 작가인 마치

원馬致遠이 소상팔경을 노래한 〈수양곡 壽陽曲〉이라는 작품이 유명하다.

어둑한 배 불빛

나그네 꿈도 깨어

떨어지는 빗소리에 마음 부서진다

외로운 배는 오경을 넘고 고향은 만 리 밖인데

떠나온 사람 가슴 적시는 눈물 같은 빗줄기

漁燈暗, 客夢回, 一聲聲滴人心碎。

孤舟五更家萬里, 是離人幾行情淚。

팔경 중에서 '소상야우'를 노래한 작품이다. 강가에 정박한 나그네의 배에 소상의 밤비가 내린다. 만 리 밖 고향 그리워 잠 못 이루는 나그네가 희미한 등불 너머로 바라보는 빗줄기는 한줄기 한줄기가 모두 가슴 시린 눈물이다. 소상에 내리는 밤비가 특히 애상적인 분위기를 농후하게 갖게 된 것은 순임금의 두 아내 아황娥皇과 여영女英의 전설 때문이다. 순임금이 천하를 순수하던 중 창오蒼梧에서 숨을 거두었다는 소식을 들은 아황과 여영은 비통에 잠겨 상수에 몸을 던져 상수의 여신, 상비湘妃가 되었다. 소상에 내리는 밤비에는 전설 속의 이 아득한 슬픔이 깃들어 있어서 애상의 감성이 더해진다.

10년 세월 소상의 밤비를 듣던 한 사람이 있었다. 소수와 상수가 합류하는 이곳 영주에서 10년 유배생활을 했던 유종원이다. 유종원은 대대로 높은 벼슬을 한 세족 집안의 자제였다. 스물한 살 젊은 나이에 진사 시험에 합격한 유종원은 한림학사 왕숙문王叔文과 젊은 신진 세

◈ 유종원

력들이 주도한 정치혁신 운동, 이른바 영정혁신永貞革新에 적극 참여했다. 유종원이 벼슬로 나아간 시기에 당나라는 환관의 전횡과 번진蕃鎭의 발호가 가장 큰 문제였다. 영정혁신은 환관과 번진이 독점한 권력을 빼앗아 중앙 조정에게 돌려주는 것을 주요 골자로 한 개혁 조치였다. 시기적으로 꼭 필요한 개혁이었지만 환관과 번진 연합 세력의 집요한 공격으로 결국 실패하게 된다. 개혁을 주문한 순종順宗은 폐위되었고 개혁을 이끌던 왕숙문은 죽임을 당했다. 그리고 함께 했던 젊은 관리들은 하나같이 먼 지방으로 유배되었다. 유종원은 예부원외랑禮部員外郞이라는 높은 직급에서 사마司馬라는 낮은 직급으로 강등되어 영주에 유배되었다. 영정혁신 운동이 시작된 지 불과 100여 일 만에 벌어진 일이다.

유종원의 자화상, 우계

이 시기 충격과 허탈 속에 심신이 극도로 피폐해진 유종원을 따뜻하게 맞아준 곳은 현재 유종원을 기리는 사당인 유자사柳子祠 앞을 흐르는 우계愚溪라는 시내이다. 영주를 남북으로 흐르는 소수의 지류이다. 맑은 물을 안고 굽이굽이 그윽하게 흘러가는 우계를 거닐다 보면 가슴속 깊이 자리한 절망감도 얼마간 덜해졌던지 조석으로 이 우계를 찾던 유종원은 아예 시냇가 부근에 살림집을 지었다. 실상 우계라는 시내 이름도 유종원이 붙여준 이름이다. 〈우계시서愚溪詩序〉는 유종원이 우계에 관해 쓴 글인데, 우계라는 이름을 붙이게 된 경위가 나온다.

> 관수灌水의 북쪽에 시내가 하나 있는데 동으로 흘러 소수에 들어간다. 어떤 이는 염冉씨가 이곳에 살아서 그 성을 따라 염계冉溪라고 부른다 하고, 어떤 이는 이 물로 염색을 했으므로 물들 염染 자를 써서 염계染溪라고 부른다 했다. 나는 어리석게 죄를 지어 소수 지역으로 귀양을 오게 되었는데, 이 시내를 사랑하여 빼어난 경치가 있는 이곳에 집을 지어 살게 되었다. 옛날에 우공愚公의 골짜기, 우공곡愚公谷이라는 말도 있지 않은가. 지금 내가 이 시내에 살고 있는데, 마침 그 이름이 아직 정해지지 않았고 주민들도 의견이 분분하니 불가불 내가 나서 '우계愚溪'라 이름한다.
>
> – 〈우계시서〉 중

이어서 유종원은 이 '어리석을 우' 자를 가지고 그곳 우계와 관련된 풍경들을 하나씩 불러내 이름을 붙여준다. 우계 위쪽에 있는 작은 언덕은 '어리석을 우', '언덕 구', '우구愚邱'가 되었다. 우구로부터 동북쪽으로 60보를 가면 샘이 있는데, 그 샘은 '어리석을 우', '샘 천', '우천愚泉'이 되었다.

우천에서 흘러나온 물이 아래로 흘러가며 도랑이 되었는데, 이 도랑은 '도랑 구' 자를 써서 '우구愚溝'가 되었다. 이 우구를 막아서 연못을 만들고는 '연못 지' 자를 써서 '우지愚池'라고 이름했다. 우지 동쪽에는 집 한 채를 세워 '어리석울 우', '집 당'을 써서 '우당愚堂'이라 했고, 우지 남쪽에는 정자 한 곳을 세워 '우정愚亭'이라고 이름했다. 이렇게 우계 주변의 모든 풍광과 구조물들은 어리석다는 명찰을 달게 되었다. 이렇게 명명식을 마친 후에 유종원은 혹시라도 우계가 기분 상할까 다음과 같이 장황하게 설명을 늘어놓는다.

> 무릇 물은 지혜로운 자가 즐기는 바인데, 지금 이 시내가 유독 어리석다고 욕을 먹음은 무슨 까닭인가? 이 시내는 너무 얕아서 관개용으로 쓸 수 없다. 또 물살이 급하고 돌이 많아 큰 배가 들어갈수도 없다. 좁고 얕아서 교룡이 살기에 적합하지 않아 구름과 비를 일으킬 수도 없다. 이렇게 세상을 이롭게 할 수 없는 것이 나와똑같다. 그러니 좀 어리석다고 욕을 먹어도 가하다.
>
> - 〈우계시서〉 중

이쯤 되면 '어리석음'은 유종원이 스스로를 평가하는 말인 것을 알수 있다. 유종원은 역사에 잘 알려진 어리석은 사람들을 인용한다. 춘추전국 시대 위衛나라의 대부 영무자寧武子와 공자의 제자 안회顔回이다.《논어》〈공야장公冶長〉편에는 영무자에 대한 공자의 언급이 나온다.

공자께서 말씀하셨다. "영무자는 나라에 도가 있으면 지혜로운 자가 되었고, 나라에 도가 없으면 어리석게 행동했다. 그 지혜로움은 미칠 수 있으나 그 어리석음은 미칠 수 없다."

《논어》〈위정爲政〉편에는 또 이런 공자의 말도 기록되어 있다.

공자께서 말씀하셨다. "내가 안회와 종일 대화를 하면 한 번도 내의견을 거스르는 적이 없어서 마치 어리석은 바보 같았다. 하지만물러나 그 자신을 살핌에 새롭게 깨닫는 바가 충분하였으니 안회는 결코 어리석지 않다."

영무자와 안회는 어리숙하게 처신하고 행동했지만 실제로는 아주총명한 사람들이다. 유종원은 이 가짜들과는 달리 자신은 진짜 어리석은 사람이라고 단호하게 말한다.

이 두 사람은 모두 진짜 어리석은 자들이 아니다. 지금 나라에 도가 있는 시절을 만났음에도 나는 이치에 어긋나게 행동하고 일을망쳤으니 어리석은 자 중에 어느 누구도 나만 한 이가 없다. 그러니 천하에 이 우계와 어리석음을 다툴 수 있는 사람은 오직 나밖에 없으니, 내가 마음대로 우계라고 이름을 붙일 수 있는 것이다.
- 〈우계시서〉 중

이 대목에 이르게 되면 유종원이 왜 하필 '우계'를 가지고 장황하게글을 쓰고 있는 것인지 알 수 있다. 영정혁신을 성공적으로 이끌지 못한 데 따른 자책인 것이다. 황제의 신임을 받았음에도, 사회적으로 개혁에 대한 열망이 지대했음에도 자신의 어리석음 때문에 끝내 개혁을 이루어내지 못했다는 자괴감이다. 주변의 모든 풍경과 구조물들에 한결같이 '어리석다'라는 이름표를 붙인 것을 보면 그 자책감과 자괴감의 정도가 얼마나 심각했는지를 짐작할 수 있다. 그런데 〈우계시서〉의 말미에서 유종원은 이토록 어리석은 자신의 삶이 나아갈 새로운 길, 새로운 가능성에 주목하고 있다.

> 우계는 비록 세상을 이롭게 할 능력은 없지만, 만물을 거울처럼 비추어 맑고 투명하고, 음악 소리처럼 높게 울리며 흐른다. 그래서 어리석은 나를 즐겁게 해주나니 그곳을 떠날 수 없게 만든다. 나는 비록 세속에 부합하지 못하나 글로써 스스로를 위로할 수 있으며 세상 만상을 다 끌어안을 수 있으니, 어느 것도 내 붓끝을 벗어날 수 없다. 내 어리석은 문사로 어리석은 시내를 노래하리니 혼연일체의 무아의 경지에서 노닐게 될 것이다.
>
> – 〈우계시서〉 중

세상을 이롭게 하는 유종원만의 방식으로 주목한 것이 바로 글쓰기이다. 관개용으로 쓰일 수도 없고 배가 다니는 길로도 쓸 수 없지만 맑고 투명하여 만물을 거울처럼 밝게 비추는 우계, 낭랑히 울리는 시원한 물소리로 사람들에게 즐거움을 주는 우계처럼, 정치적으로는 실패했고 세상을 이롭게 할 여건도 재주도 없지만, 자신만이 가진 문학적 재주를 가지고 세상만사를 다 끌어안겠다는 말이다. 우계처럼 세상을 비추는 거울이 되겠다는 것이요, 우계처럼 세상 사람들의 마음의 언덕을 낭랑하게 울리는 글을 쓰겠다는 것이다. 이러한 다짐대로 유종원은 이 고난에 찬 영주의 유배 시기에 수많은 명편 시문을 창작했다. 그의 전체 시문 540편 중에서 영주 시기에 쓴 것이 무려 317편이다. 지금도 교과서에 단골로 실릴 정도로 훌륭한 글들이다.

오랫동안 벼슬에 매여 있던 내 인생
행운이런가, 남만 땅 멀리 유배 왔네
한가로이 농부들과 이웃하며 살아가니
간혹 산속의 은자처럼 보인다네
새벽에 밭을 갈아 이슬 풀 뒤집고
한밤중 노를 저어 시냇가를 울리네
오고 가며 사람 하나 만날 일 없어도
길게 노래하면 초 땅 하늘이 푸르러진다네

구 위 잠 조 루　행 차 남 이 적
久爲簪組累, 幸此南夷謫。
한 의 농 포 린　우 사 산 림 객
閑依農圃鄰, 偶似山林客。
효 경 번 로 초　야 방 향 계 석
曉耕翻露草, 夜榜響溪石。
내 왕 불 봉 인　장 가 초 천 벽
來往不逢人, 長歌楚天碧。

　'시냇가에 살다'라는 뜻의 〈계거溪居〉라는 시이다. 머나먼 남쪽 영주로 유배 와서 때론 농부처럼 때론 은자처럼 살아가는 모습을 그린다. 이른 새벽 밭을 가는 고달픈 농부이지만, 밤중에 우계에 배를 띄워 한가롭게 노닐기도 한다. 자신을 알아주는 사람 하나 없지만, 그래도 상관없다. 마음을 담아, 회한을 담아, 그리움을 담아 홀로 길게 노래하

238

면, 이 궁벽한 초 땅, 영주의 하늘이 절로 푸르러지니까 말이다. 시의 마지막 두 구절에서 전해지는 시인의 의연함이 깊은 울림을 준다. 유배지의 하늘을 푸르게 만들 정도로 높고 깊은 노래, 그것이 유종원이 추구하던 문학의 세계였던 것이다. 외로움도, 절망도, 분노도 이 노래 속으로 들어와 다시 노래 밖으로 향기 높은 꽃처럼 피어난다. 그의 이러한 감동적인 노래는 고기 잡는 노인, 〈어옹漁翁〉이라는 시에서도 이어진다.

어옹은 서쪽 바위 곁에서 잠을 자고
상수의 새벽 물 길어 초죽으로 불 땐다네
안개 걷혀 해났어도 아무도 보이잖더니
어기여차 한 소리에 산과 물이 푸르러지누나
고개 돌려 하늘 끝 바라보며 강을 내려가니
바위 위 무심한 구름만 서로 따라오누나

漁翁夜傍西岩宿, 曉汲淸湘燃楚竹。
煙銷日出不見人, 欸乃一聲山水綠。
回看天際下中流, 巖上無心雲相逐。

상수 부근에 살면서 고기 잡는 노인을 노래한 시이다. 바위 곁에서 가난하게 사는 노인이다. 강물을 긷고 대나무를 쪼개어 밥을 짓는 초라한 살림이다. 그런데 이 노인, 절대로 만만한 노인이 아니다. 아무도 없는 아침 강가, 안개를 걷고 아침 해가 얼굴을 내밀면 어디선가 어기여차, 어기여차 힘찬 노랫소리와 함께 강물을 치며 노 젓는 소리가 들린다. 그리고 그 소리를 따라 초 땅의 산과 물이 갑자기 푸르러진다. '애내일성산수록欸乃一聲山水綠', 어기여차 한 소리에 산과 물이 푸르러지누나! 맑은 강물로 곧은 대나무로 밥을 지어 먹는, 강물처럼 맑고 대나무처럼 곧은 성품의 고기잡이 노인이 부르는 노래에 산과 물이 잠에서 깨어나 환하게 푸르게 웃는 것이다. 산천을 푸르게 깨우는 고기잡이 노인, 바로 유종원 자신의 모습이요, 노인의 뱃노래는 유종원이 지은 시문이다. 먼지 티끌로 가득한 홍진 세상을 깨우는 노래, 그의 노래에 세상이 한껏 맑아진다. 바위 위 무심한 구름이 이 노인을 따라 강을 내려간다. 저 무심한 흰 구름은 무욕의 삶, 자유로운 삶을 살아가는 노인의 벗이다. 이 벗과 함께 강물을 흘러가며 노인은 맑은 세상, 푸른 세상을 열어간다.

고기 잡는 이 대단한 노인은 유종원의 또 다른 명편 시인 눈 내리는 강, 〈강설江雪〉이라는 시에 등장한다.

천 좌의 산에 새들은 날지 않고
만 줄기 길에 사람 자취 끊겼네
외론 배 도롱이 입고 삿갓 쓴 노인
눈 오는 차가운 강에서 홀로 낚시하네

千山鳥飛絕, 萬徑人蹤滅。

孤舟簑笠翁, 獨釣寒江雪。

눈이 천지를 덮어 산마다 새들도 날지 않고, 길마다 사람 자취도 끊어졌다. 그야말로 적막강산이다. 세상은 눈보라가 몰아치는 차가운 겨울의 한복판에서 숨죽여 웅크렸다. 그런데 이런 상황 속에서도 의연한 한 사람이 있다. 도롱이를 걸치고 삿갓을 쓴 낚시하는 노인이다. 엉성한 도롱이 하나, 해진 삿갓 하나로는 이 거대한 눈보라를 피할 수 없다. 그래도 이 노인은 홀로 배에 앉아 의연하게 낚시를 드리우고 있다. 이 의연한 노인의 모습에서 온 세상을 삼키는 겨울 눈보라와 같은 어려움 속에서도 자신의 길을 묵묵히 걸어가는 지사의 모습, 열사의 모습이 보인다. 어떤 환난에도 굴하지 않겠다는, 어떤 상황에서도 의젓하고 의연하겠다는 유종원의 강고한 신념을 그려낸 것이라 할 수 있다. 이 〈강설〉에 대한 후세 평자들의 평가가 아주 후하다. 시인으로서 자부심이 남달라서, 어지간한 시인들은 쳐주지도 않던 소동파였지만, 이 시를 읽고는 "유종원의 성품은 우리와 차원이 다르다. 하늘이 내려준 것이니 우리가 미칠 수 있는 바가 아니다"라고 격찬하기도 했다. 힘찬 노래로 천지에 푸르름을 몰아오는, 구름을 닮은 듯 자유로운 노인, 눈보라 속에서도 의연하게 낚시를 드리우는 강인한 노인, 이는 모두 유종원이 지향하는 삶, 물욕에서 자유롭고 고난에서도 의연한 삶에 대한 지향을 드러내고 있다.

영주 서남쪽 영릉구零陵區에 있는 유종원의 사당 유자묘柳子廟를 찾았다. 북송 때 처음 건립된 유자묘는 역대로 영주 지역을 맡은 최고 관리들의 호의적인 지원으로 줄곧 중수되었다. 사당 앞쪽에는 유종원이 자신과 닮았다며 사랑했던 우계가 여전히 맑게 흐른다. 영주 소자포향梳子鋪鄉 우계원촌愚溪源村에서 발원하여 45킬로미터를 구불구불 흘러온 우계는 유자묘를 지나서 바로 영주 남북을 가로질러 흐르는 소수로 들어간다. 우계 위로 건설된 다리를 건너면 바로 사당 정문이다. 정문에 새겨진 '유자묘柳子廟' 세 글자는 다섯 마리 용이 여의주

를 희롱하는 '오룡희주五龍戲珠'의 석각으로 테를 둘렀는데 그 기상이
자못 비범하고 삼엄하다. 정문을 들어서면 연극 공연을 위해 세운 희
대戱臺가 하나 서 있다. 날렵한 처마를 두른 팔작지붕이다. 채색을 한
봉황, 기린 같은 목각 장식품을 붙이고 있어서 매우 화려한 느낌을 준
다. 희대 중앙에는 유종원의 대표작 〈어옹〉의 구절 '산수록山水綠'을 푸
른 글씨로 새긴 간판이 매달려 있다. 희대를 지나 계단을 오르면 사
당 중앙에 백옥으로 만든 유종원의 상이 '백성을 이롭게 한다'는 뜻의

'이민利民' 두 글자를 배경으로 조성되어 있다. 훌륭한 시인이었고 동시에 백성을 이롭게 한 훌륭한 목민관이기도 했던 유종원을 기린 말이다.

불우한 시인의 벗, 조양암과 향령산

유종원은 영주에 머무는 동안 영주 곳곳의 명승을 찾아 노닐면서 유기문遊記文을 남겼는데, 특히 우계 부근의 풍경이 빼어난 여덟 곳에 대해 각각 기록을 남겼다. 이 여덟 편의 유기문을 합쳐서 '영주팔기永州八記'라고 한다. 이 중에서 첫 번째 글 〈시득서산연유기始得西山宴遊記〉에는 영주 자연의 따뜻한 위로로 회복되고 있는 유종원의 모습이 담겨 있다.

> 내가 영주에 유배된 후로 마음이 늘 우울하고 불안하였다. 시간에 여유가 있을 때마다 이곳저곳으로 목적지도 없이 쏘다녔다. 높은 산에 오르고 무성한 숲에 이르기도 하고 구불구불한 시내를 따라 걷기도 했으며, 그윽한 샘물, 기이한 바위는 가지 않은 곳이 없었다. 덤불 숲을 헤치고 나아가 풀밭에 앉아 술잔을 기울여 대취하도록 마셨다. 취한 후에는 서로 기대어 땅바닥에서 잠들었고 꿈을 꾸었다. 마음이 이르는 곳에 꿈도 함께 갔다. 깨어난 후에는 몸을 일으켜 집으로 돌아갔다. 영주의 특이한 산수는 모두 섭렵했다고 여겼으니 기이한 서산의 풍경이 있다는 것을 아직 몰랐던 것이다. (중략) 서산의 풍경은 아득히 넓어, 나는 천지간 가득한 큰 기

운 속에 함께 있는 듯하다. 서산의 풍경은 광활하고 장쾌하여 그 끝을 알 수 없는 조물주와 함께 노니는 듯하다. 이에 술병을 들어 술잔을 채우고 통쾌하게 술을 마시느니, 취하여 땅에 쓰러져 해가 저무는 줄도 모른다. 창망한 저녁 빛이 멀리서 다가오고 하늘은 점점 어두워져 아무것도 보이지 않지만 나는 돌아갈 뜻이 없다. 정신을 모으고 마음을 평안히 하면 몸은 해탈을 얻고 만물과 고요히 하나가 된다. 나의 이러한 느낌은 종래의 유람에는 없었으니 진정한 유람은 이제 비로소 시작이다.

영주에서 절경으로 이름난 조양암朝陽巖은 바로 유종원의 마음을 사로잡았던 서산에 속해 있다. 소수의 서쪽 기슭에 솟아 있는 절벽인데 유자묘에서 멀지 않은 소수 상류쪽에 조성된 조양암 공원 내에 있다. 이곳의 풍경이 아름다워 예로부터 많은 시인 묵객이 다녀가면서 절벽 곳곳에 석각을 남겨서 마치 서예 전시장을 방불케 한다. '조양암'은 '태양이 떠오르는 바위'라는 뜻으로 바위가 동쪽을 향해 있어서 그렇게 이름한 것이다. 조양암의 다른 이름이 서암西巖인데, 유종원의 유명한 시 〈어옹〉의 첫 구, "어옹은 서쪽 바위 곁에서 잠을 잔다"라는 구절의 그 '서암'이 바로 이곳이다. 조양암의 절벽에 이 〈어옹〉이 새겨져 있다. 어기여차 뱃노래로 산과 물을 푸르게 하며 무욕의 삶을 살았던 어옹, 그를 따르던 무심한 구름이 바로 이 조양암 위쪽에 걸쳐 흐르던 구름이었다.

어옹은 서쪽 바위 곁에서 잠을 자고
상수의 새벽 물 길어 초죽으로 불 땐다네

안개 걷혀 해났어도 아무도 보이잖더니
어기여차 한 소리에 산과 물이 푸르러지누나
고개 돌려 하늘 끝 바라보며 강을 내려가니
바위 위 무심한 구름만 서로 따라오누나

맑은 소수가 내려다보이는 조양암의 한 바위 위에서 유종원의 영주
팔기의 마지막 편 〈소석성산기小石城山記〉의 마지막 단락을 읽었다.

아, 내가 조물주의 유무에 대해 의심한 것이 오래되었더니 지금
이곳에 이르러 보니 조물주는 진실로 존재하도다. 다만 기이한 것
은 조물주는 어째서 이런 풍경을 중원 땅에 두지 않고 이런 궁벽
한 오지에 두어 오랫동안 그 뛰어난 풍경을 세상에 알릴 기회를
주지 않았을까. 고생고생하며 만들었지만 결국 아무런 쓸데가 없
는 물건을 만든 격이니 조물주가 과연 이렇게 했을까 싶다. 혹자
는 말하기를 "조물주가 이곳에 이런 풍경을 안배한 것은 이곳으
로 쫓겨온 어진 사람들을 위로하고자 함이라" 하고, 혹자는 "이곳
산천의 신령한 기운은 인재를 빚기 위함이 아니고 이곳 산천을
빚기 위함이니, 그래서 초의 남쪽에는 인재는 적고 기암기봉의 산
천이 많은 것이다"라고 한다. 하지만 이 둘의 말을 나는 아직 믿지
못한다.

영주의 또 다른 절경인 향령산香零山을 찾아 소수를 거슬러 올라갔
다. 조양암에서 출발해서 S자를 그리며 올라가는 강물을 따라가면 S
자 맨 윗부분에 해당하는 소수 강심에 건물 한 채가 들어서 있는 작

은 섬 하나가 보인다. 동서로 25미터, 남북으로 15미터, 수면 위 높이
는 8미터 정도의 작은 규모의 섬이어서 산이라기보다는 커다란 바위
이다. '향령香嶺'은 이 섬에 향기가 진한 향초香草가 자라서 붙여진 이
름이다. 강심 한복판에 가파른 절벽으로 우뚝 솟아 있는데 하얀 담벽
과 검푸른 기와의 아름다운 건물까지 머리에 이고 있어 신비로운 느
낌을 준다. 중국 강남 휘파 양식의 이 고전적인 건물은 관음각觀音閣이
라는 암자이다. 이 부근의 물살이 세고 곳곳에 암초가 있어서 여름 우
기에 강물이 불어나면 배가 침몰하고 사람이 익사하는 사고가 잦았다
고 한다. 그래서 청나라 동치同治 연간에 이 섬에 관음각을 세워 승려
를 거주시키면서 낮에는 종을 치고 밤에는 등불을 밝혀서 뱃길의 위
험을 알렸다고 한다. 일종의 등대 역할을 한 것이다.

첩첩 아스라한 산봉우리들을 원경으로 두르고 맑은 소수에 그림자를 드리우고 있는 향령산의 그윽한 풍경은 예로부터 유명해서 시인 묵객들이 자주 찾았다. 유종원 역시 이곳을 찾아 노닐었음을 그의 시문을 통해 알 수 있다. 특히 비가 오고 안개가 낀 날의 풍경이 압권이어서 '향령연우香零煙雨'라는 미칭을 만들어냈다. 이 멋진 풍경을 즐기려는 유람객들을 실어나르는 거룻배들이 곳곳에 떠 있다. 나도 배 한 척 빌려 강심으로 들어가 향령산의 맑은 그림자 위에 떠서 해가 저물도록 노닐었다. 하늘은 어둑해지고 사공은 귀로를 재촉하는데 돌아가고 싶지 않은 이 마음은 유종원을 닮았는가. 그의 영주 대표작인 〈강설〉을 메아리지도록 힘차게 불러 옛사람을 그리는 마음을 강물에 전했다.

천 좌의 산에 새들은 날지 않고
만 줄기 길에 사람 자취 끊겼네
외론 배 도롱이 입고 삿갓 쓴 노인
눈 오는 차가운 강에서 홀로 낚시하네

9장 광서장족자치구 1
― 계림

유종원의 유배길을 따라 떠도는 여행, 이제 호남성 영주를 떠나 광서 장족자치구 유주로 간다. 영주에서 유주까지는 420킬로미터, 천남 고속도로를 타고 가면 다섯 시간 남짓 걸린다. 영주와 유주 사이에 이름도 향기로운 계수나무의 숲, 계림이 있다. 영주에서 세 시간 정도 걸린다. 일정이 아무리 촉박해도 천하제일의 풍경인 계림 산수를 지나칠 수야 있겠는가. '계림산수갑천하'는 계림을 선전하는 최고의 명구인데, 남송 때 계림에서 벼슬을 했던 왕정공王正功이라는 사람의 시에서 따온 것이다. 그런데 이 시는 계림의 풍경을 예찬한 시가 아니라, 계림의 젊은 학자들을 격려하는 시이다.

계림의 산수는 천하에 으뜸
봉우리는 벽옥이요 강물은 푸른 비단띠라네
선비의 기상이 부족하면 무인의 기운이 성하는 법

◈ '계림산수갑천하' 계림 풍경

문단은 흡사 전장처럼 치열하도다

천문을 지키는 호랑이 군사와 같고

만 리를 나는 붕새처럼 통쾌하도다

늙은이 눈을 비비며 즐겁게 바라보나니

제군들은 필시 남두성南斗星이 될 것일세

桂林山水甲天下, 玉碧羅青意可參。

士氣未饒軍氣振, 文場端似戰場酣。

구 관 호 표 간 경 적　　만 리 곤 붕 저 극 담
九關虎豹看勁敵, 萬里鯤鵬佇劇談。
노 안 마 사 돈 증 상　　제 군 단 시 두 지 남
老眼摩挲頓增爽, 諸君端是斗之南。

〈권하시勸賀詩〉라는 제목처럼 권면하고 축하하는 시이다. 이 시는 당시 계림 지역에서 거행한 향시에 합격한 거인擧人들을 초청하여 잔치하는 자리에서 왕정공이 그들을 격려하기 위해 지은 것이다. 푸른 옥같은 봉우리와 푸른 비단띠같이 아름다운 계림의 산수가 천하에 으뜸이듯 모두가 분발하여 천하제일의 학자가 되라는 격려이다. 이 시는 긴 세월 동안 잊혔다가 1983년 계림의 한 절벽에서 석각 형태로 발견되었다. 남송의 무명한 관리이자 시인이었던 왕정공은 800년이 흐른 뒤에야 '계림산수갑천하' 표현의 저작권자로 이름을 얻게 된 셈이다.

푸른 옥비녀와 푸른 비단띠, 첩채산과 이강

계림에 가까워지면서 창밖으로 펼쳐지는 풍경이 예사롭지 않다. 크고 작은 석회암 봉우리의 기기묘묘한 모습이 끝도 없이 이어진다. 계림 시내에 들어서니 빼곡한 건물들 사이 사이로 푸른 봉우리들이 무슨 수호신처럼 우뚝 솟아 있어 이채롭기 그지없다. 계림 시내 동북단에 있는 첩채산疊彩山 풍경구로 갔다. 계림을 남북으로 흐르는 이강漓江 옆에 솟아 있어서 시내 풍경 중에서 가장 아름답기로 정평이 난 곳이다. 첩채산의 주봉인 명월봉明月峰을 올라가는데 이강이 푸른 봉우리 사이를 흘러가며 만드는 기막힌 풍경이 따라온다. 정상 가까운 곳에 이르니 "등상첩채산登上疊彩山, 활도일백삼活到一百三"이라고 붉은 글씨

250

◈ 첩채산 풍경구

로 쓰인 비석이 하나 서 있다. 첩채산에 오르면 130세까지 살 수 있다는 뜻이다. 비석 아래로 펼쳐지는 풍경이 바로 선경이니 이런 선경을 매일 보면서 130세까지 살 수 있다면 그게 바로 신선이 아니겠는가.

계수나무 푸르게 우거진 곳
이곳은 상수의 남쪽 땅
강은 푸른 비단띠요
산은 푸른 옥비녀라

물총새 푸른 깃털을 나라에 바치고

집집마다 누런 황귤을 심는다네

선계에 오르는 것보다 훨씬 낫느니

구태여 선학을 탈 것도 없다네

<ruby>蒼蒼森八桂<rt>창창삼팔계</rt></ruby>, <ruby>茲地在湘南<rt>자지재상남</rt></ruby>。

<ruby>江作青羅帶<rt>강작청라대</rt></ruby>, <ruby>山如碧玉簪<rt>산여벽옥잠</rt></ruby>。

<ruby>戶多輸翠羽<rt>호다수취우</rt></ruby>, <ruby>家自種黃柑<rt>가자종황감</rt></ruby>。

<ruby>遠勝登仙去<rt>원승등선거</rt></ruby>, <ruby>飛鸞不假驂<rt>비란불가참</rt></ruby>。

계림 지역의 관찰사로 떠나는 친구 엄모嚴謨에게 주는 한유의 〈송계주엄대부送桂州嚴大夫〉라는 시이다. 친구가 가는 계림은 아름다운 강물이 푸른 비단띠처럼 흐르고 기이한 봉우리들이 푸른 옥비녀처럼 솟아 있는 곳이다. 조정에 바치는 진귀한 공물인 물총새가 펄펄 나는 곳이고, 일반인들은 맛보기조차 힘든 귤이 집집마다 넘치는 곳이기도 하다. 이런 곳에서 살자면 신선이 부럽지 않을 거라는 말이다. 두보도 계림을 예찬하는 시를 남겼다.

오령 이남은 모두 무더운 곳

사람 살기 적당한 곳은 오직 계림뿐이라

매화 향기 만 리 밖에 날리고

하얀 눈 속에 겨울이 깊어가는 곳

그대 소식 듣고 마음 즐겁나니

나라 위한 좋은 소식 다시 전해주시게

◇ 이강

강가에서 단 참군을 보내며

멀리 늙은이의 노래를 부친다네

五嶺皆炎熱, 宜人獨桂林。
오 령 개 염 열　의 인 독 계 림

梅花萬里外, 雪片一冬深。
매 화 만 리 외　설 편 일 동 심

聞此寬相憶, 爲邦復好音。
문 차 관 상 억　위 방 부 호 음

江邊送孫楚, 遠附白頭吟。
강 변 송 손 초　원 부 백 두 음

계림에서 벼슬하고 있는 양담楊譚이라는 친구에게 부친 편지시 〈기양오계주담寄楊五桂州譚〉이다. 계림으로 가는 단段 참군參軍 편에 부친 이 시에서 두보가 말하는 계림은 무더운 남방의 타 지역과는 달리 눈 속에 매화가 피는 서늘하고 향기로운 곳이다. "사람 살기 적당한 곳은 오직 계림"이라는 '의인독계림宜人獨桂林' 구절은 계림 사람들의 오랜 자부심의 표현이다.

명월봉 정상에 섰더니 발아래로 계림 시내를 굽이굽이 흘러가는 이강이 한눈에 들어온다. 여행객들을 가득 태운 배들을 데리고 멀리 계림을 병풍처럼 둘러싸고 있는 푸른 봉우리들의 세상으로 아득하게 흘러가고 있다. 이강은 계림 동북쪽 흥안현興安縣 묘아산猫兒山에서 발원해서 426킬로미터를 남쪽으로 흘러 서강西江으로 들어가는 계강桂江의 상류 지역을 가리킨다. 흥안興安, 계림, 양삭陽朔, 평락현平樂縣까지 164킬로미터의 구간이다. 이강이 흘러가며 푸른 봉우리들과 만나 이루는 최고의 산수화를 감상하는 일은 계림 여행의 백미 중의 백미이다.

◈ 이강 풍경구

최고의 산수화 걸작이 펼쳐지는 곳, 양삭

이강 유람을 위해 계림 남쪽 양삭현陽朔縣에 속한 양제楊堤로 갔다. 계림의 산수가 갑천하요, 양삭의 산수는 갑계림이라는 말이 있을 정도로 양삭은 풍광이 빼어난 곳이다. 이강이 처음 양삭현 경내로 들어오는 지점이 양제인데, 양제 선착장에서 배를 타고 수로로 약 20킬로미터를 가면 흥평興坪이라는 옛 마을에 도착한다. 수로로 한 시간 남짓 걸리는 이 구간은 이강 산수 최고 걸작들을 마음껏 감상할 수 있는 곳이다. 선착장에서 뗏목 배를 탔다. 뗏목이라지만 실제로는 대나무처럼 만든 플라스틱 원통을 예닐곱 개 묶어서 만든 것이고 모터 동력을 쓴다. 대여섯 명 정도가 타기에 적당한 크기로 탁 트여서 강을 타고 가며 주변 풍경을 감상하기에 적합하다. 며칠 전 계림에 제법 많은 비가 내려서 푸른 비단띠 같던 일급수 이강의 모습은 간데없고 누런 흙탕물만 세차게 흘러간다. 푸른 봉우리들이 누런 강물 색에 선명한 대비가 되어 더욱 푸르다. 카르스트 지형의 석회암 봉우리들은 오랜 세월의 풍화 속에서 기기묘묘하게 빚어져서 천태만상을 이루고 있다. 장강삼협의 산들처럼 까마득하게 높고 웅장한 산봉우리가 아니라 낮고 작은 봉우리들인데, 평지에서 불쑥 솟아올라서 우뚝한 느낌을 준다. 아래로 주름 무늬의 흰 절벽을 두르고 머리에는 푸른 나무들을 이고 있어서 조각인 듯 영롱하다. 성격 좋게 둥글둥글한 봉우리도 있고, 가시처럼 뾰족한 봉우리도 있고, 독야청청 홀로 서 있는 오만한 봉

◈ 양제 선착장의 대나무 뗏목들

우리도 있고, 우애 좋은 형제처럼 나란히 솟아오른 봉우리도 있고, 어린 자식들에 둘러싸인 어머니처럼 작은 봉우리들에 둘러싸인 큰 봉우리도 있다. 온갖 상상을 자극하는 신비롭고 거대한 봉우리의 숲, 봉림峰林이다. 강물은 그 봉림 구석구석을 다 구경이라도 하겠다는 듯 이리저리 굽어지며 느릿느릿 흘러간다.

성을 두른 계림은 마치 안탕산 같은데
평지에서 푸른 옥이 홀연 높이 솟아 있네
이성도 없고 곽희도 죽었으니
이곳 수백 수천의 봉우리들을 어찌하랴

<ruby>桂<rt>계</rt></ruby><ruby>嶺<rt>령</rt></ruby><ruby>環<rt>환</rt></ruby><ruby>城<rt>성</rt></ruby><ruby>如<rt>여</rt></ruby><ruby>雁<rt>안</rt></ruby><ruby>蕩<rt>탕</rt></ruby>，<ruby>平<rt>평</rt></ruby><ruby>地<rt>지</rt></ruby><ruby>蒼<rt>창</rt></ruby><ruby>玉<rt>옥</rt></ruby><ruby>忽<rt>홀</rt></ruby><ruby>嶒<rt>증</rt></ruby><ruby>峨<rt>아</rt></ruby>。
<ruby>李<rt>이</rt></ruby><ruby>成<rt>성</rt></ruby><ruby>不<rt>부</rt></ruby><ruby>在<rt>재</rt></ruby><ruby>郭<rt>곽</rt></ruby><ruby>熙<rt>희</rt></ruby><ruby>死<rt>사</rt></ruby>，<ruby>奈<rt>내</rt></ruby><ruby>此<rt>차</rt></ruby><ruby>百<rt>백</rt></ruby><ruby>嶂<rt>장</rt></ruby><ruby>千<rt>천</rt></ruby><ruby>峰<rt>봉</rt></ruby><ruby>何<rt>하</rt></ruby>。

북송 시인 황정견이 쓴 〈도계주到桂州〉라는 시이다. 멀리 광서장족자치구 의주宜州로 귀양 가던 황정견이 도중에 계림에 들러서 지은 시이다. 안탕산은 절강성에 있는 명산으로, 현애절벽과 기암기봉, 폭포와 호수로 유명하다. 이성과 곽희는 송대 저명한 산수화가들이다. 그들이 없으니 이처럼 수려한 계림의 풍경을 누가 그려낼 수 있겠냐는 탄식이다. 근현대 중국회화의 대가로 중국미술가협회 주석을 지냈던 제백석齊白石이 한동안 계림에 머물면서 계림의 산수를 그린 적이 있었다. 수년이 지난 후에 그는 이렇게 말했다고 한다.

나는 젊은 시절 허다한 명승지를 유람했다. 계림 일대 산수의 험

◈ 낮고 작은 봉우리가 많은 양삭의 풍경

준한 형세는 내가 가장 좋아하는 풍경이다. 다른 곳의 산수는 아
무리 봐도 신기함을 느끼지 못한다. 나는 평소 계림 일대의 풍경
을 즐겨 그렸다. 높이 솟은 기암기봉, 강가의 고기잡이, 산촌 풍경
등은 모두 이강 주변에서 본 것들이다.

– 여립신呂立新, 《제백석: 목수에서 거장까지》

제백석 후로도 서비홍徐悲鴻, 관산월關山月과 같은 유명 화가들이 계
림을 찾아서 이강의 산수를 화폭으로 옮겼다. 특히 관산월은 계림에

머물면서 두 달에 걸쳐 폭 32.8센티미터, 길이 28.5미터에 달하는 〈이강백리도漓江百里圖〉라는 대 작품을 그려서 계림의 이강교漓江橋부터 양삭에 이르는 이강의 풍경을 담았다. 이 작품은 계림에서 활동하는 이강화파漓江畵派의 화가들에 의해 계승돼서 1985년 이강화파의 대표 화가인 황격승黃格勝은 길이가 무려 200미터에 달하는 〈이강백리도〉를 그려내기도 했다.

중국에서 산수화가 본격적으로 그려진 것은 수당隋唐 이후의 일이다. 최초의 산수화는 수나라 때 전자건展子虔이 그린 〈유춘도遊春圖〉라고 알려져 있다. 산수시는 산수화보다 훨씬 앞선, 중원 지역의 한족이 대거 남쪽으로 이주한 동진 시대 이후로부터 본격적으로 쓰였고, 남북조 시대에 크게 성행했다. 남방의 수려한 산수에서 영감을 받아 발달한 산수시의 영향을 받아 태어난 것이 산수화이다. 그래서 산수화 화론에서 쓰는 용어는 대부분 산수시 시론에서 쓰는 용어를 그대로 쓴다. 그래서 시와 그림은 같은 법칙이라는 뜻의 '시화일률론詩畵一律論'이 나왔다. 아름답고 그윽한 풍경을 표현할 때 자주 쓰는 '시정화의詩情畵意'라는 말도 시적인 분위기와 그림의 뜻이 같은 말임을 알려준다. 당나라 때 유명한 시인 왕유는 산수시를 썼고 산수화를 그렸다. 그래서 소동파는 그의 시와 그림에 대하여 "시에는 그림이 들어 있고, 그림에는 시가 들어 있다(시중유화詩中有畵, 화중유시畵中有詩)"라는 멋진 표현으로 평하기도 했다.

강이 흥안에 이르니 물은 최고로 맑아
청산이 무리져 물속에서 생겨나네
또렷하게 보이는 청산 꼭대기

배는 푸른 봉우리 위를 지나네

강 도 홍 안 수 최 청　　청 산 족 족 수 중 생
江到興安水最淸, 靑山簇簇水中生。
분 명 간 견 청 산 정　　선 재 청 산 정 상 행
分明看見靑山頂, 船在靑山頂上行。

청나라 시인 원매가 쓴 〈유계림소리강지흥안由桂林遡漓江至興安〉은 그가 계림으로부터 이강을 거슬러 계림 북쪽 흥안까지 가면서 쓴 시이다. 산봉우리 그림자가 비친 강물 위를 지나니 마치 산봉우리 위 하늘을 지나가는 듯한 느낌이 들었다고 쓴 것이다. 이 시의 표현처럼 이강은 물에 비친 산봉우리의 도영倒影이 아름답기로 유명한데, 온통 황톳물 천지인 이번 여행에서는 기대하기 힘든 장면이었다.

20위안 인민폐에 그려진 어부의 마을, 흥평고진

배가 흥평고진에 닿았다. 삼국 시대 오나라 때부터 형성된 오래된 마을이다. 이곳에서 가장 유명한 풍경구는 마을에서 강을 따라 북쪽으로 조금 올라가면 만나는 대하배大河背라 불리는 물굽이이다. 중국 돈 인민폐 20위안짜리의 도안에 나오는 풍경을 여기서 만날 수 있다. 그림의 중앙에 산봉우리의 도영을 안고 흐르는 넓은 이강이 자리하고 있고 왼쪽 상단에는 큰 봉우리 예닐곱이 겹쳐 서 있고 강물 오른쪽 상단에 서너 개의 작은 봉우리가 조금 멀리서 서 있다. 강물이 흘러오는 먼 배경에는 뾰족한 작은 봉우리들이 겹쳐서 아스라이 멀어져가는 풍경이다. 넓은 강물 위에는 산 그림자 옆으로 고기잡이배와 어부가 그

려져 있다. 지폐를 꺼내 들고 풍경과 그림을 맞추어 보니 틀림없다. 주변에는 온통 지폐를 들고 확인하는 여행객들이 넘친다. 마을 앞 풍경이 지폐에 그려지면서 흥평고진은 수많은 여행객이 찾는 관광지가 되어 상업적으로 큰 성공을 거두게 되었다. 우리 일행도 흥평마을로 가서 관광객들로 북적이는 옛 거리를 구경했다. 계수나무 꽃으로 만든 향기로운 계화차도 마시고 계화를 넣어 만든 향긋한 강정도 맛보고 계수나무로 만든 개구리 초재와招財蛙도 하나씩 샀다. 울퉁불퉁 깎은 등을 막대기로 쓰다듬으면 개구리 울음소리 같은 소리가 나는데 이 소리가 재물을 부르는 소리라고 부를 초, 재물 재, 개구리 와, '초재와'라고 이름한 것이다. 모두 계림의 나무 계수나무와 관련된 상품들이다. 계림 산수화 전문 화랑에 들어가 여러 산수화 작품을 구경했는데 이미 진경 산수를 질리도록 본 뒤라 전혀 감흥이 일지 않았다.

식사 시간을 훌쩍 넘겨 식당에 들러 흥평고진에서 유명하다는 맥주 잉어요리를 시켰다. 이강에서 잡은 신선한 잉어를 재료로 쓴다고 한다. 토막 낸 잉어를 기름에 튀기고 맥주를 부어 온갖 채소와 함께 찌는 요리인데 담백하여 먹을 만했다. 이강의 잉어가 배 속으로 들어가니 이강 유람이 비로소 완성되는 것 아니냐는 행복한 농담도 주고받으면서 계림 여행을 마무리했다. 유주로 길을 떠나며 돌아보는 계림 산수는 여전히 눈부신 아름다움으로 떠나는 이의 마음 자락을 붙들고 있었다.

10장 광서장족자치구 2
― 유주

유종원과 유주, 그리고 유수

다시 천남 고속도로를 두 시간 남짓 달려 유주로 왔다. 유종원이 4년 동안 자사로 봉직했던 도시이다. 유강柳江이라는 큰 강이 감돌아 흘러 풍경이 매우 아름다운 유주는 광서장족자치구에서 성도省都 남녕 다음으로 큰 도시이다. 유강은 귀주성 남단 독산현獨山縣에서 발원해서 광서장족자치구 북쪽 일대를 흘러 유주를 관통한 다음 서남쪽으로 흘러 서강의 주요 지류인 검강黔江과 합쳐지는 총길이 773.3킬로미터의 긴 강이다. 유종원의 성이 유씨이고, 그의 유배지가 유강이 흐르는 유주여서 무슨 운명적인 만남 같다는 느낌인데, 게다가 유종원이 유주에서 자사로 있는 동안에 힘쓴 일 중 하나가 유수柳樹, 버드나무를 심는 일이었으니 참으로 기묘하다는 생각이 든다. 유종원은 유주 백성들과 함께 유주 곳곳에 버드나무를 심고는 다음과 같은 재미있는 시를 지었다.

◈ 유강이 관통하는 유주 풍경구

유주의 자사 유종원이

유강 강변에 유수를 심는다네

웃으며 나누는 이야기가 되고

세월 흘러 흘러 옛일이 될 것이라

드리운 그늘은 유주 온 땅을 덮고

높이 솟은 가지는 하늘까지 닿으리라

훗날 나를 기억해줄 나무가 되어줄까?

전해질 만한 덕정이 없음이 부끄럽다네

<ruby>柳<rt>유</rt></ruby><ruby>州<rt>주</rt></ruby><ruby>柳<rt>유</rt></ruby><ruby>刺<rt>자</rt></ruby><ruby>史<rt>사</rt></ruby>, <ruby>種<rt>종</rt></ruby><ruby>柳<rt>류</rt></ruby><ruby>柳<rt>류</rt></ruby><ruby>江<rt>강</rt></ruby><ruby>邊<rt>변</rt></ruby>。

유 주 유 자 사   종 류 류 강 변
柳州柳刺史, 種柳柳江邊。

담 소 위 고 사　추 이 성 석 년
談笑爲故事, 推移成昔年。

수 음 당 부 지　용 간 회 참 천
垂陰當覆地, 聳幹會參天。

호 작 사 인 수　참 무 혜 화 전
好作思人樹, 慚無惠化傳。

'버드나무 심고 농담 삼아 짓다'라는 뜻의 〈종류희제種柳戲題〉라는 시이다. 유씨 성의 자사가 유주의 유강에서 유수를 심고 있는 희한한 상황을 소재로 재미있게 쓴 시이지만 덕정을 베풀고자 하는 자사로서의 분명한 책임감을 보여주는 시이기도 하다. 제7구에 쓰인 '사람을 그리워하는 나무'라는 뜻의 '사인수思人樹'는《사기》〈연소공세가燕召公世家〉에 기록된 다음과 같은 전고에서 비롯된 용어이다.

　　주나라 소공이 시골 마을로 순행을 나섰다. 마을에 감당나무가 있어서 그 아래에서 송사를 판결하고 정무를 보았는데 높은 관리로부터 일반 백성에 이르기까지 모두 합당한 결과를 얻었다. 소공이 죽은 후에 백성들이 소공의 덕정을 그리워하여 감당나무를 아끼며 감히 베지 못하였고 노래를 만들어 불렀으니 바로 시경의 〈감당〉이다.

　　사람을 그리워하는 나무 '사인수'는 이러한 전고로부터 훌륭한 관리의 덕정을 칭송하는 말로 쓰이게 되었다. 유종원은 자신이 심은 나무들이 유주의 천지를 덮는 먼 훗날, 백성들이 버드나무 그늘 아래서 자신을 기억해주기를 바라면서도 그만한 덕정이 자신에게 있겠냐며 겸손해한 것이다. 하지만 천 년이 훨씬 지난 지금까지도 유주의 백성

들은 유종원을 그리워하고 존경하고 있다. 유주는 광서장족자치구 제
2의 도시인 만큼 마천루가 빼곡한 번화한 도시이다. 그런 도시 한복
판에 유종원의 큰 동상이 우뚝 서 있다. 공문서인지 시문집인지 알 수
없는 두루마리를 손에 쥐고 유주의 거리를 내려보는 유종원의 표정은
여전히 자애로운 목민관의 모습이다.

덕정을 기리는 노래가 울리는 유종원의 사당, 유후사

영주에서 10년 유배생활을 한 유종원은 원화元化 10년(815) 1월 조정
의 부름을 받아 경사로 소환되었다. 조정 안팎에서 그를 다시 복귀시
키자는 의론이 일었기 때문이다. 다시 중용될 수 있을 것이란 희망을
안은 채 한 달 남짓한 먼 여정을 마치고 2월에 마침내 장안에 도착했
다. 하지만 조정의 권력은 유종원이 참여한 영정혁신을 반대했던 세
력들이 차지하고 있었다. 재상을 맡고 있던 무원형武元衡은 여전히 유
종원을 미워했다. 그는 영정혁신 당시 혁신 운동에 참여할 것을 거절
하여 당시 혁신파의 수장인 왕숙문의 미움을 받았고 벼슬에서 밀려났
었다. 숙원이 10년 세월에도 해소되지 않았던지 유종원은 결국 중용
되지 못하고 더욱 멀고 먼 유주의 자사로 발령되었다. 다음은 유주에
도착했을 당시의 심정을 적은 시이다.

　높다란 성루 너머 광대한 황무지가 이어지고
　하늘 같은 그리움만 정히 아득하다

급한 바람은 연꽃 핀 물결을 어지러이 흔들고

세찬 비는 넝쿨 덮인 담벼락을 빗겨 때린다

산봉우리 나무들은 천 리 바라보는 내 시야를 거듭 가리고

유강의 물줄기는 아홉 번 꼬이는 내 마음같이 굽이져 흐른다

오령五嶺 이남 문신하는 땅으로 간 사람들

편지는 여전히 한 마을에 머물러 있다

城上高樓接大荒, 海天愁思正茫茫。

驚風亂颭芙蓉水, 密雨斜侵薜荔牆。

嶺樹重遮千里目, 江流曲似九回腸。

共來百越文身地, 猶自音書滯一鄕。

〈등유주성루기장정봉연사주登柳州城樓寄漳汀封連四州〉라는 시이다. 유주성 성루에 올라 먼 하늘 먼 땅을 바라보며 영정혁신에 참여한 죄로 오지 곳곳에 흩어져 긴 유배생활을 하고 있는 동지들을 그리워하는 시이다. 제목에 보이는 '장정봉연漳汀封連'의 네 지역은 동지들의 유배지인데, 장주漳州와 정주汀州는 복건성에 속해 있고, 봉주封州와 연주連州는 광동성에 속해 있다. 모두 편지조차 가닿지 않는 먼 오지이다. 급한 바람에 요동치는 연꽃처럼 불안하고, 세찬 비에 속절없는 담쟁이처럼 원망으로 가득한 유종원의 마음이 읽힌다. 하지만 유주의 자사로서 유종원은 자신이 해야 할 일을 외면하지 않았다. 유종원 사후에 한유가 쓴 〈유자후묘지명柳子厚墓誌銘〉에는 유주에 도착한 후 유종원이 "이곳이 어찌 정치를 하기에 부족한 곳이랴!"라고 탄식하고는 그 지방 풍속에 꼭 필요한 법령을 제정하는 일에 힘쓰니 백성들이 믿고 따랐다

는 기록이 있다. 유주의 자사로 있었던 4년 동안 유종원은 목민관으로서 훌륭한 치적을 쌓았다. 부모의 빚 때문에 억울하게 노비가 된 사람들을 구하기 위해 법령을 제정하기도 하고, 학문을 장려하기 위해 많은 학당을 세웠으며, 강물이나 빗물에만 의존하던 지역민들에게 깨끗한 식수를 제공하기 위해 곳곳에 우물을 팠고, 버려져 있는 황무지를 적극 개간하여 백성들의 삶을 풍요롭게 했다. 특히 노비 문제를 해결한 유종원의 법령은 유주 외 지역에서도 관찰사에 의해 시행되어 1년 만에 천여 명의 노비들이 자유를 얻었다.

유주시 중심에 있는 유후공원柳侯公園에 마련된 유후사柳侯祠로 갔다. 유주의 백성들이 유종원을 기리기 위해서 세운 사당이다. 송나라 때 유종원을 문혜후文惠侯로 추서했기 때문에 유후사라고 이름하게 되었다. 사당은 유종원이 죽은 지 3년 후에 건립되었고 역대로 꾸준히 중수되었다. 지금 건물은 청나라 선통宣統 원년(1909)에 중건한 것이다. 처음에는 나지羅池라는 연못 부근에 지어졌으므로 '나지묘羅池廟'라고 불렀다. 한유가 유주의 백성들의 요청으로 쓴 〈유주나지묘비柳州羅池廟碑〉라는 글에 이 사당을 짓게 된 배경이 기록되어 있다.

일찍이 유종원이 부하 장수인 위감魏感, 사영謝寧, 구양익歐陽翼과 더불어 역정에서 술을 마셨다. 유종원이 말하였다. "나는 세상에서 버림받았으나 이곳에 와 살면서 그대들을 만나 행복하였다. 내년이면 나는 죽어 신령이 될 것이니 3년 후에 사당을 세워 제사하도록 해라." 그가 말한 대로 그는 이듬해 죽었다. 3년 후 초가을 신묘일에 유종원의 신령이 자사 관저의 후당에 강림하니 구양익 등이 뵙고 절하였다. 그날 밤 유종원이 구양익의 꿈에 나타나 나지

◈ 유후사

에 사당을 세우라 말하였다. 7월 경신일에 사당을 낙성하고 제사
하였다. 지나가던 나그네 이의李儀라는 자가 술에 취하여 사당에
서 무례하게 굴었더니 병을 얻어 사당 문을 나서자 바로 죽었다.

이 글과 관련된 유적이 유후사에 전시되어 있는데 바로 '여자비荔子
碑'라는 비문이다. 이 비문은 '삼절비三絶碑'라는 별칭을 갖고 있다. 유
독 유종원을 흠모했던 송나라 소동파가 한유의 〈유주나지묘비〉 후반
부를 서예로 쓴 것이다. 이 노래는 초사의 형식을 활용했는데, 유종원
에게 제사할 때 부르게 했다. 그 노래의 처음이 '여자荔子'로 시작돼서

'여자비'라고 했고, 유종원의 삶을 한유가 글로 짓고 소동파가 붓글씨로 썼다고 해서 '삼절비'라고 한 것이다. 남송 가정嘉定 10년(1217)에 비문으로 새겨 이곳 유후사에 세워졌다.

◈ 여자비

대전에 세워진 유종원 동상은 갑옷을 입고 칼을 두른 장군들에 둘러싸여 있다. 위쪽으로 "빛은 차갑고 색은 바르다"라는 뜻의 '망한색정芒寒色正'이란 글씨의 현판이 걸려 있다. 인품이 고결하고 정직한 사람을 뜻하는 말이다. 평생의 동지이자 절친이었던 중당의 뛰어난 시인 유우석이 유종원을 평가해서 한 말이다. 대전 뒤쪽으로 높이 2미터, 지름 4미터 크기의 유종원의 의관총이 있다. 직사각형 돌판을 측면에 대서 둥글게 만들고 위쪽은 떼를 입히지 않고 지붕을 얹어서 뚜껑을 덮은 거대한 솥의 모습이다. 문화대혁명 때 심하게 파손된 것을 1974년 새롭게 중수한 것이다. 원화 14년(819) 조정에서 대사면을 실시하면서 경사로 돌아오라는 황제의 조서가 이르렀으나 유종원은 이미 병이 깊어진 뒤였다. 그해 11월 8일 47세의 나이로 세상을 떴고 이듬해 운구되어 섬서성 만년현萬年縣 서봉원棲鳳原에 있는 선영에 묻혔다. 의관총을 둘러볼 무렵부터 내리기 시작한 비가 유후사를 나

설 무렵에는 세찬 빗줄기로 바뀌었다. 다시 여자비 비문이 있는 곳으로 돌아가 빗줄기가 약해질 때까지 글씨를 감상했다.

붉은 여지와 노란 바나나
고기 채소에 섞어 유후의 묘당에 진상하네
유후의 배는 양쪽에 깃발을 꽂고서
강을 건너 바람 속에 정박하여 기다리시네
유후께서 오지 않으시면 내 슬픔 어찌하리오
유후께서 준마를 타고 묘당에 들어오셔서
우리 백성들을 위로하시며 환히 웃으시네
유주의 산이여 유주의 강물이여
계수나무 모여 자라고 흰 돌들이 가지런하다네
유후께서 일찍 나가 노니시고 저녁에 돌아오시네
봄에는 원숭이와 함께 노래하시고
가을에는 학과 함께 하늘을 나시네
북방 사람들은 유후에게 시비하였어도
유후께서는 천년만년 우리를 멀리하지 않으시네
우리에게 복을 주시고 장수하게 하시고
악귀를 산 왼쪽으로 쫓아버리셨네
낮은 땅은 물에 잠기는 고초가 없고
높은 땅은 벼가 시들지 않는다네
벼는 세곡으로 충당할 수 있고
뱀은 또아리를 틀고 숨어버렸네
우리 백성이 유후께 일을 고함이여

그 처음과 똑같이 게으름이 없나니

지금부터 영원토록 흠모한다네

– 한유, 〈유주나지묘비柳州羅池廟碑〉중

우레와 용의 신이 거하는 공원, 용담공원

유주 시내에서 남쪽으로 3킬로미터 떨어진 용담공원龍潭公園을 찾았다. 맑은 호수와 수려한 봉우리들로 이루어진 풍광이 뛰어난 곳이다. 와호산臥虎山, 미녀봉美女峰, 공작산孔雀山 등 24개의 봉우리가 각기 다른 형상으로 거울 호수 경호鏡湖를 멀리서 또 가까이에서 옹위하여 서 있다. 경호는 서북쪽에서 동남쪽으로 길게 자리를 잡았고 우레의 호수 뇌담雷潭과 용의 호수 용담龍潭을 거느리고 있다. 명칭에서 짐작할 수 있듯이 이곳은 우레와 비를 관장하는 신령한 뇌신과 용신이 거하는 곳이다. 그래서 예부터 뇌담 인근에서 기우제를 지냈다. 유종원이 처음 유주에 와서 자사직을 수행하던 해 가뭄이 심하게 들어서 이곳에서 기우제를 지냈다. 〈뇌당도우문雷塘禱雨文〉은 유종원이 기우제 때 작성한 비를 기원하는 글이다.

신령의 거처는 때론 물이 되고 때론 우레가 되나니

이로 인하여 사람들이 산과 물에 사당을 세웁니다

신령은 바람 말과 구름 수레를 타시고

엄숙하게 이리저리 순시하십니다

능히 지상의 곡식을 풍족하게 하시고

능히 인간의 재난을 물리치십니다
신령은 지혜로 세상을 살피시니
우리는 정성으로 신령께 나아갑니다
이곳에 영험함이 있음을 우러르며
사당을 세워 제물을 바칩니다
만약 신령께서 응하지 않으시면
인간들이 무엇을 의지하겠습니까
금년 오랫동안 가뭄이 들어
온갖 농작물이 해를 입었습니다
감히 정성스레 구하옵나니
신령께서 응답해주시기를 비옵니다

제가 조정으로부터 임명을 받아
이곳 먼 땅에 부임하였습니다
이제 막 정무에 임하여
방종도 과실도 거의 없었습니다
청렴을 기준으로 스스로 단속하고
충신을 기준으로 일을 처리하였습니다
무슨 허물이 있다고 한다면
신령을 어찌 속일 수 있겠습니까
천하 만물은 하늘의 보살핌을 받나니
어찌 신령께 드릴 곡식이
잡초 속에서 사라지게 하시겠습니까
물결을 일으키시고 구름 기운을 통하게 하시며

땅을 뚫고 우레가 울리게 하소서
만약 비가 내려 공을 이루게 된다면
만민이 신령을 칭송하리이다

비를 구하는 간절한 정성이 깃든 이 글에서 청렴과 충신을 바탕으로 자사직을 수행하고 있다는 유종원의 자부심이 읽힌다. 이 기우문은 비문으로 새겨져 지금 용담공원 서북쪽에 서 있다. 평소에도 유종원은 자주 이곳을 찾아 수려한 자연이 주는 위로를 누렸다. 호수에 배를 띄우고 수려한 자연 속에서 삶을 충실하게 채워갔던 유종원을 회고하며 그의 작품 〈어옹〉을 힘차게 불러 이 아름다운 풍경 속에 깃든 그의 숨결을 더듬었다.

배 유람을 마치고 산길을 더듬어 높은 봉우리로 올라갔더니 칼날같이 뾰족한 봉우리들이 유주의 하늘에 끝도 없이 이어진다.

바닷가 산봉우리 칼끝처럼 뾰족하여
가을 되니 곳곳에서 애간장을 도려내누나
이 몸 천억 개로 변할 수 있다면
흩어져 산봉우리마다 올라 고향을 바라보련만

해 반 첨 산 사 검 망　　추 래 처 처 할 수 장
海畔尖山似劍鋩, 秋來處處割愁腸。
약 위 화 득 신 천 억　　산 상 봉 두 망 고 향
若爲化得身千億, 散上峰頭望故鄉。

유종원이 유주에서 쓴 〈호초 스님과 함께 산을 바라보며 시를 지어 장안 친구들에게 부치다 與浩初上人同看山寄京華親故〉라는 긴 제목의 시이다. 유주의 카르스트 지형이 만든 뾰족한 산봉우리들이 가을날 칼날이 되어 가슴을 도려낸다. 유주의 풍경이 아무리 수려해도 그 가슴 깊이 자리한 고향 그리움만은 끝내 치유할 수 없었던 것이다. 도술이라도 있어 몸을 천억 개로 만들 수 있다면 그 무수한 봉우리마다 올라가서 고향을 바라보고 싶다는 구절은 거의 목메는 흐느낌에 가깝다. 결국 그 그리움이 병이 된 것일까? 819년 11월 47세의 나이로 유주에서 세상을 뜨니, 눈보라 속에서도 의연했던 어부의 낚시질도, 푸르른 산하를 일깨우던 어부의 노랫소리도 마침내 그치게 되었다.

자후(유종원의 자)는 소년 시절부터 사람됨이 용감하였고 가문을 들먹이며 으스대지 않았다. 공업을 이룰 만하였으나 사건에 연루되어 물러나게 되었다. 물러난 후에는 그를 구해줄 힘 있는 사람을 사귀지 못해 마침내 궁벽한 땅에서 죽게 되었다. 그의 재주는 세상에 쓰이지 못했고, 그의 도는 시대에 행해지지 못했다. 자후가 조정에 있을 때 마치 유배 시절처럼 진중하였더라면 배척되지 않았을 것이다. 그가 배척되었을 때도 누군가 그를 힘껏 천거하였다면 다시 중용되어 궁하게 되지 않았을 것이다. 그러나 자후가 오랫동안 배척되지 않았고, 그 궁함이 극에 이르지 않았다면 비록 벼슬에서야 남보다 출세하였겠으나 학문과 시문에 힘써 지금처럼 후대에 필히 전해질 정도가 되지는 못했을 것은 자명하다. 비록 자후가 원하는 대로 한 시대의 장상將相이 되었다고 하더라도 이것으로 저것과 바꾼다면 어느 게 득이고 어느 게 실인지는 분명하지 않겠는가.

— 한유, 〈유자후묘지명〉 중

광동성 1
— 대유령
11장

매화가 피고 지는 유서 깊은 고갯길, 대유령

이번 여정은 소동파의 유배지를 찾아가는 길이다. 북송 원풍 3년 (1080) 45세의 나이로 황주에 유배된 소동파는 그로부터 5년이 지난 원풍 8년 해배解配가 되고 복권되었다. 신종 황제가 죽고 어린 철종을 대신하여 태후가 섭정하는 동안 소동파는 최고로 영화로운 시절을 보냈다. 태후의 절대적인 신임 속에서 한림학사지제고, 항주 태수, 영주 태수, 양주 태수, 병부상서, 예부상서까지 요직을 두루 거쳤다. 그러나 원우元祐 8년(1093) 소동파의 나이 58세가 되던 해 태후가 죽으면서 정국은 급변했고 정적들이 권력에 복귀했다. 정주定州 태수이자 하북 군구사령河北軍區司令이었던 소동파는 소성紹聖 원년(1094) 봄 광동성의 영주英州 태수로 좌천되었고, 부임하는 도중에 훨씬 멀리 떨어진 광동성 혜주의 건창군사마建昌軍司馬라는 낮은 직급으로 폄관貶官되었다. 유배지 혜주를 향해 가던 소동파가 육로와 수로를 이용해 약 3개월 여정 끝에 도달한 곳이 바로 강서성에서 광동성으로 넘어가는 유서 깊은 고갯길 대유령大庾嶺이었다. 이 길은 진시황 때 처음 개통되었고 당나라 현종 때 재상을 지낸, 대유령에서 멀지 않은 소관韶關 출신의 장구령張九齡에 의해 크게 확장되고 정비되었다. 근대에 이르러 남북을 잇는 도로와 철로가 건설되기 전까지 이 고갯길은 영북嶺北과 영남嶺南을 잇는 교통의 요지였다. 수많은 군인과 전마가 이 길을 오갔고, 수많은 상인과 물자가 이 길을 지나갔다. 고갯길에 마련된 역참驛站에서 중앙 조정으로 복귀하는 관리들은 축하의 술잔을 기울였고 영남 오지로 좌천된 유배객들은 눈물과 한숨의 시를 남겼다.

음력 시월 남으로 날아온 기러기는
이곳에 이르면 돌아간다 하거늘
나의 떠돎은 유독 끝이 없으니
어느 날에나 다시 돌아가리오
강물은 고요하여 물결이 일지 않고
숲은 어둑하여 독한 장기瘴氣가 걷히질 않네
내일 아침 고향 바라보는 곳
산마루에 매화가 피어 있겠지

양 월 남 비 안　전 문 지 차 회
陽月南飛雁, 傳聞至此回。
아 행 수 미 이　하 일 부 귀 래
我行殊未已, 何日復歸來。
강 정 조 초 락　임 혼 장 불 개
江靜潮初落, 林昏瘴不開。
명 조 망 향 처　응 견 롱 두 매
明朝望鄉處, 應見隴頭梅。

성당 시기 광동성 농주瀧州(지금의 나정羅定)로 유배길에 오른 유명한 시인 송지문宋之問이 대유령 역참 벽에 쓴 시 〈제대유령북역題大庾嶺北驛〉이다. 강물은 고요하건만 가슴속 번민은 파도처럼 일어나고 숲을 자욱하게 가리는 남방의 독한 장기처럼 자신의 미래도 지척을 알 수가 없다. 마지막 구절은 이곳 대유령이 매화로 유명하기에 나온 말이다. 장구령이 이곳을 수축하면서 길 양옆으로 매화를 심었으므로 대유령을 매령梅嶺으로 부르기도 했다. 날씨가 따뜻한 영남 지역이라 북방에 비해 매화가 일찍 피어서 매화 감상지로 이름이 났다. 송지문은 남조 시인 육개陸凱가 쓴 "매화를 따다가 역마를 만나, 멀리 북방에 계시는 님께 보내네. 강남 땅에 무에 있으랴, 그저 봄 한 가지를 보낸다네折花逢驛使, 寄與隴頭人. 江南何所有, 聊贈一枝春"라는 〈증범엽시贈范曄詩〉를 활용하여 가족을 향한 그리운 마음을 표현한 것이다. 알 수 없는 미래에 대한 불안과 가족을 향한 그리움이 짙게 배어 있다. 송지문은 역참을 나서 고갯길을 넘으면서 시 한 수를 더 남겼다.

대유령을 넘어 이제 경사와 이별하니
수레를 멈추고 고향 쪽을 바라보네
혼은 기러기를 따라 돌아가고
눈물은 북쪽 가지 꽃에 다 흘렸네
산 비는 이제 막 맑게 개고
강 구름은 노을로 바뀌려 하네
언젠가 돌아갈 날이 온다면야
유배 가는 처지를 한탄할 것 무에랴

度嶺方辭國, 停軺一望家。

魂隨南翥鳥, 淚盡北枝花。

山雨初含霽, 江雲欲變霞。

但令歸有日, 不敢恨長沙。

－송지문, 〈도대유령度大庾嶺〉

    대유령 꼭대기에서 고향이 있는 북쪽 하늘을 바라보며 하염없이 눈물 흘리는 시인은 그래도 비가 그치고 구름이 변하듯이 시절이 바뀌어 돌아갈 것을 꿈꾸고 있다. 소동파 역시 많은 시인이 그랬듯이 이 유서 깊은 고갯길을 넘으면서 시를 남겼는데 그 분위기가 사뭇 다르다.

    한번 더러운 때를 떨어내니

    심신이 텅 비어 맑아졌네

    광활한 하늘과 땅 사이에

    오직 나 홀로 독야청청 바르도다

    오늘 대유령 고갯길을 넘나니

    나와 세상은 영원히 서로를 잊을 것이라

    신선이 내 정수리를 쓰다듬으시며

    불로장생의 축복을 주시리라

一念失垢汗, 身心洞清淨。

浩然天地間, 惟我獨也正。

今日嶺上行, 身世永相忘。

仙人拊我頂, 結髮授長生。

선 인 부 아 정　결 발 수 장 생

－소식, 〈과대유령過大庾嶺〉

　끝없는 조정의 권력 싸움에 진절머리가 난 탓인지 아무런 원망도 없고 그저 홀가분할 따름이다. 목욕해서 오래 묵은 때를 씻어낸 듯 심신이 유쾌하다. 대유령을 넘는데 마치 내가 홍진 세상을 영원히 버리는 느낌이다. 마지막 두 구절은 이백의 시에 나오는 구절을 통째로 인용한 것이다. 〈안녹산 전란을 겪은 후, 황제의 은혜를 입어 야랑으로 유배 가며 옛날 노닐던 것을 생각하고 마음을 적다經亂離後天恩流夜郞憶舊遊書懷〉라는 긴 제목에서 알 수 있듯이 이백이 야랑夜郞으로 유배 가는 중에 자신의 심정을 적은 시이다. 앞부분에 소동파가 인용한 구절이 나온다.

하늘 위 백옥의 경사에
열두 누대와 다섯 성이 있었으니
신선이 제 머리를 어루만져주셨고
머리 묶은 시절에 장생술을 받았건만
잘못하여 세상의 환락을 좇다가
인생의 좋고 나쁜 실상을 다 겪었노라

천 상 백 옥 경　십 이 루 오 성
天上白玉京, 十二樓五城。
선 인 무 아 정　결 발 수 장 생
仙人撫我頂, 結髮受長生。
오 축 세 간 락　파 궁 리 난 정
誤逐世間樂, 頗窮理亂情。

　신선이었던 자신이 인간 세상에 떨어져 온갖 굴욕을 당하게 되었다는 것이니 소식이 이 시의 구절을 인용한 심사를 충분히 짐작하게 한다. 세상은 다 취하였고 나 홀로 깨어 있다는 자의식이 충만한 것이다. 이런 자의식이 있었기에 소동파는 긴 유배생활에서도 자신의 삶을 충실하게 채워갈 수 있었다.

강서성 쪽에 속한 대유령 입구에서 출발해서 긴 세월에 둥글게 윤기 나는 돌들이 박혀 있는 대유령 길을 걸어 올라갔다. 길 양옆으로 청매실을 매단 매실수가 푸른 잎새로 울창하다. 매화 향기 가득한 시절에 오지 못한 것이 못내 아쉬운데, 길 오른쪽으로 높이 솟구쳐 대유령 하늘을 온통 가리고 있는 거목이 눈길을 사로잡는다. 무슨 나무가 이토록 기상이 늠름하고 위풍이 당당한 것인가! 팻말을 확인해보니 천 년 된 단풍나무, 천년고풍千年古楓이다. 장구한 세월 이곳 고갯길을 넘던 여행자들을 묵묵히 바라보았을 역사의 증인이다. 천 년이 넘었건만 몸통도 반듯하고 가지도 튼실하고 잎새도 무성하다. 이토록 넓은 그늘이라면 지친 여행자들을 족히 쉬게 할 수 있었으리라. 이토록 늠름한 기상이라면 상한 마음을 족히 위로해줄 수 있었으리라.

서리 내린 맑은 새벽 매관을 나서니
나귀는 추워 고슴도치처럼 웅크렸구나
서풍이 불어가는 남웅 백 리 길
푸른 나무 붉은 단풍을 흐뭇하게 바라본다네

상 욱 개 청 효 출 관　　충 한 려 자 위 찬 찬
霜旭開晴曉出關, 沖寒驢子蝟攢攢。
서 풍 백 리 남 웅 도　　녹 수 단 풍 만 의 간
西風百里南雄道, 綠樹丹楓滿意看。

－원元, 여성呂誠,〈대유령유제大庾嶺留題〉

◈ 남월웅관

고개 정상에 이르니 절벽 사이로 난 좁은 고갯길을 막아선 관문이 보인다. 4미터 정도 높이의 관문 위쪽에는 '남월로 가는 웅장한 관문', '남월웅관南粵雄關' 네 글자가 횡서로 음각되어 있다. 관문에서 조금 떨어진 곳에 절벽을 파고 '매령梅嶺'이라고 새긴 큰 비석도 세웠다. 반듯한 해서체의 글씨는 붉은색을 덧칠해서 강한 인상을 준다. 관문 벽의 두께가 5미터 남짓이니 이곳을 틀어막으면 일만 대군도 길을 열 수 없을 '일부당관一夫當關, 만부막개萬夫莫開'의 천하의 웅관이다. 본래 관문 위쪽으로 누각이 얹혀 있었는데 지금은 없어지고 문만 남았다. 관문 북쪽 면 양쪽에 새겨진 "매실은 나그네의 갈증을 멈추고, 관문은 폭도가 오는 것을 막는다"라는 뜻의 "매지행인갈梅止行人渴, 관방폭객래關防暴客來"라는 구절은 매관만의 독특한 풍모를 재미있게 표현한 것이

282

다. 관문이 폭도를 막는 기능도 있었겠지만 오가는 상인으로부터 세금을 징수하는 곳이기도 했으니 상인들 입장에서 보자면 누가 진짜 폭도인지 알 수 없는 노릇이었을 것이다.

동파가 쉬어가던 나무, 동파수

비탈길을 내려가는데 왼쪽에 '동파수'라 이름표를 붙인 나무 한 그루가 보인다. 소동파의 유배지를 찾아가는 길에 '동파수'를 만났으니 어찌 반갑지 않으랴. 제법 큰 나무이긴 해도 굵기나 높이는 앞서 만났던 단풍나무만큼은 아니고 물푸레나무 종류로 보인다. 전하는 바에 따르면, 동파가 이곳을 지나면서 이 나무 아래서 술을 팔던 노인을 만났다고 한다. 동파가 술을 사서 나무 그늘에 쉬면서 노인과 대화를 나누었는데, 이 여행객이 조야에 명성이 혁혁한 소동파인 것을 알게 된 노인이 급히 예를 갖추며 무사히 유배를 마치고 다시 복귀하시라고 축복했다. 노인의 진심 어린 축복에 감동한 동파가 즉석에서 시를 지어 그에게 주었다.

> 학처럼 마른 골격에 서리 내린 머리칼
> 마음은 이미 재처럼 식었다네
> 내 몸소 심은 청송은 이미 아름드리거늘
> 대유령 언저리 노인에게 묻노니
> 남쪽으로 유배 갔던 이 몇이나 되돌아갔던가

학 골 상 염 심 이 회　청 송 합 포 수 친 재
鶴骨霜髥心已灰, 青松合抱手親栽。
문 옹 대 유 령 상 주　증 견 남 천 기 개 회
問翁大庾嶺上住, 曾見南遷幾個回。

7년의 세월이 흐른 1011년 해남도에서의 유배가 끝나 북으로 돌아가던 동파는 다시 대유령을 넘게 되었다. 매화꽃이 이미 다 져버린 고갯마루에서 감회가 깊어진 소동파는 대유령 매화에게 주는 시 한 수를 썼다.

매화 다 지고 백화가 피건만
나그네들 다 지나도록 그대 오시지 않았구려
푸른 매실에 술을 데워 마시지도 못하였으니
가랑비에 황매가 익어가는 것이나 보시구려

매 화 개 진 백 화 개　과 진 행 인 군 불 래
梅花開盡百花開, 過盡行人君不來。
부 진 청 매 상 자 주　요 간 세 우 숙 황 매
不趁青梅嘗煮酒, 要看細雨熟黃梅。

'고갯마루 매화에게 바치다'라는 뜻의 〈증령상매贈嶺上梅〉라는 작품이다. 남으로 유배길에 오를 때도, 북으로 해배길에 오를 때도 매화의 개화 시기에 맞추지 못한 아쉬움을 적은 것인데, 매화에게 준다고 했지만 기실 세상과 불우했던 자신의 삶을 이야기한 것이다. 대유령을 오가는 수많은 나그네들이야 매화 향기에 감탄하고 환호했지만 정작기다리던 임은 오지 않았다. 꽃이 지고 푸른 매실을 매단 시절에도 그리운 임은 오지 않았다. 꽃 피던 시절, 푸른 열매 맺던 시절은 동파의재화가 꽃피던 청장년의 시기이다. 그 향기롭고 푸르던 시절은 헛되이 흘러가버렸고 이제 늙은 매실처럼 삶은 어느덧 노경에 이르렀다는 것인데, 마지막 구절 빗속에 익어가는 황매를 보러 오라는 표현에서 끝없는 고난의 빗발에도 향기롭게 익어간 자신의 인생에 대한 자부심이 읽힌다. 거듭된 유배의 어려운 삶 속에서도 항상 의연했던 소동파였으니 과연 향기롭게 익은 황매라 자부할 만하다는 생각이 든다. 동파수 아래 세운 시비詩碑에 이 매화시가 새겨져 있다. 동파수의 그늘 아래서 동파의 매화시를 읽으며 익어가는 것의 의미를, 향기롭게 늙어가는 것의 의미를 깊이 새겼다.

붉은 노을로 빚어낸 산, 단하산

소동파의 두 번째 유배지인 광동성 혜주로 가는 길에 광동성의 명산인 붉은 노을 산, 단하산丹霞山에 들렀다. 대유령 옛길에서 남서쪽으로 한 시간 거리의 소관시 경내에 있다. 중국홍색공원中國紅色公園이라 불리는 단하산은 노을처럼 붉은 사암이 오랜 풍화와 침식을 통해 기이한 형상으로 깎이고 다듬어져 천하에 둘도 없는 장관을 이루고 있는 곳이다.

단하산 최고의 풍경을 볼 수 있다는 장로봉長老峰의 전망대로 올라갔더니 과연 거폭의 강산무진도江山無盡圖가 펼쳐진다. 초록 융단을 깔아놓은 듯 울창한 삼림 위로 수백 개의 붉은 사암 봉우리들이 기기묘묘한 형상으로 솟아 있다. 어떤 봉우리는 성채처럼 웅장하고 어떤 봉우리는 송이버섯처럼 앙증맞고 어떤 봉우리는 기둥을 세워놓은 듯 날렵하다. 모두 푸른 숲을 이고 있어서 절벽의 붉은색이 더욱 도드라진

◈ 단하산 풍경

다. 그 기이한 봉우리들을 원근으로 세우고 강물은 유람선을 싣고 그림의 한복판을 굽이져 흘러간다. 이 강의 이름이 비단의 강, 금강錦江이니 붉은 노을 산, 단하에 어울리는 아름다운 이름이다. '붉은 노을이 비단과 같다'는 '단하사금丹霞似錦'은 노을을 형용할 때 항용 쓰는 말이다. 이곳 비단 강이 흘러가는 노을 산에서 오래 머물다 보면 심신이 노을처럼, 비단처럼 아름다워질 것도 같다. 장로봉 정상에 있는 정자에서 단하산의 기이한 풍경에 푹 빠져 있는 일행에게 말했다.

"비단처럼 아름다운 노을에 둘러싸여 있으니 기분이 좋지요? 여러분의 삶도 노을처럼, 비단처럼 아름답길 바랍니다. 이럴 때 쓰는 축복의 사자성어가 '전정사금前程似錦'입니다. 앞날이 비단 같기를 바란다는 뜻이죠. 이 말로 서로를 축복해줍시다. 전정사금, 치엔청쓰진!"

　장로봉을 내려와서 다음으로 찾아간 곳은 천하제일 기석奇石이라 불리는 양원석陽元石이다. 높이 28미터, 지름 7미터의 거대한 남근석 봉우리이다. 봉우리 끝의 형상이며, 표면에 생긴 주름이 영락없이 붉게 발기한 남성 생식기의 모습이다. 이 기이한 봉우리는 영탄을 넘어 숭배의 대상까지 돼서 '배양대拜陽臺'라는 제단까지 만들어져 있다. 제단에 촛불을 켜고 향을 사르는 사람들은 양원석이 영험하다고 입을 모은다. 자료에 따르면 이곳 단하산에는 양원석에 어울리는 음원석陰元石도 있다고 하니 더욱 재미있다. 그래서 단하산의 별명이 천연나체공원이다.

　양원석의 효험인지 한결 씩씩해진 발걸음으로 양원산陽元山 등산에 나섰다. 양원석 바로 앞쪽에 솟구쳐 있는 거대한 바위산이다. 정상으로 가는 길은 운애잔도雲崖棧道, 바위를 파서 만든 계단이 거대한 붉은 절벽 옆으로 가파르게 이어지는 험한 길이다. 이 험한 길을 마다하지 않

◈ 양원석

고 오르는 것은 단하산의 비경인 일몰을 보기 위해서다. 양원산 서남쪽 벼랑에 아흔아홉 개의 돌계단을 파서 등산로를 만들고 구구천제九九天梯라는 이름을 붙였는데, 이 아찔한 계단이 단하산의 일몰을 감상하기에 최적의 장소란다. 일몰 시간을 맞추려 바삐 걸음을 옮기는 일행의 얼굴은 어깨로 바짝 다가드는 절벽의 붉은색 때문인지 더욱 상기되어 있다. 서둔 덕에 일몰 전에 목적지 구구천제까지 도달할 수 있었는데, 문제는 이 긴 계단의 경사도가 70~80도에 이른다는 것이다. 계단 양쪽은 보기에도 아찔한 현애 절벽이다. 일몰의 풍경을 마음 놓고 감상하기에는 그리 적절한 곳은 아닌 듯하다. 오금이 저려 난간을 붙잡고 얼마를 앉아 있었더니 드디어 시원한 저녁 바람이 불어오고 늦봄의 해가 기울며 서편 하늘에 붉은 노을을 뿌린다. 지상의 노을이 천상의 노을을 맞이하는 장엄한 순간이다. 단하산의 붉은 봉우리들, 구구천제의 아흔아홉 붉은 계단들이 노을빛을 받아 더욱 붉게 빛난다. 무섬증도 잊고 벌떡 일어나 노을빛이 잿빛으로 잦아들 때까지 이 장엄한 풍경이 주는 행복을 마음껏 누렸다. 누군가 가수 이동원이 부른 정호승 시인의 〈이별 노래〉를 흥얼거렸다. "그대 떠나는 곳 / 나 먼저 떠나가서 / 그대의 뒷모습에 깔리는 / 노을이 되리니"

온종일 붉은 노을 산에서 노닐다가 저녁 붉은 노을 속에서 노래하는 사람들, 그 속 깊은 그리움이야 알 길이 없지만 모두 행복한 얼굴들이다.

◈ 구구천제

광동성 2
12장

— 혜주

소관에서 혜주로 이어진 소신韶新 고속도로를 타니 혜주까지는 세 시간 남짓 걸렸다. 혜주는 광동성 중남부의 광주廣州, 심천深川, 불산佛山 등의 대도시들을 포함하는 주강삼각주珠江三角洲 구역에 속한 큰 도시이다. 주강의 삼대 지류 중 하나인 동강東江이 혜주를 흘러간다. 중국 경제를 견인하는 경제 중심 도시인 혜주는 당송 시기에도 광동성의 정치, 경제, 군사, 문화의 중심 지역이었고 거대한 물류의 집산지였다. 특히 혜주는 북방과 달리 아열대 지역이므로 사계절 초목이 짙푸르고 맛좋은 과일이 풍부했다.

붉은 여지가 빗속에 익어가는 도시, 혜주

혜주로 향하던 소동파는 광동성 청원현清遠縣에서 혜주 출신의 한 수

재를 만났다. 고씨 성의 이 수재는 이 유명한 유배객에 대한 존경의
마음에서였는지 장황하게 혜주 자랑을 늘어놓아 낯선 땅으로 가는 소
동파의 불안을 얼마간 해소해주었다. 당시 지은 시 〈배가 청원현에 이
르러 고 수재를 만나니 혜주의 풍물의 아름다움을 자세히 설명하였
다 舟行至淸遠縣見顧秀才極談惠州風物之美〉에 혜주에 대한 소동파의 설레는 기
대감이 엿보인다.

혜주 도처에서 임금 곁에 섰던 관리를 보나니
이곳에서 한림학사는 더욱 두드러지겠지
빽빽한 강 구름에 계수나무 꽃이 젖고
시원스러운 바다 비에 여지 열매 불타네
누런 감귤은 늘 까치가 차지하고
붉은 귤은 돈을 따지지도 않는다고 하네
도성을 떠난 도사 도홍경처럼
나부산으로 가서 선계를 찾으리라

도 처 취 관 향 안 리　차 방 의 저 옥 당 선
到處聚觀香案吏, 此邦宜著玉堂仙。
강 운 막 막 계 화 습　해 우 소 소 여 자 연
江雲漠漠桂花濕, 海雨滫滫荔子然。
문 도 황 감 상 저 작　불 용 주 귤 갱 논 전
聞道黃柑常抵鵲, 不容朱橘更論錢。
흡 종 신 무 래 홍 경　변 향 나 부 멱 치 천
恰從神武來弘景, 便向羅浮覓稚川。

혜주는 향기로운 계수나무 꽃이 피고 붉은 여지 열매가 달콤하게
익어가는 곳이다. 황감黃柑이며 주귤朱橘 같은 귀하디귀한 과일이 흔
전만전한 곳이다. 또 혜주 서북쪽에 길게 자리한 나부산羅浮山은 예로

부터 '봉래선경蓬萊仙境'이라는 칭호가 있을 정도로, 선산仙山으로 이름이 높다. 이 모두가 고 수재로부터 얻은 혜주에 대한 정보이다. 아열대 지역의 신선한 과일을 특히 좋아했던 소동파는 고 수재로부터 설명을 듣는 내내 군침이 돌았을 것이다. 도가의 연단술에 관심이 높았으니 선산 나부산에 대한 소개 또한 귀를 솔깃하게 했을 것이다. 제7구에 나오는 도홍경은 남조 양나라 무제武帝 때 활약한 이름 높은 도사이다. 황제는 그가 산을 나와 자신의 조정에 머물기를 바랐으나 도홍경은 끝내 돌아가지 않았으니 소동파는 이 도홍경이라는 인물을 빌려 조정과의 절연의 뜻을 드러낸 것이다.

소동파가 혜주에 도착한 것은 소성 원년(1094) 음력 10월이었다. 처음 도착하여 쓴 시 〈시월이일초도혜주十月二日初到惠州〉에는 그가 혜주에 도착할 당시의 심정이 잘 드러나 있다.

마치 꿈속에서 이미 다녀간 듯하고
고향 집 닭과 개가 제집 찾아온 듯 즐겁네
관리들은 무슨 일인가 깜짝 놀라는데
마을 노인들 손잡아 이 늙은이를 맞아주네
소무는 사막 북쪽에서 돌아갈 일 생각지 않았고
관녕은 요동에서 늙어가리라 결심했다네
만호주 봄빛이 가득한 영남 땅 혜주
이곳에는 나를 반길 은자도 분명 있겠네

방 불 증 유 기 몽 중　혼 연 계 견 식 신 풍
仿佛曾遊豈夢中, 欣然雞犬識新豐。
이 민 경 괴 좌 하 사　부 로 상 휴 영 차 옹
吏民驚怪坐何事, 父老相攜迎此翁。

소 무 기 지 환 막 북　관 녕 자 욕 로 요 동
蘇武豈知還漠北, 管寧自欲老遼東。
영 남 만 호 개 춘 색　회 유 유 인 객 우 공
嶺南萬戶皆春色, 會有幽人客寓公。

언젠가 꿈속에서 이미 다녀간 듯, 마치 고향 마을에 온 것처럼 혜주
가 포근한 인상을 주었던 모양이다. 도대체 무슨 죄를 지었길래 이 먼
곳까지 유배를 온 것인지 궁금해하면서도 따뜻이 손잡아 맞아주는 관
리들과 백성들, 그들이 대접하는 봄빛 가득한 만호주萬戶酒에 기분 좋
아진 소동파는 북으로 돌아갈 욕심을 접고 이곳 혜주에서 세상을 버
린 은자들과 교유하며 유유자적 여생을 보내리라 결심한다. 제7구의
'만호'가 '만호주'라는 술 이름임을 동파 스스로 밝히고 있긴 해도 그
주석을 무시하고 글자 그대로 풀어서 "영남 땅 혜주의 온 집마다 모두
봄빛"이라고 읽는 것도 좋을 것 같다. 아열대 지역이라 사철 푸른 혜
주의 첫인상이면서 동시에 자신의 여생도 이런 포근한 봄빛 속에 있
기를 바라는 희망의 표현이다. 소동파의 이런 기대대로 혜주에서의
생활은 대체적으로 평온하고 만족스러웠던 듯한데, 그것은 어떤 상황
이나 환경에서도 유쾌함을 잃지 말자는 그의 생활 태도 때문이다. 혜
주 생활 초기에 지은 〈기유송풍정記遊松風亭〉이라는 멋진 글은 어디서
나 행복할 수 있었던 소동파의 달관이 잘 표현되어 있다.

　　나는 일찍이 혜주 가우사에 거한 적이 있었는데, 송풍정 아래에
　　서 이곳저곳 오가며 노닐었다. 한번은 다리 힘이 빠져 얼른 송풍
　　정으로 가서 쉬고자 하였는데, 송풍정 건물은 아직도 멀리 보이는
　　나무 끝자락 위로 솟아 있어서 어떻게 저기까지 갈까 생각이 들
　　었다. 한참을 지나 갑자기 이런 생각이 들었다. "여기서 그냥 쉬지

못할 건 또 무엇이냐!" 이렇게 생각하니 마치 낚싯바늘에 걸린 물고기가 자유를 얻은 느낌이었다. 만약 누군가 이런 깨달음을 얻는다면 북소리가 천둥처럼 울리는 전장에서, 나아가면 적에게 죽고 물러나면 법에 의해 죽는 상황에 처해 있을지라도 어느 때고 푹 쉬지 못할 것도 없을 것이다.

꼭 송풍정에서만 쉴 수 있는 것이 아니니, 길가의 나무 아래서도 앉아 쉴 수 있고 푹신한 풀밭에서 드러누워 잘 수도 있다는 것이다. 어찌 쉬고 눕는 일만을 이야기한 것이랴. 전쟁 같은 세상에서 평안을 누리고 행복을 꿈꾸는 사람이라면 모두 귀 기울일 깨달음이 아닌가. 이런 달관의 자세는 일찍이 황주 유배 시절에 지은 〈정풍파定風波〉라는 작품에서 더욱 생동감 있게 묘사된 적이 있다.

숲에 떨어지는 빗소리 듣지 마라
시를 읊고 휘파람 불며 소요함에 무에 방해되랴!
짚신에 지팡이가 말 탄 것보다 훨씬 낫다네
무엇을 걱정하랴
평생을 도롱이 하나로 비에 젖어 살았거니
쌀쌀한 봄바람이 술을 깨워주니 좋기만 하다
썰렁해도 산마루 석양이 맞아주지 않더냐
고개 돌려 지나온 소슬한 곳 한번 바라보고
돌아가자, 비바람이 무에랴 쾌청한들 또 무에랴

莫聽穿林打葉聲。何妨吟嘯且徐行。

죽 장 망 혜 경 승 마
竹杖芒鞋輕勝馬。誰怕，一蓑煙雨任平生。

料峭春風吹酒醒。微冷，山頭斜照卻相迎。

回首向來蕭瑟處。歸去，也無風雨也無晴。

이 작품에는 다음과 같은 서문이 병기되어 있다.

3월 7일 사호에서 돌아오는 도중에 비를 만났다. 우장을 든 사람
은 먼저 가버렸으므로 동행인들은 모두 낭패한 얼굴이었으나 나
만은 아무렇지도 않았다. 얼마 후에 날이 개어 이 작품을 지었다.

갑작스러운 비에 함께 길을 가던 사람들은 모두 낭패한 얼굴이 되
어 허둥대는데 동파는 외려 시를 읊고 휘파람을 불면서 느긋하게 빗
속을 걸어간다. 짚신이 비에 젖어오건만 발걸음은 말을 탄 것보다 더
경쾌하다. 아무런 우장도 없이 빗속 먼 길을 걸어갈 것을 걱정하는 동
행의 모습을 보면서 동파는 말한다. "뭘 걱정이셔? 아, 봄바람이 쌀쌀
해서 춥다고? 에이~ 쌀쌀한 바람이 부니까 아까 먹은 술도 깨고 좋기
만 하구먼. 뭐? 옷이 젖어서 춥다고? 조금만 기다리셔. 곧 비가 그치고
해가 뜰 터이니. 저기 산마루에는 벌써 석양이 따뜻하게 비치고 있잖
아. 솜이불처럼 따뜻할 거야."
　비가 그친 산마루 석양의 햇살 속에서 일행 중 누군가 동파에게 물
었다. "선생께서는 갑작스러운 빗속에서도 어떻게 그렇게 태평하실
수 있습니까?" 오던 길을 뒤돌아보던 동파가 명랑하게 말한다. "내 평
생 도롱이 하나 걸치고 비바람 속을 의젓하게 달려왔소이다. 비바람

이 몰려와도 걱정한 것만큼 그리 나쁜 것도 없었고, 날이 갠다 해도 기대했던 것보다 특별히 좋은 것도 없었다오. 그저 만사에 자족하며 내 방식대로, 내 길을 갈 뿐이라오."

혜주에서 다시 만나는 동파의 호수, 서호

혜주에 도착해서 동파의 흔적을 좇아 가장 먼저 들른 곳은 혜주 서남쪽에 있는 서호이다. 도심을 흐르는 동강 건너 남쪽 혜성구惠城區에 속해 있다. 전체 면적이 최대 10제곱킬로미터에 달하는 제법 넓은 호수인데 중간중간에 제방을 쌓고 다리를 세워서 다섯 개의 작은 호수로 나누었다. 호수의 삼면은 푸른 산으로 둘러싸여 있고 호심에는 크고 작은 섬이 군데군데 자리해서 운치를 더한다.

북송 초기에 본격적으로 이 호수의 물을 관개용으로 활용하면서, 백성들에게 풍요로움을 주는 호수라 해서 '풍호豐湖'라고 불렀는데, 서호라고 부르게 된 것은 소동파 때문이라고 한다. 항주에서 벼슬하던 시기에 항주 서쪽 서호를 유달리 사랑했던 동파가 혜주에서도 이 호수를 즐겨 찾으며 '서호'라 불렀다는 것이다. 혜주 서쪽에 있다는 지리적인 특성에다 호수의 아름다움이 항주의 서호에 비견할 만해서였다. 그래서 중국에 36개의 서호가 있지만 오직 혜주만이 항주에 필적한다는 사서의 기록도 전해진다. 어떤 이는 항주의 서호와 혜주의 서호의 차이점을 월나라 미인 서시를 가지고 설명하기도 했다. 항주의 서호는 월왕에게 발탁되어 3년간 춤과 노래, 예법과 교양을 쌓은 세련된 미인 서시요, 혜주의 서호는 저라산 자락 고향 앞을 흐르는 완사강에서 빨래하던 시절의 순박한 미인 서시라는 것이다. 그만큼 항주 서호는 인공미가 빼어나다는 것이요, 혜주 서호는 자연미가 승하다는 것이다.

서호 동문으로 들어갔더니 바로 호수를 길게 가로지르는 제방이 보이는데, 이름이 소동파의 제방, 소제蘇堤이다. 항주 서호처럼 소동파가 직접 쌓은 제방은 아니지만 이 제방을 쌓도록 혜주 태수에게 건의하고 자금도 지원하였으므로 '소제'라 이름을 붙인 것이다. 특히 이 제방 중간에 세운 서신교西新橋와 동강에 세운 동신교東新橋 때문에 혜주 백성들이 동파에게 크게 고마워했다. 두 교량 건설 자금을 마련하기 위해 동파는 동생 소철의 부인이 나라에서 하사받았던 금동전까지 희사했다. 교량 두 곳이 건설된 후에 지은 〈양교시兩橋詩〉에는 혜주 백성들의 감사의 마음이 잘 묘사되어 있다.

마을 어른들이 기뻐하며 구름떼처럼 몰려오는데
광주리와 술병을 들지 않은 사람이 없네
삼일 동안 잔치해도 흩어지지 않아
서쪽 마을 닭을 모조리 잡았다네
父老喜雲集, 簞壺無空攜。
三日飲不散, 殺盡西村雞。

항주 서호를 준설해서 소제를 쌓았을 때는 항주 백성들이 너도나도 돼지고기를 들고 찾아와 감사를 표했고 동파는 그것으로 동파육을 만들어 선물했다. 이곳 혜주 서호의 교량이 세워지자 백성들은 서쪽 마을의 닭이 씨가 마르도록 모조리 잡아 삼일 밤낮 술판을 벌였으니, 그야말로 동파의 서호는 어디서든 자애로운 목민관과 행복한 백성들의 잔치 마당이 되었던 것이다. 긴 제방 초입에는 봉황의 벼슬처럼 붉은 꽃을 황홀하게 피운 봉황수 아래 '소제완월蘇堤玩月'이라 쓴 둥근 팻말이 서 있다. 소동파의 제방에서 달을 감상한다는 뜻이다. 항주 서호의 제일경은 소제춘효, 소제를 거닐면서 봄날 이른 아침 풍경을 감상하는 것인데, 이곳 혜주 서호의 제일경은 소제를 거닐며 달을 감상하는 것이다. 달 밝은 밤이면 소동파는 이곳을 찾아서 술잔을 기울이고 시를 지었다.

한밤중 산이 달을 토하니
아름다운 탑이 잔잔한 물결 위로 드러눕는다
마치 항주 서호의 호숫가
용금문 밖에서 바라보는 듯하다
서늘한 달빛은 바다를 가로질러 광활하고
향기로운 안개는 누각에 스미어 차가운데
달님이여, 가는 걸음 잠시 멈추시고
내 남은 술잔을 비추어주시게나

一更山吐月, 玉塔臥微瀾。
正似西湖上, 湧金門外看。
冰輪橫海闊, 香霧入樓寒。
停鞭且莫上, 照我一杯殘。

◈ 혜주 서호의 사주탑

　소동파가 이곳 서호에서 지은 〈강월江月〉이라는 시이다. 호수를 두른 산 위로 달이 오르자 호숫가의 오래된 고탑이 달빛을 받아 물결 위에 그림자를 드리운다. 그 모습이 마치 항주 서호의 모습을 연상시킨다. 그 옛날 연화 시절 항주의 서호를 비추던 달이 지금 혜주의 서호로 옛 벗처럼 찾아온 것이다. 남녘 바다 위 하늘을 가로질러 멀어지는 은빛 달을 바라보며 안개처럼 몽롱하고 차가운 달빛 속에 오래 머물러 있다. 벗이여, 서둘러 떠나지 마시고 내 곁에 머물러 내 남은 술잔을 비추어주시게! 아름답고 쓸쓸한 시이다. 이 시의 수련 '일경산토월一更山吐月, 옥탑와미란玉塔臥微瀾'은 '완월玩月'을 묘사한 천고의 명구로 회자되었다. '옥탑'은 서호 산기슭에 있는 팔각으로 된 칠층 전탑 사주탑泗洲塔이다. 당나라 중종中宗 때 국사國師를 지낸 승가대사僧伽大師를 기념하기 위해 세웠다. 지금 탑은 명나라 때 중건한 것이다. 소동파의 이 구절로 사주탑은 옥탑이란 이름으로 알려지고 수많은 시인묵객들의 줄기찬 방문을 받아 천하 명탑의 반열에 올랐다. 평호와 풍호를 가로지르는 소제를 끝까지 걸어서 호수 서쪽 산자락으로 들어갔더니 명탑 사주탑이 봉황수 붉은 꽃잎을 계단에 깔고 나를 반갑게 맞이한다. 나도 기쁜 얼굴로 이 명사 사주탑의 명함이라 할 〈강월〉을 읊으며 명사를 만나는 영광스러운 마음을 전했다.

동파의 세 번째 여인이 잠든 무덤, 조운묘

사주탑에서 멀지 않은 산기슭에 소동파의 시첩侍妾 왕조운王朝雲의 무덤이 있다. 산언덕에 벽돌을 쌓아서 무덤을 만들고 앞쪽으로 둥근 벽돌담을 이어 쌓아서 마치 양팔을 벌려 누군가를 안고 있는 형상이다. 앞쪽에는 육여정六如亭이라는 정자가 서 있고 그 옆쪽에 바위에 앉아 불경을 읽으며 생각에 잠겨 있는 아름다운 왕조운의 석상이 있다.

붉은 입술 사랑스럽고 빛나는 머리 탐스럽다네
한가한 창가에서 단정하게 앉아 불경을 읽네
내일은 단옷날, 난초꽃 엮어 그대 허리춤에 채워주고
좋은 시 찾아내어 그대 치맛자락에 써주리라

- 소식, 〈증조운贈朝雲〉

◈ 왕조운의 석상

　　소동파에게는 세 명의 여인이 있었다. 지금부터는 그 세 여인에 대한 이야기이다. 소동파는 19세 되던 해 사천성 미산眉山 남쪽 청신青神에 살고 있는 왕씨 집안의 아름답고 총명한 16세의 왕불王弗과 결혼한다. 왕불은 시서에도 능해서 천재 시인인 동파도 그녀의 능력에 감탄하곤 했다. 다음은 결혼한 지 약 2년 후, 과거시험을 보기 위해 개봉으로 가던 길에 고도 낙양에 도착해서 왕불에게 보낸 아름다운 사 작품 〈낙양성의 늦봄〉이다.

　　봄이 저물어가는 낙양성
　　수양버들은 어지러이 붉은 누각을 반쯤 덮고
　　작은 연못은 가벼운 물결 일어 아롱지는데

등불 아래 꽃 앞에서

취하여 함께 불렀던 이별의 노래

지금은 구름처럼 비처럼 흩어진 풍류여

높은 산으로 막혀 있어도 정은 끝이 없다네

그대 다시 만나 짝하여 꽃을 찾으려니

하염없이 그리운 그대

하염없이 바라보는 서루의 제비 한 마리

낙양의 아름다운 늦봄 풍경을 함께하지 못하는 아쉬운 마음을 적어 보낸 작품이다. 다시 꽃 앞에서 만날 날을 기다리며 그리운 정을 보내고 있다. 마지막 구의 '서루'는 두 사람이 함께 살던 고향 집 서쪽 건물인데, 낙양성의 나는 제비를 보고 마치 자신들이 함께 거처하던 서루에 살던 제비인 양, 그 서루에 사는 제비처럼 아름다운 왕불의 모습인 양 하염없이 바라본다는 뜻이다.

왕불은 신중하고 사려 깊은 사람이어서, 매사 넘치는 자신감으로 속말을 가리지 않고 내뱉는 동파를 늘 걱정하며 시시로 적당한 충고를 잊지 않았다. 동파는 기본적으로 세상에는 악한 사람은 없다는 식이었다. 그래서 누구에게나 자신의 속마음을 거리낌 없이 터놓았다. 지나치게 개방적인 동파의 모습은 왕불이 보기에는 매우 위험한 것이기도 했다. 손님들이 동파를 찾아와 함께 이야기를 나눌 때마다 왕불은 병풍 뒤에서 그들의 대화를 종종 엿들었고 손님이 떠난 후에 적절한 평을 내려 동파에게 조언하곤 했다. 어떤 때는 손님이 아부하며 영합하는 소인배임이 그토록 분명한데 어째서 그렇게 긴 시간을 낭비하냐며 동파에게 일장 훈계하기도 했다. "자식이 부모 곁을 떠나면 불가

불 신중해야 한다"라는 것이 그녀의 지론이었다. 처음 부모 곁을 떠나 독립생활을 하게 된 동파의 입장에서는 반드시 들어야 할 지혜로운 내조의 말이기도 했다.

지혜롭고 신중한 왕불의 내조 덕에 동파는 첫 부임지인 섬서성 봉상鳳翔에서 3년간 성공적으로 벼슬생활을 마무리하고 개봉으로 돌아와 직사관直史館이라는 내직을 맡게 되었다. 능력 있는 관리요, 천재적인 시인으로서 동파의 명성이 한창 뻗어나가는 시기에 왕불은 돌연 병을 얻어 불귀의 객이 되고 말았다. 결혼 11년, 일곱 살 어린 아들을 남기고 스물일곱 살의 젊은 나이로 세상을 버렸으니 동파의 슬픔은 이루 말할 수 없었다. 동파는 왕불의 영구를 고향으로 운구하여 선영에 묻고 무덤 주변에 소나무 3만 그루를 심었다. 그로부터 10년이 흐른 어느 날, 동파는 다음과 같은 사 작품 한 편을 썼다.

십 년 세월 삶과 죽음으로 갈라져 아득한데

생각지 않으려 해도 잊기 어려운 사람

천 리 떨어진 외로운 무덤

그 처량함을 뉘에게 하소연하랴

설사 서로 만난다 해도 알아볼 수나 있으랴

얼굴은 세상 풍파에 시들고

머리는 서릿발이 하얘졌느니

十年生死兩茫茫, 不思量, 自難忘。

千里孤墳, 無處話凄涼。

縱使相逢應不識, 塵滿面, 鬢如霜。

한밤중 깊은 꿈속 홀연 고향으로 돌아갔더니

작은 창가에서 그대는 머리 빗고 단장하고 있었네

서로 바라보며 아무 말도 못한 채

그저 천 줄기 눈물만 흘렸네

해마다 해마다 애간장 끊어지는 곳

밝은 달 비치는 밤

작은 소나무 서 있는 언덕이라네

夜來幽夢忽還鄉, 小軒窓, 正梳妝。

相顧無言, 惟有淚千行。

料得年年腸斷處, 明月夜, 短松岡。

"을묘년 정월 20일 밤에 꿈을 적다"라는 부제가 붙은 〈강성자江城子〉라는 작품이다. 부인과 사별한 지 10년 세월 동안 아무리 잊으려 애를 써도 끝내 잊을 수 없었던 동파는 꿈속에서야 고향 집으로 돌아가 거기 옛날의 모습 그대로, 젊고 아름다웠던 부인을 만나 하염없이 눈물을 흘렸다. 아마도 꿈에서 깨어났을 때 베개가 흠뻑 젖어 있었을 것이다. 달빛 환하게 비추는 밤이 되면 어김없이 천 리 멀리 외로운 무덤에서 달빛 속에 홀로 있을 부인 생각에 가슴이 미어진다. 이 작품의 마지막 구절에 나오는 작은 소나무 언덕이란 뜻의 '단송강短松岡'은 바로 동파가 부인의 묘역에 심었던 3만 그루의 소나무가 자라고 있는 언덕을 가리키는 말이다.

동파가 다시 부인으로 맞아들인 사람은 왕윤지王閏之라는 여인이다. 왕윤지는 전처인 왕불의 사촌동생이다. 동파와는 열두 살 차이가 나는 왕윤지는 비록 왕불처럼 시서를 이해하지는 못했지만 성품이 온화하고 후덕했다. 왕불처럼 벼슬살이와 관련된 적절한 내조를 하지는 못했지만, 어려운 살림살이를 잘 돌볼 줄 알아서 동파는 늘 고마워했다. 동파의 파란만장한 정치 생애 속에서 부침과 영욕을 함께했던 것도 왕윤지였다. 황주에서 5년간 유배생활의 고초도 함께 겪었고, 그 이후 한림학사를 비롯하여 항주 태수, 병부상서, 예부상서 등 고위 관직을 두루 섭렵하던 영예로운 시기도 함께 지났다.

황주의 유배가 시작되기 전 동파가 밀주에서 태수를 지내고 있을 때의 일이다. 여러 가지 급한 공무를 처리하느라 피곤에 지친 동파가 오랜만에 집에 돌아왔다. 네 살 된 아들 녀석이 아버지를 반기며 같이 놀아달라 졸라댔던 모양인데, 동파가 짜증 섞인 목소리로 버럭 화를 내는 바람에 집안 분위기가 엉망이 되었다. 그때 부인 왕윤지가 아이를 달래면서 남편에게 점잖게 한마디 한다. "애 보고 모자란 놈이라 하시지만, 제가 볼 때 당신이야말로 정말 모자라세요. 모처럼 집에 오셨으면 마음을 편히 갖고 즐거운 일을 생각하셔야지요. 그리 화내실 것이 무에 있나요?" 아내의 일침에 그만 부끄러워진 동파가 유구무언, 먼산바라기를 하고 있는데, 왕윤지는 얼른 부엌으로 가서 주안상을 마련해 남편 앞에 떡하니 내어주었다. 감동한 동파는 행복하게 술잔을 비우고는 즉석에서 시 한 수 지어 부인에게 고마운 마음을 전했다.

어린 아들놈 철이 없어
자나 깨나 내 옷을 잡고 늘어지네
내사 아들놈에게 버럭 야단치려 하였더니
아내는 철없어 그런다며 다독이며 말하네

애가 철이 없다지만 당신은 더욱 심하다오

무에 그리 걱정 많아 즐길 줄을 모르세요

돌아와 앉아 그 말을 생각하여 부끄러운데

아내는 벌써 술잔을 씻어 내 앞에 펼치네

그대 술꾼 유령의 부인보다 훨씬 낫구려

구구하게 술값을 따지던 그 부인 말이오

小兒不識愁, 起坐牽我衣。
소 아 불 식 수　기 좌 견 아 의

我欲嗔小兒, 老妻勸兒癡。
아 욕 진 소 아　노 처 권 아 치

兒癡君更甚, 不樂愁何爲。
아 치 군 갱 심　불 락 수 하 위

還坐愧此言, 洗盞當我前。
환 좌 괴 차 언　세 잔 당 아 전

大勝劉伶婦, 區區爲酒錢。
대 승 유 령 부　구 구 위 주 전

- 소식, 〈소아小兒〉

유령은 위진남북조 시대 죽림에서 노닌 일곱 명의 현인, 죽림칠현
에 속하는 사람으로, 그 시절 최고의 술꾼으로 이름을 날렸다. 늘 술에
절어 살았으니 술값 좀 아끼라는 부인의 잔소리가 심한 것이야 당연
했을 것이다. 그런 유령의 부인에 비해, 잔소리하면서도 풀이 죽은 남
편에게 술상을 차려 기분을 풀어주는 자기 부인이 훨씬 낫다고 추켜
세워 말한 것이다.

　동파의 황주 유배 시기는 부인 왕윤지의 자상한 돌봄이 빛나던 시
기였다. 경제적으로 쪼들리고 정신적으로 부자유하던 시절에 왕윤지
의 헌신적인 돌봄으로 동파는 그 간난의 시기를 최고의 황금기로 만

들어갔다. 황주에서 지은 전, 후 〈적벽부〉 두 편은 이 시기 동파가 거둔 최고의 문학적 결실인데, 〈후적벽부〉에 이런 모든 결실의 바탕에 아내의 헌신적인 돌봄이 있다는 것을 동파는 선명하게 새겨넣었다.

황주 동파에 있는 설당雪堂에서 살림집이 있는 임고정으로 돌아오는 길이다. 초겨울 나무들은 잎을 다 떨구었고, 황니판 고갯길에는 달빛이 쏟아지고 있었다. 일행과 함께 달 노래를 부르며 흥겹게 길을 가던 동파가 탄식하듯 말한다.

"객이 왔건만 술이 없구나, 술이 있다 한들 안주가 없으니, 달 밝고 바람 맑은 이 좋은 밤을 어찌하랴!" 그때 객이 말했다. "오늘 저물녘에 그물을 던져 물고기 한 마리를 잡았는데, 주둥이는 크고 비늘은 작은 것이 마치 송강에서 나는 농어와 비슷했습니다. 그런데 어디서 술을 구할 수 있겠습니까?" 집에 돌아와 부인에게 이 일을 상의하니 부인이 말하였다. "저한테 술 한 말이 있는데요, 당신이 불시에 찾으실까 저장해둔 지 꽤 오래되었답니다." 이에 물고기 요리와 술을 들고 다시 적벽 아래에서 노닐었더라.

– 소식, 〈후적벽부〉 중

〈후적벽부〉라는 걸출한 작품이 나온 배경을 실감 나는 대화체 형식으로 실었다. 천 년 가까운 세월이 흘렀지만 이 작품 속에 새겨진 왕윤지의 목소리는 여전히 생생하게 살아서 후대에 전해지고 있다. 그녀의 헌신에 감사하는 동파의 마음도 역시 생생하게 전해지고 있다. 동파와 영욕의 세월을 함께한 왕윤지는 동파의 두 번째 박해가 시작되기 전, 경사 개봉에서 세상을 뜬다. 결혼 25년, 향년 46세, 동파의 나이 58세 때이다. 동파는 그녀를 추모하는 제문에 다음과 같이 썼다.

> 함께 가자 했거늘, 고향 전원으로 함께 돌아가자 했거늘
> 그대 나를 버리고 먼저 떠났구려
> 누가 문 앞에서 나를 반겨주리오
> 누가 밭으로 내게 참을 보내주리오
> 끝이로구나, 무엇을 어찌하랴
> 눈물도 다하여 눈이 말라 붙었구나
> 낯선 도시에 그대를 임시로 안장하려니
> 나는 참으로 박정한 남편이구나
> 내 그대와 무덤을 함께하리니
> 이 언약을 이루어 그댈 다시 만나리다

다시 8년의 세월이 흐른 1101년, 상주에서 세상을 떠난 동파는 그의 평생의 소원대로 왕지윤과 함께 합장묘에 묻힌다.

그런데 아직 한 명의 여인이 남아 있으니 동파가 사랑했던 또 다른 여인, 이 여인 역시 성이 왕씨였다. 바로 동파의 시첩 왕조운이다. 동파가 왕조운을 알게 된 것은 항주에서 통판 벼슬을 할 때였다. 당시 왕조운은 관청에 소속된 악기樂妓, 즉 음악을 전문적으로 연주하는 관기였다. 공적인 연회 자리에서 동파는 가무에 뛰어나고 시서에도 밝은 왕조운을 만나서 그녀에게 매료되었다. 왕조운에 대한 동파의 마음을 읽은 부인 왕윤지는 곧바로 왕조운을 기적妓籍에서 빼내어 자신의 몸종으로 삼고는 왕조운이 열여덟 살 성년이 된 후에 동파의 첩실로 들였다. 왕윤지는 비록 현숙한 내조자였지만 천재 시인 동파의 예

술적 동지 역할에는 한계가 있을 수밖에 없었던 것 같다. 이런 한계를 늘 절감하고 있던 왕윤지가 적극적으로 나서서 왕조운을 첩실로 들인 것이다. 왕윤지의 예상대로 왕조운은 동파의 훌륭한 예술적 동지요, 속 깊은 지음이 되어 동파의 삶의 한 축을 이룬다. 왕조운이 동파의 지음임을 알려주는 일화가 있다. 송나라 때의 잡다한 시사나 일화를 적은 《양계만지梁溪漫志》라는 책에 수록된 이야기이다.

　천성이 활달해서 자신의 소신을 주장함에 거침이 없었던 소동파는 조정에서 자주 정적들과 부딪혔다. 어느 날 집으로 돌아온 동파는 자신의 불룩한 배를 어루만지면서 집안의 여종들에게 물었다. "너희가 보기에 내 배 속에 무엇이 들어 있는 것 같으냐?" 한 여종이 대수롭지 않다는 듯이 말했다. "점심 때 드신 밥이 있겠지요!" 동파가 고개를 가로젓자, 곁에 있던 다른 여종이 좀 유식한 척 말했다. "대감께서는 훌륭한 시인이시니 틀림없이 문장이 가득하시겠지요." 이번에도 아니라 하자, 다른 여종이 입을 삐죽거리며 말했다. "대감께서 대학자이시니 총명과 지혜가 가득 차 있겠지요. 설마 무슨 가마니처럼 지푸라기나 잔뜩 담겨 있을 것은 아니잖아요?" 동파가 껄껄 웃으면서 여전히 아니라고 고개를 가로젓고는 곁에서 묵묵히 대화를 지켜보던 왕조운을 향해 고개를 돌렸다. 그러자 왕조운이 한번 씽긋 웃는가 하더니 이내 한숨을 폭 쉬며 말했다. "대감의 배 속에는 '불합시의不合時宜'가 가득합니다." 이 말에 동파가 박장대소하면서 연신 고개를 끄덕였다. '불합시의'는 세상과 맞지 않는다, 시절에 맞지 않는다는 말이다. "대감의 배 속에는 이 세상과 어울리지 않는 생각들로 가득합니다"라는 대답이다. 당시 조정을 장악하고 있던 신법당과 맞서 싸우면서 불만으로 가득한 동파의 의중을 정확하게 이해한 것이다.

1093년 동파가 58세 때 부인 왕윤지가 세상을 떠나고, 연이어 동파의 정치적 후견인이었던 태후도 세상을 떠났다. 다시 정국이 요동치고 그다음 해 59세의 동파는 멀고 먼 광동성 혜주로 유배를 떠나게 되었다. 이 먼 유배길에 동행한 사람이 바로 왕조운이다. 만년의 외롭고 고단한 귀양살이에 함께해준 왕조운에게 동파는 종종 아름다운 시를 써서 고마움을 표했다.

　　나는 백발의 창백한 얼굴, 정히 유마거사의 경지라
　　빈 승방에 천녀가 꽃잎을 뿌려도 아무렇지도 않다네
　　붉은 입술 사랑스럽고 빛나는 머리 탐스럽다네
　　이렇게 천생 만생 인연이 이어지기만을 바랄 뿐
　　착한 일 좋아하는 심성은 모습 속에 절로 드러나는데
　　한가한 창가에서 단정하게 앉아 불경을 읽네
　　내일은 단옷날, 난초꽃 엮어 그대 허리춤에 채워주고
　　좋은 시 찾아내어 그대 치맛자락에 써주리라

- 소식, 〈증조운〉

　　동파는 늙은 자신을 유마거사에 비유하면서 천녀가 날리는 꽃잎에도 아무런 마음의 동요가 없다고, 아름다운 조운의 모습에도 그저 담담할 뿐이라고 농담하고 있다. 그러면서 자신과 같이 불도에 깊이 귀의하며 매일 불경을 읽고 있는 조운의 아름다운 모습, 그녀의 붉은 입술과 탐스러운 머리칼을 찬미하고 있다. 30대 초반, 이토록 아름다웠던 왕조운은 불행하게도 혜주에 도착한 이듬해 말라리아에 걸려 동파 곁을 떠났다. 임종 직전에 그녀는《금강경金剛經》〈응화비진분應化非

_{真分}〉의 한 구절을 읊었다고 한다.

한바탕 꿈과 같고 허깨비 같고 물거품 같고 그림자와 같은 것

또한 아침 이슬과 같고 순간 사라지는 번개와도 같은 것

인생살이 이와 같이 여겨야 마땅하리라

여 몽 환 포 영　여 로 역 여 전　응 작 여 시 관
如夢幻泡影, 如露亦如電, 應作如是觀。

왕조운의 무덤 앞에 서 있는 정자의 이름 '육여정_{六如亭}'은 바로 왕조운이 임종 시에 읊었던 금강경의 구절에서 따온 것이다. 소동파는 평소 그녀의 소원대로 서호 주변 산기슭에 무덤을 만들었다. 오래된 사주탑이 가까이 있고 큰 절이 있어서 저녁 무렵이면 늘 종소리가 그녀의 무덤을 덮었다. 왕불, 왕윤지, 왕조운, 삶을 함께 만들어간 이 세 명의 여인들이 있었기에 동파는 중국 지성사에서 가장 우뚝한 인물로 서게 되었는지도 모른다.

봄밤은 일각이 천금의 가치이려니

맑은 꽃향기에 몽롱한 달빛이 있음이라

노랫소리 피리 소리 누대에 가늘게 이어지는데

그네 걸린 뜨락 밤은 절로 깊어가네

춘 소 일 각 치 천 금　화 유 청 향 월 유 음
春宵一刻值千金, 花有清香月有陰。

가 관 누 대 성 세 세　추 천 원 락 야 침 침
歌管樓臺聲細細, 秋千院落夜沉沉。

봄밤의 아름다움을 노래한 동파의 〈춘소_{春宵}〉라는 시이다. 늦봄의

햇살이 따사로운 왕조운의 무덤가에서 이 시를 읊으면서 동파의 아름
다운 봄밤을 함께 나누었던 그의 여인들을 기렸다.

아름다운 혜주에 길이 살어리랏다

서호를 나와 숙소로 돌아가다 남방 과일 여지가 수북하게 쌓여 있는
과일가게에 들렀다. 중국 남부가 원산지인 이 달콤한 과일을 소동파
가 워낙 좋아했다. 혜주 시기 창작한 그의 시문에는 이 여지가 자주
등장한다. 여지를 노래한 시 중에서 대중에게 가장 많이 알려진 작품
은 〈식여지食荔支〉이다.

　나부산 아래는 사계절 봄날
　노귤과 양매가 차례로 새로 익어가네
　매일 여지 삼백 알을 먹을 수 있다면
　영원히 영남 사람 되는 것도 사양치 않으리라
　羅浮山下四時春, 盧橘楊梅次第新。
　日啖荔支三百顆, 不辭長作嶺南人。

　노귤은 노랗게 익는 비파나무 열매를 가리키고, 양매는 소귀나무
열매로 검붉은 산딸기와 비슷한 열대과일이다. 노귤, 양매, 여지 같은
향기롭고 달콤한 과일을 늘 맛보며 살 수 있으니 유배지 혜주의 삶도
행복하다는 것인데, 여지를 매일 300개씩이나 먹겠다니 여지에 대한

◈ 소동파가 좋아한 과일, 여지

대단한 애정을 의심할 여지가 없다. 혜주에 도착해서 처음 여지를 맛
본 소동파는 그 맛에 크게 감동했던지 긴 감상문을 시로 남겼다.

남촌에는 양매, 북촌에는 노귤
흰 꽃 푸른 잎은 겨울에도 시들지 않네
안개비 속에서 노랗게 붉게 익어가니
여지를 위해 선구라 할 만하겠네
봉래산 선녀의 붉은 비단 저고리
붉은 비단 속의 백옥 같은 살결
양귀비의 웃음에 기댈 것 없으니
자태가 본시 최고의 미인이라네
조물주는 무슨 뜻으로

이 보물을 바다 구석에 자라게 하셨는가
구름 산에서 소나무 회나무와 함께 자라나니
서리 눈에 시드는 산사나 배와는 다르다네
주인은 잔을 씻어 계화주를 따르고
얼음 쟁반에 이 붉은 여의주를 내오셨네
살조개의 관자를 떼어먹는 듯
기름진 복어의 뱃살을 요리한 듯
내 평생 살아온 것 호구糊口를 위한 것
관직에 매여 고향의 순채국과 농어회를 가볍게 여겼었지
어차피 인간 세상 한바탕 꿈이 아니더냐
만 리 남쪽 귀양 온 것이 참 좋은 일이로다

소성 2년(1095) 4월 11일 처음 여지를 먹고 쓴 〈사월십일일초식여지四月十一日初食荔支〉라는 시이다. 양매와 노귤을 앞세우고 등장한 여지는 붉은 비단옷을 걸친 백옥 피부의 선녀이다. 여지의 껍질이 붉고 과육이 흰 것을 이렇게 표현한 것이다. 양귀비의 웃음에 기댈 것 없다는 말은 양귀비가 이 과일을 유독 좋아해서 널리 알려지긴 했지만 여지는 본래부터 최고 과일의 조건을 갖추고 있어서 모든 사람이 좋아한다는 말이다. 여지를 살조개 관자와 복어 뱃살 요리에 비교한 것이 특히 재미있는데, 요리 연구가요 대단한 미식가였던 소동파다운 표현이다. 평생 관직에 매여 고향의 음식조차 잊고 살았던 자신이니 만 리 먼 땅으로 유배 오지 않았더라면 이리 좋은 여지를 맛볼 일도 없었을 것이다. 어찌 감사하지 않으랴! 여지 하나로 인생을 들먹이는 것이 조금 과해 보이긴 하지만 어쩌면 유배의 쓴맛을 달콤한 여지에 의지해서 잠시 잊으려는 것은 아니었을까 하는 애틋한 생각도 든다. 요리에 관심이 높았던 소동파는 혜주에서 특별한 요리 레시피 하나를 전한다. 이른바 양전갈 요리, '양갈자羊蠍子'인데, 실제 전갈을 사용하는 요리는 아니고 양의 등뼈를 쓰는 요리이다. 양의 등뼈가 전갈 꼬리처럼 휘어져 있기에 생긴 말이다. 양고기를 몹시 좋아했던 동파였지만 혜주는 양고기가 귀해서 구입할 형편이 못됐다. 동파는 양고기를 파는 집으로 가서 아무도 원하지 않는 등뼈를 값싸게 사와서 자신만의 레시피로 이 특별한 요리를 만들었다. 이 양갈자 요리는 동생 소철에게 준 편지에서 다음과 같이 전해진다.

> 혜주는 작은 성읍이기는 하나 하루에 양 한 마리씩 도살한다. 이 양고기는 부유한 사람을 위한 것이니 나는 관리들과 경쟁해가며 이 고기를 살 생각은 꿈에도 하지 못한다. 그래서 나는 푸줏간 주인에게 등뼈만을 부탁해두었다. 왜냐하면 뼈 사이에 고깃점이 조금 붙어 있기 때문이다. 나는 그것을 물에 넣어 한참 고다가, 뜨거울 때 뼈를 건져내어 물기를 말린다. 뜨겁지 않으면 물기가 남아 있게 된다. 그런 다음 그것을 술에 담그고 소금을 좀 뿌려서 노릇할 때까지 굽는다. 나는 종일 이 뼈를 들고 뼈와 뼈 사이에 눌러붙어 있는 살점을 찾아내 먹는데, 그 재미가 마치 게의 집게발 살을 발라먹는 것 같다. 나는 며칠 걸러 한 번씩 이것을 주문하는데 영양가가 꽤 있으리라 생각된다. 아우도 한번 맛보지 않으려나. 아우를 즐겁게 해주려는 생각에 이 글을 쓰긴 했으나 이러다 양 등뼈구이의 인기가 너무 높아지면 개들이 무척 싫어하겠지?
>
> — 소식, 〈여자유서與子由書〉 중

뼈다귀를 기다리고 있던 개들이 자기 몫이 사라지게 돼서 싫어할 거라는 농담이다. 양고기 하나 제대로 먹을 수 없는 현실을 불평하지 않고 남들이 버린 등뼈를 가지고 최고의 맛난 요리로 만들어 그 힘든 현실을 가뿐히 넘어가는 사람이 바로 소동파이다. 뛰어난 요리사요 대단한 미식가였던 소동파의 레시피는 지금까지 중국 곳곳에 전해지고 있다. 중국 각 곳을 두루 다니다 보면 우리에게도 익숙한 동파육을 비롯해, 생선 요리 동파어東坡魚, 두부 요리 동파두부東坡豆腐, 돼지 허벅지살 요리 동파주자東坡肘子, 시원한 면 요리 동파양분東坡涼粉, 영양 만점 죽 동파갱東坡羹 등 '동파'라는 호를 앞에 붙인 수많은 요리를 만날 수 있다. 문헌에 기록돼 전해지는 소동파의 요리, 이른바 '소씨사방채蘇氏私房菜'만 해도 100여 종에 이른다.

혜주 식당가로 가서 동파두부와 매채구육梅菜口肉을 시켰다. 동파두부는 오징어와 생선 살을 양파, 배추, 버섯 등속의 채소와 함께 기름에 볶은 다음 저민 돼지고기를 얹어 노릇하게 구워낸 두부와 함께 솥에 넣고 간장 소스를 부어 끓인 요리이다. 그간 중국 곳곳을 떠돌면서 다양한 두부 요리를 먹어봤지만 이렇게 고소하고 향긋한 두부 요리는 처음이었다. 오징어의 쫄깃한 식감과 돼지고기의 고소함이 평범한 두부 요리에 별스러운 풍미를 더한 듯하다. 매채구육은 광동성 일대의 특산인 염장된 매채梅菜를 활용한 삼겹살 요리이다. 항주 일대의 동파육을 광동식으로 만든 것이라는데, 동파육과 비슷한 맛이지만 구수하고 짭짤한 매채가 삽겹살의 느끼한 맛을 잡아줘서 내 입맛에는 동파육보다 더 나았다. 술도 몇 잔 기울이니 배도 부르고 마음도 푸근해진다. 식당 곳곳에 삼삼오오 둘러앉아 왁자지껄 술과 음식을 나누는 혜주 사람들이 행복해 보인다. 소동파가 혜주의 민풍을 노래한 시가 떠올랐다.

하얀 물이 고을을 둘러 흐르고

푸른 산이 바다까지 이어지는 곳

저기 저 무한한 절경을

내 유한한 연수로 어찌 다 보리요

동쪽 집에는 공자가 살고

서쪽 집에는 안회가 산다네

시장에서는 값을 달리 부르지 않고

농부는 밭고랑을 다투지 않는다네

環州多白水, 際海皆蒼山。

以彼無盡景, 寓我有限年。

東家著孔丘, 西家著顏淵。

市爲不二價, 農爲不爭田。

― 소식, 〈화도귀원전거和陶歸園田居〉

혜주의 수려한 자연과 풍부한 물산, 소박한 민풍에 이끌려 소동파
는 남은 여생을 이곳에서 보내기로 결심했다.

남쪽 북쪽 어디에 살든지 그 모두가 운명이니 북으로 돌아가고
싶은 욕망도 없다네. 내년에 밭을 사고 집을 지어 아주 혜주 사람
이 될 작정이라네.

― 소식, 〈여왕정국서與王定國書〉

친구에게 보낸 편지 중에 나오는 대목이다. 이 글에서 밝힌 대로 이

듬해 동강에서 가까운 백학산白鶴山 기슭에 새집을 짓고 우물도 팠고 과수원도 장만했다. 또 큰아들 소매蘇邁가 가족을 이끌고 도착해서 조손 삼대 대가족이 함께 살게 되었다. 하지만 영원히 혜주 사람이 되겠다는 그의 바람은 끝내 이루어지지 못했다. 집이 완공된 지 두 달 만에 해남도로 옮겨가라는 조정의 명령이 내려진 것이다.

송나라 증계리曾季狸가 쓴 《정제시화艇齋詩話》에서는 이 갑작스러운 이주 명령은 동파가 혜주에서 지은 시가 발단이 되었다는 기록을 남기고 있다. 문제가 된 시는 바로 동파가 혜주에 도착하여 집을 지을 때까지 머물렀던 절인 가우사嘉佑寺에서 쓴 〈종필縱筆〉이다.

흰머리는 서리가 내린 듯 스산한데
작은 집 등나무 침상에 병든 몸을 맡겼네
선생이 봄잠을 달게 주무신다 뉘 알렸는지
스님이 오경 종을 살살 치는구나

백 두 소 연 만 상 풍　소 각 등 상 기 병 용
白頭蕭然滿霜風, 小閣藤床寄病容。
보 도 선 생 춘 수 미　도 인 경 타 오 경 종
報道先生春睡美, 道人輕打五更鍾。

제목이 '종필縱筆'이니 그냥 붓 가는 대로 별생각 없이 쓴 시이다. 수천 리 먼 땅까지 쫓겨온 늙고 지친 유배객을 따뜻하게 품어준 가우사와 자상하게 돌봐준 스님들에 대한 감사의 마음을 적은 것이다. 그런데 하필 이 시가 당시 소동파를 가장 미워하던 재상 장돈章惇의 손에 들어갔다. 제3구의 봄잠이 달콤하다는 '춘수미春睡美' 대목이 그의 눈살을 찌푸리게 했다. "이제 보니 소동파가 편안하게 세월을 보내고 있었군!" 이렇게 해서 소동파는 더 멀고 험한 바다 밖 해남도로 이주하게 되었다. 동파가 해남도에서 해배되어 북으로 돌아갈 때까지 큰아들 소매가 그 집에서 살았고, 후에는 동파를 제사하는 동파사로 바뀌었다. 혜주에 부임하는 관리들은 동파사에 들러 예를 갖추는 것이 불문율이 되었다. 역대로 중수되다가 중일전쟁 시 불타 없어진 것을 2018년에 중건해서 일반인에게 개방했다. 현재는 혜주시 교동橋東 역사성구歷史城區 내에 있다.

해남도로 가는 길에 혜주 북서쪽 박라현博羅縣 경내에 있는 나부산을 잠시 들렀다. 혜주시 중심으로부터 자동차로 한 시간 남짓 걸리는 거리이다. 광동의 4대 명산 중 하나인 나부산은 예로부터 선산으로 이름이 나서 수많은 명사가 족적을 남긴 곳이다. 《후한서後漢書》 〈지리지地理志〉, 《태평어람太平御覽》 등에 전하는 옛 기록에 따르면, 나부산은 나산羅山과 부산浮山이 합쳐진 산이다. 물 위에 떠 있는 산이라는 뜻의 부산은 본래 신선이 사는 동해 봉래산蓬萊山의 한 봉우리였는데, 요임금 시절에 닥친 큰 홍수로 인해 떠밀려와서 이곳 혜주의 나산과 합쳐져 나부산이 되었다는 것이다. 이런 기록 때문인지 나부산은 도사들의 순례 성지가 되었고 산 곳곳에 수많은 도관이 건립되었다. 동진 시대 유명한 의학자이자 연단술의 대가였던 갈홍葛洪(284~364)도 이 나부산에 은거하면서 단약을 연구했다. 평소에 도교 연단술에 관심이 깊었던 소동파는 이 산을 자주 찾았으며 많은 시문에서 종종 나부산을 언급했다.

케이블카를 타고 해발 1296미터의 비운봉飛雲頂 정상에 올랐더니 박라현의 넓고 푸른 들판이 광활하게 펼쳐진다. 아열대의 무성한 삼림을 훑고 온 싱그러운 바람이 시원하게 불어간다. 긴 유배생활 중에 때로 갑갑증이 일면 이곳에 올라 바람 앞에 섰을까? 북에서 불어오는 바람에 기대어 가족과 친구들을 떠올렸을까? 북으로 불어가는 바람에 그리운 마음을 전하려 했을까? 달관에 기대어 평안을 찾기도 했겠지만 때론 다정하여 상심도 깊었으리라.

붉은 살구꽃 지고 푸른 살구가 작게 매달렸네
제비 나는 시절 푸른 물이 인가를 둘러 흐르네
날리는 버들 솜도 줄어드는데
하늘 끝 어디에 향기로운 풀이 없으랴
담장 안에는 그네, 담장 밖은 행길
담장 밖은 나그네, 담장 안은 가인의 웃음소리
웃음소리 점점 멀어져 들리지 않는데
다정함이 무정함 때문에 괴로웁구나

花褪殘紅青杏小。

燕子飛時, 綠水人家繞。

枝上柳綿吹又少, 天涯何處無芳草。

牆裏秋千牆外道。

牆外行人, 牆裏佳人笑。

笑漸不聞聲漸悄, 多情卻被無情惱。

– 소식, 〈접련화蝶戀花 · 춘경春景〉

해남도

하늘 끝 땅끝 해남도로 가는 길

혜주에서 해남도까지는 길이 멀다. 해남도를 가려면 광동성 서남쪽 끝에 있는 뇌주반도雷州半島의 서문현徐聞縣까지 가서 배를 타고 바다를 건너야 한다. 혜주에서 서문현까지는 670킬로미터, 아홉 개의 고속도로를 바꿔가며 열심히 달려도 열 시간이 넘게 걸린다. 서문현 해안 신항海安新港에서 배를 타고 해남도 북단의 중심 도시 해구海口까지 가는 데 운항 시간만 한 시간 반이다. 해구에서 최종 목적지인 담주儋州까지는 120여 킬로미터, 또 두 시간이 더 소요된다. 지금도 이렇게 먼 길을 그 옛날 육십을 넘긴 소동파가 어찌 갔을까 싶다. 다행히 지금의 고속도로에 해당하는 뱃길이 있어서 육로로 가는 험한 고생은 조금 덜 수 있었다. 동파는 혜주 앞을 흐르는 동강東江을 타고 광주廣州의 주강珠江까지 가서 다시 주강의 지류인 서강西江으로 거슬러 올라

◈ 해남도 풍경구

가 광서장족자치구 동단에 있는 오주梧州까지 비교적 수월하게 갈 수
있었다. 하지만 뇌주반도 서문현까지 470킬로미터가 더 되는 먼 여
정이 남아 있다. 막내 아들 소과蘇過가 처자를 혜주에 남겨두고 아버
지와 동행했다. 소동파 일행이 오주에 이르렀을 즈음 남경에 유배되
어 있던 소철이 뇌주반도로 이주 명령을 받고 조금 전에 오주를 지나
갔다는 소식을 들었다. 소동파는 급히 뒤따라가 오주 부근 등주藤州라
는 곳에서 동생을 만나게 되었다. 평생에 우애가 남달랐던 형제가 늘
그막에 멀고 먼 유형의 땅에서 만나게 되었으니 그 감개가 어떠했으

라! 혹여 놓칠세라 길을 재촉하면서도 소동파는 동생에게 줄 긴 시를 준비했다. 〈나는 해남도로 동생 자유는 뇌주로 귀양가게 되었다. 명을 받은 즉시 떠났으니 서로에 대해 전혀 알지 못했다. 오주에 이르러서야 자유가 아직 등주에 있다는 소식을 들었다. 바로 따라잡아 이 시를 지어 보여준다吾謫海南, 子由雷州, 被命即行, 了不相知, 至梧乃聞其尚在藤也, 旦夕當追及, 作此詩示之〉라는 긴 제목은 당시의 상황을 잘 말해준다. 감격적인 상봉 후에 동파는 동생의 손을 잡고 따듯하게 위로하고 격려한다.

경주와 뇌주가 바다를 격해 있다 탓하지 마시게
멀리서 서로 바라볼 수 있게 성은이 허락하셨으니
평생에 도를 배우는 진실한 뜻이어
어찌 곤궁과 성공에 따라 있다 없다 하겠는가
하늘이 우리를 기자箕子로 삼으셨으니
이런 마음으로 이 황무한 땅에 머물러야 하리
훗날 뉘 지리서를 쓰랴
해남 만 리가 진짜 우리 고향이 아니더냐

막 혐 경 뢰 격 운 해　　성 은 상 허 요 상 망
莫嫌瓊雷隔雲海, 聖恩尚許遙相望。
평 생 학 도 진 실 의　　기 여 궁 달 구 존 망
平生學道真實意, 豈與窮達俱存亡。
천 기 이 아 위 기 자　　요 사 차 의 류 요 황
天其以我爲箕子, 要使此意留要荒。
타 년 수 작 여 지 지　　해 남 만 리 진 오 향
他年誰作輿地志, 海南萬里真吾鄉。

경주瓊州는 해남도를 가리키는 말이다. 형은 해남도, 동생은 뇌주반도, 모두 땅끝까지 유배되어 온 처량한 신세이지만, 그나마 해협을 사이에 두고 서로 바라볼 수 있으니 이것이 황제의 은혜가 아니냐는 것이다. 형은 해남도 담주로, 동생은 뇌주로 귀양을 보낸 것에 대해 형제의 자字와 관련이 있다는 이야기가 전해진다. 소동파는 자가 자첨子瞻이고 동생 소철은 자유子由인데, 자첨의 '첨瞻' 자와 담주의 '담儋' 자가 모두 '첨詹'을 공유하고 있고, 자유의 '유由' 자가 뇌주 '뇌雷' 자를 이루는 '전田'과 비슷하다는 설명이다.

> 소성(1094~1098) 연간에 소자첨은 담주에, 자유는 뇌주에, 유신로劉莘老는 신주新州에 유배하였는데, 모두 그 자의 편방을 재미로 취한 것이다. 당시 재상이 이토록 모질게 미워하였다.
>
> — 육유, 《노학암필기老學庵筆記》

유신로는 청백리로 이름이 높았으며 재상까지 지낸 유지劉摯(1030~1098)라는 인물로, 소동파와 같이 왕안석의 신법에 맞섰던 사람이다. 그 역시 광동성 신주까지 유배를 당하게 되었다. 이들의 유배지를 결정한 재상은 한때 소동파의 친구였다가 훗날 정적이 되어 소동파 박해에 앞장선 장돈이다. 그가 대신들의 유배지를 결정할 때 무슨 농담이나 장난처럼 그들의 이름자와 연관된 지역으로 정했다는 것인데, 믿긴 좀 어렵다. 소동파 형제가 워낙 유명하다 보니 그들과 관련된 확인되지 않은 수많은 이야기가 만들어져 광범위하게 유통되었기 때문이다. 동파는 계속해서 동생을 격려한다. 우리가 평생 추구한 진실한 도가 어찌 궁달窮達이라는 조건에 따라 달라질 수 있겠냐고, 우리를 황무하고 미개한 땅에 보낸 것은 앞선 문명을 전하라는 하늘의 뜻이 아니겠냐고, 만 리 밖 타향이지만 고향처럼 소중히 여기며 민생을 살

피고 지리를 연구하면서 훗날 지리서 한 권씩 써보자고 자상하게 권면하고 있다. 형의 따뜻한 격려에 소철도 은은한 미소로 끄덕였을 것이다. 소씨 형제의 우애는 젊은 시절부터 유별했다.

침상을 마주하여 듣는 밤비 소리, 대상야우

과거시험에 합격하여 관리의 길에 들어선 형제는 자주 이별해야 했다. 그때마다 형제는 아쉬움의 이별시를 써서 애틋한 마음과 축복의 기원을 전하곤 했다. 동파가 처음 봉상판관鳳翔判官으로 임명되어 먼 타지로 가야 했다. 봉상은 섬서성에 있어서 당시 가족들과 함께 살고 있던 개봉으로부터는 약 700킬로미터나 떨어져 있다. 소철도 관직을 받았지만 홀로 계신 아버지를 모셔야 하는 까닭에 관직에 나아가지 않았다. 소철은 형을 전송하기 위해 개봉에서 출발하여 정주鄭州까지 약 70킬로미터의 길을 동행한다. 정주 교외 들판에서 헤어진 형제는 곧장 그리움의 시를 써서 서로에게 전했다. 동파의 시가 먼저 떠났다. 〈신축년 11월 19일 정주 서문 밖에서 동생 자유와 이별하고 말 위에서 시 한 수 지어 부친다辛丑十一月十九日既與子由別於鄭州西門之外馬上賦詩一篇寄之〉는 긴 제목의 시이다.

술도 마시지 않았는데 어찌 취한 듯 어지러울까
내 마음은 벌써 너를 따라 돌아가는구나
돌아가는 너야 아버님 생각뿐이겠지만
나는 이제 무엇으로 이 적막함을 달랠까

높은 곳에 올라 뒤돌아보니 구릉이 첩첩 막아서

네 검은 모자만 나타났다 사라졌다 반복한다

이리 추운 날 얇은 옷 입은 채

홀로 야윈 말 타고 지는 달빛 밟으며 돌아가는 너

길 가는 이들 노래하고 즐거워하는데

나만 홀로 슬퍼하니 머슴 녀석 의아해한다

인생에 어찌 이별이 없을 수 있겠냐마는

그저 세월이 너무 빨리 지나가버릴까 걱정이다

차가운 등불을 마주하니 옛날이 그립구나

언제나 소슬한 밤비 소리 함께 들을까

너도 이 약속 잊지 않았겠지

삼가 높은 벼슬 오르려 너무 애쓰지 마시게나

돌아가는 동생의 모습을 놓칠세라 높은 언덕에 올라 동생의 모습이 사라질 때까지 하염없이 바라보는 동파의 모습이 눈물겹다. 동생과 헤어져 마치 의지할 곳을 잃은 듯 풀이 팍 죽었다. 동파는 동생에게 이전에 함께 나눈 약속을 상기시킨다. 침대를 마주하고 소슬한 밤비 소리를 함께 듣자는 약속이다. 훗날 동생 소철이 오랜만에 형과 함께하며 지은 〈소요당회숙逍遙堂會宿〉이라는 시의 서문에 이런 내용이 있다.

나는 어려서부터 형을 따라 공부하며 하루도 떨어진 적이 없었다. 벼슬살이를 하면서 사방을 떠돌게 되었는데 당나라 시인 위응물의 "어느 때나 침상을 마주하고 밤중 비바람 소리를 들으랴"라는 시를 읽고는 감동하여 서로 일찍 은퇴하여 한가롭게 노닐자 약속했다. 그래서 형이 처음 봉상판관이 되었을 때 시를 남겨 이별하며 말하기를 "소슬한 밤비 소리 언제 들을까" 했던 것이다.

이 글에서 인용한 당나라 시인 위응물의 시구에서 나온 성어가 '대상야우對床夜雨'이다. 침대를 마주하고 밤비 소리를 듣는다는 낭만적이고 운치 있는 성어로, 친구나 형제가 오래 헤어졌다가 다시 만나 기쁨을 나눈다는 의미이다. '대상야우'의 약속을 상기시키는 형의 편지시를 받고 동생 소철도 시를 보냈다.

함께 손잡아 이별을 나누던 정주의 들판
눈 내린 먼 진흙 길을 서로 걱정해주었네
돌아가는 내 말은 대량의 길을 더듬는데
나그네는 벌써 옛 효관 서쪽을 넘고 있겠지
일찍이 내가 민지현 관리가 된 것 사람들은 알고 있을까
옛날 절 방에 묵으며 함께 벽에 시를 썼었는데
멀리 재미 없이 홀로 가고 있을 형 생각
정처 없는 말만이 홀로 울어대겠네

相携話別鄭原上, 共道長途怕雪泥。
歸騎還尋大梁陌, 行人已度古崤西。
曾爲縣吏民知否, 舊宿僧房壁共題。
遙想獨游佳味少, 無方騅馬但鳴嘶。

형은 돌아갈 동생의 먼 길을 걱정하고 동생은 형이 가야 할 더욱 먼

길을 염려하며 다정하게 손을 잡고 이별 인사를 나눈다. 소철은 이전에 과거시험을 보기 위해 형과 함께 고향 미산을 출발하여 개봉으로 가던 도중에 묵었던 민지澠池 이야기를 꺼냈다. 그곳 절에 묵으면서 그절의 담벼락에 시를 썼던 옛 추억이다. 이 시를 받은 동파가 차운次韻하여 동생에게 부쳤다(같은 운자를 쓰되 상대가 쓴 순서대로 똑같이 쓴다고 해서 '차례 차次' 자를 써서 차운이라고 한다). 동파 시를 대표하는 최고의 명편〈화자유민지회구和子由澠池懷舊〉는 이렇게 탄생하게 된 시이다.

이리저리 떠도는 인생이 무엇과 같은가
기러기가 눈 내린 땅에 내려앉는 격이겠지
진흙 위에 우연히 발자국을 남겼을 뿐
기러기 날아가면 어찌 다시 동서를 따질 수 있으랴
노승은 벌써 죽어 새로 탑이 되고
벽은 허물어져 옛 시를 볼 수도 없어라
지난날 험한 길 아직 기억하는가
길은 멀고 사람은 곤한데 나귀는 절룩거리며 울었지

인 생 도 처 지 하 사　응 사 비 홍 답 설 니
人生到處知何似, 應似飛鴻踏雪泥。
니 상 우 연 류 지 조　홍 비 나 부 계 동 서
泥上偶然留指爪, 鴻飛那復計東西。
노 승 이 사 성 신 탑　괴 벽 무 유 견 구 제
老僧已死成新塔, 壞壁無由見舊題。
왕 일 기 구 환 기 부　로 장 인 곤 건 려 시
往日崎嶇還記否, 路長人困蹇驢嘶。

벼슬살이로 동분서주하는 우리네 인생은 창생을 구제한다느니, 임금을 바로잡는다느니, 무슨 거창하고 대단한 일을 하고 있다고 착각하고 있지만 실은 그저 기러기가 잠깐 내려앉아 진흙 위에 발자국을 남기는 일일 뿐이다. 대단한 위업이라는 우리의 성과들도 기러기가 떠나고 짧은 시간이 지나면 흔적조차 없어지는 발자국일 뿐이라는 것이다. 이 시의 표현에서 '설니홍조雪泥鴻爪'라는 성어가 나왔다. 눈 내린 진흙 위에 찍힌 기러기 발자국이라는 뜻으로, 흘러간 날의 아름다운 추억을 말한다. 삶은 흘러가고 추억만이 남았다.

동파는 동생과의 추억의 시간을 더듬는다. 민지의 절간에 묵으면서 함께 이야기를 나누었던 봉한奉閑이라는 법명의 노승이 떠올랐다. 평생 구도자의 길을 걸어온 노승이 들려준 짧고 깊은 이야기는 젊은 형제에게 큰 울림을 주었을 것이다. 그러나 그 역시 날아가는 기러기였고 그의 모든 말은 곧 사라져버리는 발자국이었을 뿐이다. 노승이 떠난 곳에 그의 발자국이 새 부도탑으로 남았다. 형제가 함께 시재를 뽐내며 일필휘지 멋진 작품을 적었던 절집 벽은 이미 허물어졌다. 그저 그 시절의 치기와 열정만이 추억으로 갈무리되어 있을 뿐이다.

동파는 다시 고생스러웠던 여정을 반추한다. 험한 길을 가면서 사람도 노새도 죽을 고생을 했던 기억이다. 하지만 그 험한 기억도 이젠 추억 속에서 아름답게 채색되었다. 그래서 동파의 이 시의 주제는 아름다운 추억이다. 기러기가 날아가고 곧 사라질 발자국이지만 그 발자국을 선명하게 찍자는 것이다. 서로의 가슴 밭에 잊히지 않는 선명한 발자국을 남기자는 것이다. 그래서 세월이 흘러 기러기 날아갔어도 그 발자국, 그 추억의 힘으로 서로 행복하자는 것이다. 찰나의 무상한 인생이 기댈 수 있는 것은 추억밖에 없지 않은가. 아름다운 사람들과 함께했던 아름다운 추억은 고단한 인생길에 마른 목을 적셔주는 맑은 샘물과 같은 것이리라. 동파가 남긴 많은 명편 시문은 모두 그의 발자국이요, 형제가 남긴 아름다운 우애도 긴 세월 속에서도 지워지지 않는 감동의 발자국이다.

소철은 형을 해안까지 배웅했고 둘은 기약 없는 작별을 나누었다. 4년의 세월이 흐른 뒤 해남도에서 돌아와 상주常州에서 66세로 세상을 떠난 소동파는 이듬해 하남성 겹현郟縣으로 운구되어 묻히고, 다시 11년이 흐른 뒤에야 하남성 허창許昌에서 죽어 겹현의 형님 곁으로 온 동생 소철과 비로소 해후하게 되었으니, 뇌주반도 해안에서의 이별은 지상에서의 영원한 이별이었다.

동파가 동생에게는 해남 만 리가 다 고향이 아니냐며 씩씩하게 말하고 있지만 실상은 꽤 걱정하고 있었음을 그즈음에 벗에게 보낸 편지에서 읽을 수 있다.

> 저는 늙은 나이에 문명의 땅 밖으로 가니 다시 살아서 돌아갈 희망도 없습니다. 지난번 큰아들 소매와 헤어지면서 사후의 일을 다 처리했습니다. 이제 해남에 도착했으니 가장 먼저 할 일은 관을 만드는 일이요, 다음으로는 무덤을 만드는 일입니다. 아들들에게는 내가 이곳에서 죽으면 바로 이곳에 장사하라고 편지했습니다.
>
> – 소식, 〈여왕민중서與王敏仲書〉

당시 해남도는 거주민 대부분이 여족黎族이었고 소수의 한족이 섬 북쪽에 흩어져 살고 있었다. 해남도는 중원 지역에서 살던 한족에게는 적응하기 어려운 곳이었다. 여름에는 견딜 수 없을 정도로 무더웠고 겨울에는 짙은 안개가 자주 끼었다. 가을 우기에는 습도가 높아 무엇이든 곰팡이가 슬었다. 이런 날씨를 처음 경험한 동파는 "사람이 돌이나 쇠로 만들어지지 않은 이상, 이런 날씨를 어떻게 오래도록 견딜 수 있겠는가"라고 탄식하기도 했다. 원주민들은 주식으로 토란을 먹었으므로 쌀은 중국 본토에서 수입해 들여와야만 하는 형편이었다. 폭풍우가 일어서 길이 막혀 쌀을 실은 배가 오지 못하면 식량 공급이 끊어져 위태로운 지경에 빠질 수도 있었다. 어떤 상황에도 유연하게 적응하고 의연하게 대처하던 동파도 이런 상황은 쉽게 받아들이기 어려웠다.

> 여기는 먹을 고기가 없고, 병이 들어도 약이 없고, 거처할 집이 없고, 외출해도 벗이 없고, 겨울에는 탄炭이 없고, 여름에는 시원한 샘물이 없다. 일일이 다 거론하기조차 힘드니 대체로 모두 없다고 하겠다.
>
> ─ 소식, 〈답정수재서答程秀才書〉

이런 정도의 열악한 처지였으니 관을 짜고 무덤을 만들겠다는 소동파의 걱정도 충분히 수긍이 간다.

동파의 유풍이 남아 있는 시대지향, 중화고진

어쨌든 동파는 바다를 무사히 건넜고 유배지인 담주 창화군昌化軍(지금의 담주 중화진中和鎮)에 평안히 도착했다. 소동파의 마지막 유배지를 찾아가는 우리 일행도 혜주에서 담주까지 이어지는 육로 800킬로미터, 해로 30킬로미터의 먼 여정을 무사히 마치고 최종 목적지인 중화고진中和古鎭에 도착했다. 천년의 역사를 자랑하는 마을이라는 선전치고는 별스러울 것도 없이 평범해서 넓적한 청석판 도로 옆으로 도열한 민가들은 이삼 층으로 된 오래된 콘크리트 건물들이다. 다만 건물 기둥마다 붉은색 주련이 많이 붙어 있어서 그나마 칙칙한 거리 분위기를 조금은 생기 있게 만들고 있었다. 설날 해가 바뀌면 대문에 춘련春聯을 붙이는 중국의 풍속이야 어디든 있는 것인데, 이곳 거리에는 유독 많은 주련이 곳곳에 붙어 있다. 이곳 사람들이 시를 읊고 대구對句를 짓는 것을 유독 좋아한 까닭이라고 한다. 그래서 이곳 마을의 별명이 '시대지향詩對之鄕'이다. 자료에 따르면, 이런 명예로운 문풍을 더욱 진작시키고자 1917년에 마을 주요 도로에 게시할 대련을 전국적으로 공모했다고 하는데, 최종적으로 다음 네 쌍의 대련이 선정되었다.

담주의 옛 바람에 목욕하니

마음은 중화의 경계에 이른다

동파의 묘필을 빌려

최고의 문장을 써낸다

沐儋耳古風, 心致中和境界。

借坡公妙筆, 手書上善文章。

한 번 꿈에 삼 년 세월

운명이 문의 기운을 어찌 가두리요

외로운 기러기 만 리 길

편지는 끊어지니 이곳이 고향일세

<ruby>一<rt>일</rt></ruby><ruby>夢<rt>몽</rt></ruby><ruby>三<rt>삼</rt></ruby><ruby>年<rt>년</rt></ruby>, <ruby>豈<rt>기</rt></ruby><ruby>知<rt>지</rt></ruby><ruby>命<rt>명</rt></ruby><ruby>運<rt>운</rt></ruby><ruby>關<rt>관</rt></ruby><ruby>文<rt>문</rt></ruby><ruby>運<rt>운</rt></ruby>。

일몽삼년 기지명운관문운
一夢三年, 豈知命運關文運。

고 홍 만 리　절 신 차 향 시 고 향
孤鴻萬里, 絶信此鄉是故鄉。

천하의 달도는 중화이니

선부인이 다스려 세상이 바르게 되었고

지극한 마음을 담은 위대한 작품이여

동파가 온 후에 시풍이 왕성하였네

달 도 중 화　선 태 치 시 단 세 태
達道中和, 洗太治時端世態。

지 정 대 아　동 파 래 후 치 시 풍
至情大雅, 東坡來後熾詩風。

위대한 작품이 마음을 움직이니

동파의 유풍은 천하의 시운이요

중화의 꿈이 쌓이니

담주의 옛 운치는 해남의 풍류로다

대 아 견 정　소 자 유 풍 천 하 운
大雅牽情, 蘇子遺風天下韻。

중 화 축 몽　담 주 고 운 해 남 풍
中和築夢, 儋州古韻海南風。

모두 한결같이 동파를 언급하고 있음은 중화고진의 문풍이 바로 이
곳에서 3년간 머물며 시문의 바람을 일으킨 동파에게서 비롯되었기
때문이다. 세 번째 작품에서 인용한 '선부인'은 남조南朝, 수나라 시기
에 해남도를 잘 다스린 인물로, '성모聖母'로 추앙받았다.

술을 싣고 찾아와 가르침을 청하는 학교, 동파서원

동파가 일으킨 바람의 흔적이 선명하게 남아 있는 중화고진 동남쪽의 동파서원東坡書院을 찾았다. 이곳은 동파가 해남도의 젊은 자제들에게 학문을 가르치고 벗들과 모임을 갖던 장소이다. 대문을 들어서면 재주정載酒亭, 재주당載酒堂, 동파사東坡祠가 차례로 이어진다. 중심 건물은 재주당인데 술을 싣고 와서 가르침을 청한다는 뜻이다. 재주당에는 소동파와 그의 아들 소과, 그리고 친하게 지냈던 여족 친구 여자운黎子雲의 모습이 생동감 있게 만들어져 있다. 동파가 여족들과 본격적으로 친하게 지내게 된 것은 야자수 수풀 안에 집을 지어 생활하면서부터였다. 처음 담주에 도착해서는 그곳 현령의 호의로 관사에 머물 수 있었는데, 이 일이 조정에 알려지면서 동파 부자는 결국 쫓겨나게 되었다. 급히 수중에 있는 돈을 긁어모으고 여족 주민들의 도움을 얻어 성읍 남쪽 야자수 숲에 오두막을 한 채 지었다. 동파는 이 집을 야자수에 둘러싸인 집이란 뜻의 '광랑암桄榔庵'으로 불렀다. 이곳에서의 생활은 매우 궁핍했지만 동파는 자신의 낙천적 기질과 여족 이웃들의 호의에 기대어 대체로 만족스럽게 지낼 수 있었다.

  반쯤 취해 여족을 만나고 돌아가는 길
  넝쿨 우거진 대숲에서 길을 잃었네
  소똥만 따라가면 돌아갈 길을 찾으리니
  우리 집은 외양간 서쪽의 서쪽에 있으니까

  半醒半醉問諸黎, 竹刺藤梢步步迷。

◈ 동파서원

단 심 우 시 멱 귀 로　가 재 우 란 서 부 서
但尋牛矢覓歸路, 家在牛欄西復西。

〈술에 취하여 혼자 자운, 위, 휘, 선각 네 명의 여씨 집을 두루 찾아
가다被酒獨行遍至子云威徽先覺四黎之舍〉라는 긴 제목의 시이다. 여족 친구들
집을 찾아 술 한잔 걸치고 얼큰 취하여 집으로 돌아가다 길을 잃었는
데, 길에 떨어져 있는 소똥을 따라가서 마침내 외양간에 이르고 다시
외양간의 서쪽, 그 서쪽에 있는 자기 집을 찾았다는 것이다. 그야말로
생활의 정취가 듬뿍 묻어나는 재미있는 시이다. 벼슬아치의 위엄도
없고 대학자의 풍모도 보이지 않는다. 소똥 냄새 은은한 여족 마을에

13장 ⊙ 해남도   335

서 사람들과 허물없이 환담을 나누는 동파의 스스럼없는 모습은 참으로 경이롭다. 이들과의 사귐에서 얻는 마음의 행복에 대해 이어지는 시에서 이렇게 쓰고 있다.

여족의 집 세 명의 아이들
풀피리 불며 늙은이를 전송하네
만 리 하늘 끝으로 온 것 괘념할 것 무에랴
냇가엔 무우의 바람이 불어가고 있으니

총 각 려 가 삼 소 동　구 취 총 엽 송 영 옹
總角黎家三小童, 口吹蔥葉送迎翁。
막 작 천 애 만 리 의　계 변 자 유 무 우 풍
莫作天涯萬里意, 溪邊自有舞雩風。

여씨 친구들을 만나고 돌아오는 길에 여족 아이들이 부는 풀피리 소리를 듣고 느낀 감상을 적은 것이다. 시냇가에 부는 무우舞雩의 바람은 《논어》에 나오는 공자의 제자 증석曾晳의 이야기에서 비롯된 것이다. 공자님이 제자들에게 하고 싶은 일을 물었다. 자로子路, 염유冉有, 공서화公西華 등이 모두 경국제세의 큰 포부를 말했는데, 오직 증석만이 다음과 같이 다른 이야기를 했다.

저는 늦은 봄에 봄옷을 만들어 입고 어른들 대여섯, 아이들 예닐곱과 같이 기수에서 목욕하고, 기우제를 드리는 무우舞雩에서 바람을 쐬고 노래하며 돌아오겠습니다.

－공자, 《논어》〈선진先進〉

이 대답에 공자가 감탄하며 자신도 증석과 같은 마음이라고 말했다. 소동파는 증석이 갈망했고 공자도 동의했던 그런 삶을 자신이 이미 누리고 있다고 말한 것이다. 순박한 여족들과 어울리며 사는 자신의 삶이 봄날 새 옷을 입고 소풍 가는 듯 행복한 삶이라고 말하고 있는 것이다.

동파서원은 사당을 중심으로 서원과 동원으로 나뉘어 있다. 동원을 들어서니 사방으로 낮게 가지를 드리운 거대한 용수榕樹 한 그루가 서 있다. 이 용수의 가지마다 소원을 적은 붉은 끈이 촘촘하게 매달려 있는데 소원의 내용은 대부분 과거 급제를 뜻하는 '금방제명金榜題名'이다. 대문호 동파의 문기文氣와 문운文運에 기대어 시험 합격을 기원한 것이다. 동파가 여족 친구 여자운의 도움으로 재주당을 지어 제자를 받자 해남도 곳곳에서 제자들이 모여들었고, 송나라 개국 이래 100년 동안 진사시험에 급제한 이가 한 사람도 없었던 해남도에 드디어 진사가 탄생한다. 동파가 북으로 돌아간 뒤 9년 만에 그의 제자 부학符確이 해남도 최초의 진사가 된 것이다. 이후로 송, 원, 명, 청에 이르는 동안 해남도에서는 97명의 진사가 배출되었으니 모두 소동파가 재주당에서 뿌린 씨앗의 열매들이었다. 청나라 때 출판된 《경대기실사瓊臺紀實史》라는 책에는 "문충공 소식이 담주에 유배 와서 학문을 가르치고 도를 밝히니 교화가 날로 흥하여졌다. 해남도가 인문이 성하게 된 것은 실로 공으로부터 시작된 것이다"라고 적고 있다.

동파서원 서쪽 뜰은 꽃과 나무를 가꾼 화원인데, 삿갓을 쓰고 나막신을 신은 동파의 동상이 서 있다. 유명한 그림 〈동파입극도東坡笠屐圖〉를 저본으로 삼아 만든 동상이다. 삿갓笠을 쓰고 나막신屐을 신은 동파의 그림을 처음 그린 사람은 북송의 유명한 화가 이공린李公麟

◈ 삿갓을 쓰고 나막신을 신은 동파의 동상

(1049~1106)인데, 그 그림을 임모한 명나라 화가 주지번朱之蕃의 〈동파
입극도〉에는 다음과 같은 글이 적혀 있다.

동파가 하루는 여자운을 방문했다가 도중에 비를 만났다. 이에 농
가에서 삿갓과 나막신을 빌려 우장을 갖추고 돌아왔다. 그 모습에
아낙네들과 아이들이 다투어 웃어댔고 마을 개들이 다투어 짖어
댔다. 동파가 "사람들이 왜 웃고 개들이 왜 짖는 거지?" 하며 의아
하게 여겼다.

◈ 동파서원에 걸려 있는 〈동파입극도〉

　〈동파입극도〉는 후대의 화가들이 계승하면서 화가마다 자신의 창
의를 더해 다양한 모습의 동파입극도를 전한다. 〈동파입극도〉는 어떤
어려운 환경에서도 굴복하지 않고 생의 즐거움을 찾아 누리는 강인
하고 낙천적인 동파 정신의 상징이다. 이 그림이 세세에 계승되어 그
려진 것은 바로 이러한 동파의 정신에 대한 시대를 초월한 숭모崇慕를
보여주는 것이다. 주지번의 〈동파입극도〉에 그려진 소동파는 긴 도포
자락이 젖은 땅에 끌리지 않게 하려고 양팔로 치켜들어서 나막신을
신은 하반신을 드러낸 모습이다. 자세는 꾸부정하고 어정쩡한데 얼굴
은 웃는 듯 마는 듯 약간의 장난기가 서린 표정 같기도 하다. 마을 사
람들이 웃어대고 개들마저 짖어댔다고 했으니 아마도 비가 오는 미끄

러운 길에서 나막신이 익숙지 않아서 꾸부정하고 어기적거리며 걷는 모습이 꽤 우스꽝스러웠던 모양이다. 한때 황제를 보좌하던 대단한 벼슬아치였으며 송나라 최고의 시인이며 대학자인 동파를 모르는 사람이 없었을 터, 그런 대단한 사람이 자신들의 허름한 복장을 빌려 입고 아이 같은 미소를 지으며 천진하고 친근하게 자신들의 세계를 오가고 있는 것이다.

서원에 조성된 동파입극상은 삿갓을 쓰고 나막신을 신긴 했어도 손에 책을 들고 있고 표정이 진지하며 허리가 반듯해서 원래 그림이 전하려는 뜻과는 많이 달라 보인다. 근엄한 교육자요, 엄숙한 유학자풍의 모습이니 이곳 담주에서 여족들과 스스럼없이 어울리며 살았던 수더분한 동파 선생이 썩 좋아할 것 같지는 않다.

해남도를 떠나며 읽는 동파의 절필시

동파서원을 나와 중화고진 곳곳을 쏘다녔다. 청과물이 잔뜩 쌓여 있는 시장에 들러 동파가 마셨던 야자열매의 달콤한 즙도 맛보고 그가 야자열매 껍데기로 만들었다는 모자가 어떠했을까 상상도 해보았다. 오후의 봄 햇살이 따사로운 옛 성터에 앉아 감상에 젖기도 하고 날이 어둑해질 때까지 오래도록 논과 밭 사이로 난 길을 걷기도 했다. 유난히 산책을 즐기고 동네 사람들과 어울리길 좋아했던 동파였으니 담주 유배 3년의 세월 동안 내가 머문 모든 장소, 내가 거닌 모든 길에 그도 머물렀고 거닐었으리라. 원부元符 3년(1100) 4월 조정에서 내린 대사면으로 해배가 된 소동파는 그해 7월에 이곳 해남도를 떠나 북으로 돌아갔다. 그가 이곳을 떠나면서 여족에게 준 이별시에는 자신을 따 듯하게 품어준 해남도에 대한 애정이 듬뿍 서려 있다.

　나는 본시 해남 사람

　어쩌다 서쪽 촉주에서 태어났지

　갑자기 바다를 건너가려니

　마치 먼 곳으로 유람을 떠나는 듯

　평생의 삶과 죽음 그리고 꿈이여

　못난 것도 잘난 것도 없었다네

　그대 다시는 볼 수 없음을 알기에

　떠나려다 다시 잠시 머문다네

　　我本海南民, 寄生西蜀州。

　　忽然跨海去, 譬如事遠遊。

　　平生生死夢, 三者無劣優。

　　知君不再見, 欲去且少留。

－ 소식, 〈별해남여민표別海南黎民表〉

　'아본해남민我本海南民'이라는 첫 구절은 해남도 3년 유배생활의 모든 것을 압축하고 설명해준다. 하늘 끝에 자리한 유형의 땅, 문명 밖의 황 무한 땅에 그가 완벽하게 적응했음을 보여주는 말이다. 그가 처음 해 남도에 도착해서 쓴 글에 나오는 대목이다.

　담주에는 여든, 아흔 살 된 노인은 말할 것도 없고 백 살 넘는 노인들도 많다. 그러므로 장수의 비결은 환경에 잘 적응하는 데 있다 하겠다. 불도마뱀은 불 속에서도 살 수 있고, 누에는 얼음 속에서도 살아남는다. 정신력으로 잡념을 모두 없애고 육신의 존재를 초월한다면 얼음이 꽁꽁 어는 추위나 무섭게 내리쬐는 태양 아래서도 잘 견딜 수 있을 것이니, 백 살 넘는 장수도 그리 어려운 일은 아니다. 이곳의 촌로들은 애시당초 이런 방식에 대해서는 아는 바 없어도 불도마뱀이나 누에처럼 조용히 기후에 순응할 수 있다. 간단없이 한번 더운 기운을 내쉬고 한번 찬 공기를 들이마시는 이것만으로도 장수하지 못할 것도 없다.

― 소식, 〈서해남풍토書海南風土〉

그의 이러한 다짐처럼 동파는 강한 정신력으로 해남도의 거친 환경을 이겨냈고 완벽히 적응해서 "나는 본시 해남도 사람이라"라고 자부할 정도까지 된 것이니, 뇌주반도에서 동생 소철에게 "만 리 해남이 진짜 내 고향"이라고 한 말은 조금도 과장이 아니었던 것이다. 이렇게 동파는 북으로 돌아갔고 우리의 유배길 여정도 끝났다. 일정에 여유가 있어서 해남도 최고봉 오지산五指山에 오르기도 했고, 해남도 남쪽 해변에 있는 휴양 도시 삼아三亞로 가서 하늘 끝이요 바다의 모퉁이라고 하는 천애해각天涯海角을 밟기도 했다. 모든 여정을 마치고 귀국하는 길에서 나는 일행에게 동파의 마지막 작품, 절필시를 들려줬다.

해남도를 출발해 가족이 있는 상주로 돌아가는 길에 지었던 〈금산에서 그려준 초상화에 글을 적다自題金山畵像〉란 시이다. 동파가 금산(지금 강소성 진강鎭江)에 이르렀을 때 화가 이공린이 동파의 초상화를 그

◈ 하늘 끝 바다 끝 천애해각의 해변

려주었다. 그 초상화를 물끄러미 바라보던 동파가 붓을 들어 그림 옆
에 6언 4구의 시를 적었다.

　마음은 이미 재가 된 나무
　몸은 매이지 않은 배라네
　그대 평생 쌓은 공업이 무엇이뇨
　황주, 혜주, 담주라네

심 사 이 회 지 목　　신 여 불 계 지 주
心似已灰之木, 身如不系之舟。

문 여 평 생 공 업　　황 주 혜 주 담 주
問汝平生功業, 黃州惠州儋州。

　늙고 병들어 삶의 마지막 단계에 도달한 시인이 자신의 평생의 삶을 반추하면서 스스로 묻고 스스로 답하고 있다. 그림 밖의 동파가 묻는다. "내 평생의 자랑이 무엇일까?" 그림 속에 있는 동파가 환히 웃으며 답한다. "뭐 고민할 것도, 생각할 것도 없지 않은가. 황주, 혜주, 담주 유배지에서 지낸 날들이 바로 내 평생의 자랑인 것을!" 그림 밖의 동파가 따라 웃으며 고개를 끄덕이는데, 금산 앞을 도저하게 흘러가는 장강에 석양이 장엄하게 물들어가고 있었다.

촬영 당시의 여행 일정은 다음과 같다. 총 10회의 여행 중 절강성, 안휘성, 강소성 일대를 아우르는 1차 여행을 1부 강남 편에, 호남성, 광서장족자치구, 광동성, 해남도 일대의 7차 여행을 2부 유배길 편에 담았다.

1차 여행 2011년 9월 8일 ~ 9월 22일

절강성의 항주杭州, 소흥紹興, 안휘성의 황산黃山, 선성宣城, 마안산馬鞍山, 강소성의 남경南京, 소주蘇州 일대

2차 여행 2012년 4월 21일 ~ 5월 9일

사천성의 성도成都, 광원廣元, 아미산峨眉山, 낙산樂山, 중경重慶의 장강삼협長江三峽 일대

3차 여행 2012년 10월 12일 ~ 11월 1일

섬서성의 서안西安, 종남산終南山, 화산華山, 산서성의 대동大同, 호구폭포壺口瀑布, 하남성의 공의鞏義, 낙양洛陽, 산동성의 태산泰山 일대

4차 여행 2013년 8월 4일 ~ 8월 24일

섬서성의 함양咸陽, 보계寶鷄, 감숙성의 천수天水 맥적산麥積山, 장액張掖 칠채산七彩山, 주천酒泉, 돈황敦煌, 청해성의 기련산祁連山 일대

5차 여행 2014년 5월 21일 ~ 6월 10일

사천성의 의빈宜賓, 중경시 장강삼협, 호남성의 장가계張家界, 도원桃源, 악양岳陽, 동정호洞庭湖, 호북성의 무한武漢, 황강黃崗 일대

6차 여행 2014년 11월 3일 ~ 11월 23일

강서성의 여산廬山, 무원婺源, 안휘성의 화현和縣, 영벽靈璧, 강소성의 서주徐州, 회음淮陰, 남경南京, 양주揚州, 숭명도崇明島 일대

7차 여행 2015년 4월 24일 ~ 5월 15일

호남성의 장사長沙, 형산衡山, 유주柳州, 광동성의 대유령大庾嶺, 소관韶關 단하산丹霞山, 혜주惠州, 광서장족자치구의 계림桂林, 해남도海南島의 중화中和, 오지산五指山, 삼아三亞 천애해각天涯海角 일대

8차 여행 2016년 7월 11일 ~ 8월 2일

사천성의 구채구九寨溝, 루얼까이 대초원, 청해성의 황하원黃河源, 청해호青海湖, 서녕西寧, 감숙성의 난주蘭州, 경태景泰 황하석림黃河石林, 영하회족자치구의 텅거리 사막, 은천銀川 일대

9차 여행 2018년 5월 16일 ~ 6월 7일

내몽고자치구의 바오터우, 후허하오터, 산서성의 진섬대협곡晉陝大峽谷 노우만老牛灣, 임현臨縣 적구진磧口鎭, 석루현石樓縣 천하황하제일만天下黃河第一灣, 임분臨汾 호구폭포壺口瀑布, 임분 요도堯都, 태원太原, 평요平遙, 면산綿山, 운성運城 해주解州, 영제永濟, 섬서성의 한성韓城, 화산華山 일대

10차 여행 2019년 8월 29일 ~ 9월 24일

산서성의 양성陽城, 태항산太行山 왕망령王莽嶺, 하남성의 정주鄭州, 숭산嵩山, 낙양洛陽, 공의鞏義, 왕옥산王屋山, 개봉開封, 학벽鶴壁, 산동성의 제녕濟寧, 곡부曲阜, 료성聊城, 제남濟南, 태산泰山, 임기臨沂, 치박淄博, 동영東營 황하구黃河口 일대

사진 출처

김성곤 42, 44, 47, 74, 79, 80, 84, 177, 178, 187, 301면
Shutterstock 14~15, 192~193, 249, 255, 256, 299면

서호의 놀잇배 (22면) joiseyshowaa, flickr, 2011.
방학정 (25면) Amarespeco, wikipedia, 2017.
누외루 (33면) Blowing Puffer Fish, flickr, 2017.
노신고리 (49면) Zhou Guanhuai, wikipedia, 2016.
삼미서옥 (50면) Chelsea Sun, wikipedia, 2013.
함형주점 (53면) Amarespeco, wikipedia, 2017.
오봉선 (57면) syue2k, flickr, 2008.
심원에 걸려 있는 연인들의 사랑의 패 (61면)
육유와 당완의 작품이 새겨진 심원 담벼락 (63면)
황산 (93면) Carlos Adampol Galindo, flickr, 2014.
비래석 (105면) Stefan Wagener, flickr, 2017.
황산의 풍경 (108면) lwtt93, flickr, 2009.
몽필생화 (110면) 颐园新居, wikipedia, 2014.
도화담 (119면) Zhangzhugang, wikipedia, 2017.
휘파 양식의 가옥들 (123면) Thomas Fischler, flickr, 2018.
사조루 (128면) 猫猫的日记本, wikipedia, 2021.
이백묘 (148면) Sancho Zheng, wikipedia, 2017.
풍교 (163면) chialinshih, flickr, 2011.
한산사 (167면) ping lin, wikipedia, 2017.
호구산 근처 옛 고을의 모습 (171면) wallpaper.com
호구산 입구 '오중제일산' 패방 (176면) 邱小丹, 2011.